GRöLS Verlage

„BÜCHER SIND WIE FALLSCHIRME. SIE NÜTZEN UNS NICHTS, WENN WIR SIE NICHT ÖFFNEN."

Gröls Verlag

Redaktionelle Hinweise und Impressum

Das vorliegende Werk wurde zugunsten der Authentizität sehr zurückhaltend bearbeitet. So wurden etwa ursprüngliche Rechtschreibfehler *nicht* systematisch behoben, denn kleine Unvollkommenheiten machen das Buch – wie im Übrigen den Menschen – erst authentisch. Mitunter wurden jedoch zum Beispiel Absätze behutsam neu getrennt, um den Lesefluss zu erleichtern.

Um die Texte zu rekonstruieren, werden antiquarische Bücher von Lesegeräten gescannt und dann durch eine Software lesbar gemacht. Der so entstandene Text wird von Menschen gegengelesen und korrigiert – hierbei treten auch Fehler auf. Wenn Sie ebenfalls antiquarische Texte einreichen möchten, finden Sie weitere Informationen auf www.groels.de

Viel Freude bei der Lektüre wünscht Ihnen das Team des Gröls-Verlags.

Adressen

Verleger: Sophia Gröls, Im Borngrund 26, 61440 Oberursel

Externer Dienstleister für Distribution & Herstellung: BoD, In de Tarpen 42, 22848 Norderstedt

Unsere „Edition | Werke der Weltliteratur“ hat den Anspruch, eine der größten und vollständigsten Sammlungen klassischer Literatur in deutscher Sprache zu sein. Nach und nach versammeln wir hier nicht nur die „üblichen Verdächtigen“ von Goethe bis Schiller, sondern auch Kleinode der vergangenen Jahrhunderte, die – zu Unrecht – drohen, in Vergessenheit zu geraten. Wir kultivieren und kuratieren damit einen der wertvollsten Bereiche der abendländischen Kultur. Kleine Auswahl:

Francis Bacon • Neues Organon • **Balzac** • Glanz und Elend der Kurtisanen • **Joachim H. Campe** • Robinson der Jüngere • **Dante Alighieri** • Die Göttliche Komödie • **Daniel Defoe** • Robinson Crusoe • **Charles Dickens** • Oliver Twist • **Denis Diderot** • Jacques der Fatalist • **Fjodor Dostojewski** • Schuld und Sühne • **Arthur Conan Doyle** • Der Hund von Baskerville • **Marie von Ebner-Eschenbach** • Das Gemeindekind • **Elisabeth von Österreich** • Das Poetische Tagebuch • **Friedrich Engels** • Die Lage der arbeitenden Klasse • **Ludwig Feuerbach** • Das Wesen des Christentums • **Johann G. Fichte** • Reden an die deutsche Nation • **Fitzgerald** • Zärtlich ist die Nacht • **Flaubert** • Madame Bovary • **Gorch Fock** • Seefahrt ist not! • **Theodor Fontane** • Effi Briest • **Robert Musil** • Über die Dummheit • **Edgar Wallace** • Der Frosch mit der Maske • **Jakob Wassermann** • Der Fall Maurizius • **Oscar Wilde** • Das Bildnis des Dorian Grey • **Émile Zola** • Germinal • **Stefan Zweig** • Schachnovelle • **Hugo von Hofmannsthal** • Der Tor und der Tod • **Anton Tschechow** • Ein Heiratsantrag • **Arthur Schnitzler** • Reigen • **Friedrich Schiller** • Kabale und Liebe • **Nicolo Machiavelli** • Der Fürst • **Gotthold E. Lessing** • Nathan der Weise • **Augustinus** • Die Bekenntnisse des heiligen Augustinus • **Marcus Aurelius** • Selbstbetrachtungen • **Charles Baudelaire** • Die Blumen des Bösen • **Harriett Stowe** • Onkel Toms Hütte • **Walter Benjamin** • Deutsche Menschen • **Hugo Bettauer** • Die Stadt ohne Juden *und viele mehr….*

Edgar Rice Burroughs

Tarzan und die Ameisenmenschen

Übersetzung von Eduard Pfeiffer

Inhalt

Arme Uhha

Im Dorfe des Kannibalenhäuptlings Odebe am Rande des Ugogo hockte Esteban Miranda im Schmutze der finsteren Hütte und kaute an den Resten eines nur halb garen Fisches. Seinen Nacken zierte ein eisernes Sklavenhalsband, das mit einer einige Meter langen rostigen Kette an einem Pfosten hing, der neben dem niederen Hütteneingang tief in den Boden eingegraben war. Der Ausgang ging auf die Dorfstraße hinaus und befand sich in nächster Nähe von Odebes eigener Hütte.

Seit einem vollen Jahre lag Esteban Miranda wie ein Hund angekettet, kroch manchmal durch das niedere Loch aus seinem Kotter hinaus und ließ sich von der Sonne bescheinen. Nur zwei Zerstreuungen hatte er. Die eine war seine zum Dauerzustand gewordene Einbildung, Affentarzan zu sein, den er als guter Schauspieler so lange und mit solch zunehmender Vollendung gespielt hatte, daß er zum Schlusse diese Rolle gänzlich lebte und erlebte. Er *war* Affentarzan – für ihn stand das fest – es gab keinen andern! Genau das gleiche dachte auch Odebe. Aber der Dorfzauberer behauptete unentwegt, man habe den Flußteufel vor sich, den man günstig stimmen müsse und nicht ärgern dürfe.

Diese Meinungsverschiedenheit zwischen dem Häuptling und dem Zauberdoktor hatte Esteban Miranda bisher vor den Fleischtöpfen des Dorfes gerettet. Odebe wollte ihn gerne fressen, weil er ihn für seinen alten Erzfeind, den Affenmenschen hielt. Der Zauberdoktor dagegen hatte die abergläubischen Befürchtungen der Dörfler geweckt, die er halb und halb davon überzeugte, daß der Flußteufel – als Tarzan aufgeputzt – in dem Gefangenen stecke. Wenn das aber der Fall war, dann mußte das Dorf das Schlimmste befürchten, sobald jenem etwas geschah. Als Ergebnis dieses Zwiespalts zwischen Odebe und dem Zauberer blieb des Spaniers Leben geschont, bis sich herausstellen würde, wer recht hatte. Starb der Weiße eines natürlichen Todes, dann hatte man es mit dem sterblichen Tarzan zu tun gehabt und Odebe behielt recht. Blieb jener aber ewig am Leben oder verschwand er auf geheimnisvolle Weise, dann mußte die Behauptung des Zauberers als Evangelium angenommen werden.

Als der Spanier erst etwas von der Sprache der Dorfbewohner verstand und herausfand, wie die Ähnlichkeit mit Tarzan ihn zu diesen Menschenfressern und nahe an den Rand der Kochtöpfe gebracht hatte, legte er weniger Wert darauf, sich für Affentarzan auszugeben. Von da ab ließ er geheimnisvolle Andeutungen fallen, daß er kein anderer als der Flußteufel sei. Der Zauberdoktor war entzückt, und alle ließen sich narren, nur nicht Odebe. Der war ein alter, gerissener Bursche und glaubte nicht an Flußteufel. Zwar, der Zauberdoktor war gleichfalls alt und gerissen und glaubte ebensowenig daran, aber er wußte den großen Vorteil zu schätzen, wenn seine Gemeinde es glaubte.

Dieses Hinundher war für den Spanier immerhin eine Abwechslung in der tödlichen Langeweile, die auf ihn drückte. Die andere bestand darin, daß er sich an dem Säckchen mit Diamanten weidete, die noch immer in seinem Besitz waren. Damals, als Tarzan die Gomangani des Tales von der tyrannischen Bedrückung der Bolgani befreite, hatte der alte Mann ihm unten in den tiefen Gewölben des Diamantenturms jenes Säckchen ausgehändigt. Der Russe Kraski stahl es, und später fiel es in die Hände des Spaniers, der den Dieb erschlug.

Stundenlang kauerte Esteban Miranda im Halbdunkel seines Schmutzgelasses, die glitzernden Steine zählend und mit ihnen spielend. Tausendmal wog er jeden einzelnen in der Hand, schätzte seinen Wert und stellte sich vor, was für Genüsse er sich in den Großstädten der Welt dafür erkaufen könnte. Er saß im Schmutz, mußte von halb verfaulten Resten leben, die ihm unreine Hände hinwarfen, und besaß doch die Reichtümer eines Krösus. Aber in seiner Einbildung lebte er gleich einem solchen. Seine erbärmliche Hütte ward ihm unter dem gleißenden Schein seiner kostbaren Steine zum prächtigen Palast. Aber beim ersten näherkommenden Fußtritt schob er hastig seinen märchenhaften Schatz in das zerlumpte Lendentuch, sein einziges Kleidungsstück, und war wieder der Gefangene in der Negerhütte.

Ein Jahr dieser schrecklichen Einzelhaft war vergangen, da kam eine dritte Zerstreuung in Gestalt Uhhas, der Tochter des Zauberdoktors Khamis. Uhha war vierzehn Jahre alt, hübsch und neugierig. Ein volles Jahr hatte sie nun schon den geheimnisvollen Gefangenen aus der Ferne beobachtet. Schließlich schwand ihre Scheu mit der Gewöhnung, und eines Tages näherte sie sich ihm, als er sich wieder draußen sonnte.

Esteban bemerkte ihre halb zaghafte Annäherung und lächelte ihr ermutigend zu. Er hatte keine einzige freundlich gesinnte Seele unter den Dorfbewohnern; wenn er eine fand, wurde sein Los viel leichter, und er war der Freiheit einen Schritt näher. Endlich blieb Uhha ein paar Schritte vor ihm stehen. Sie war zwar noch ein Kind, aber unwissend und eine Wilde, aber sie war doch ein Weib, und Esteban Miranda kannte das schwache Geschlecht.

Seit einem Jahre bin ich im Dorfe des Häuptlings Odebe, sagte er gebrochen in der Sprache, die er seinen Kerkermeistern abgelauscht hatte. Nie hätte ich geahnt, daß seine Umwallung eine solche Schönheit birgt wie dich. Wie heißest du?

Uhha freute sich und zeigte ein breites Lächeln: Ich bin Uhha, erklärte sie ihm: Mein Vater ist Khamis, der Zauberdoktor.

Jetzt war es an Esteban, sich zu freuen. Das Schicksal, das ihn so lange herumgestoßen hatte, zeigte sich endlich geneigter und sandte ihm jemand, der ihm bei geeigneter Behandlung eine Hoffnung bot.

Warum hast du mich nie zuvor besucht, fragte Esteban. Ich hatte Furcht, erwiderte Uhha schlicht.

Warum denn?

Ich hatte Furcht, weil – – sie zögerte.

– weil du dachtest, ich sei der Flußteufel und könne dir ein Leid antun? fragte der Spanier lächelnd.

Ja, gestand sie.

Höre denn, flüsterte Esteban, doch sage es keinem. Ich *bin* der Flußteufel, aber *dir* werde ich nichts tun. Wenn du wirklich der Flußteufel bist, warum bleibst du denn hier an diesem Pfahle angekettet? Warum verwandelst du dich dann nicht in etwas anderes und kehrst in den Fluß zurück? forschte Uhha.

Das wundert dich wohl, nicht wahr? fragte Miranda, der sich erst eine passende Ausrede zurechtlegen mußte.

Nicht nur Uhha wundert sich darüber, entgegnete das Mädchen: Viele andere haben in letzter Zeit die gleiche Frage gestellt. Odebe zuerst, und keiner konnte ihm darauf antworten. Odebe behauptet, du seist Tarzan, sein Feind und der seines Volkes; nur mein Vater Khamis erklärt, daß du der Flußteufel bist, dich, wenn du willst, in eine Schlange verwandeln und durch den eisernen Ring kriechen kannst, den du um den Hals trägst. Aber die Leute wundern sich bereits, warum du das nicht tust, und viele beginnen zu denken, daß du gar nicht der Flußteufel bist.

Komm näher, schöne Uhha, flüsterte Miranda: damit keine fremden Ohren hören, was ich dir sagen will.

Das Mädchen kam etwas näher und beugte sich zu dem auf dem Boden kauernden Spanier hinab.

Ich bin wirklich der Flußteufel, sagte Esteban: Ich kann kommen und gehen, ganz wie es mir gefällt. Nachts, wenn alles im Dorfe schläft, wandere ich durch die Fluten des Ugogo, aber ich komme immer wieder zurück. Ich will das Volk von Odebes Dorf prüfen. Uhha, denn ich muß wissen, wer mein Freund ist, und wer nicht. Daß Odebe nicht mein Freund ist, weiß ich bereits, und bei Khamis bin ich nicht ganz sicher. Wenn Khamis ein rechter Freund wäre, hätte er mir doch gutes Essen und Trinken bringen müssen.

Wenn ich wollte, hätte ich längst auf und davon gekonnt, aber ich warte ab, ob sich einer in Odebes Dorf findet, der mich in Freiheit setzen will. Daran kann ich sehen, wer mein bester Freund ist. Sollte es einen solchen geben, Uhha, dann wird ihm immerdar das Glück lächeln, jeder Wunsch wird ihm erfüllt werden, und er soll ein hohes Alter erreichen, denn er hat vom Flußteufel nichts zu fürchten, der ihm in allen Dingen helfen wird. Aber höre, Uhha, sage keinem, was ich dir eröffnet habe. Noch kurze Zeit werde ich warten, hat sich dann kein solcher Freund in Odebes Dorf gefunden, dann werde ich zu Vater und Mutter, zum Ugogo zurückkehren und Odebes ganzes Dorf vernichten. Nicht einer soll am Leben bleiben.

Das Mädchen wich entsetzt zurück. Augenscheinlich hatte er starken Eindruck auf sie gemacht.

Habe keine Angst, beruhigte er sie: Dir werde ich nichts tun. Aber wenn du alle Leute umbringst? fragte sie.

Dann kann ich dich natürlich auch nicht schonen, sagte er: Aber hoffentlich kommt jemand und setzt mich in Freiheit, damit ich weiß, daß ich wenigstens einen guten Freund hier habe. Jetzt gehe deines Wegs, Uhha, aber denke daran, daß du niemand erzählen darfst, was ich dir gesagt habe.

Sie ging einige Schritte fort, kam aber wieder zurück: Wann wirst du das Dorf vernichten? fragte sie.

In wenigen Tagen, beschied er sie.

Uhha rannte zitternd vor Angst nach ihres Vaters Hütte. Esteban Miranda aber lächelte befriedigt, kroch wieder in sein Loch und gab sich beim Flimmern der Edelsteine frohen Gedanken hin.

Der Zauberdoktor Khamis befand sich nicht in seiner Hütte, als Uhha, halbtot vor Furcht, in deren Dunkel hineinkroch. Auch seine Weiber waren nicht da; die arbeiteten draußen mit ihren anderen Kindern außerhalb der Palisade, wo Uhha eigentlich auch hätte sein sollen. So blieb dem Mädchen Zeit zur Überlegung, ehe ihr eine von den anderen zu Gesicht kam. Dabei kam ihr auch wieder die Erinnerung an einen Umstand, den sie in ihrem ersten Schrecken fast vergessen hatte, nämlich daß ihr der Flußteufel ausdrücklich verboten hatte, ihr Gespräch weiterzuerzählen.

Und sie hatte eben ihrem Vater alles sagen wollen! Dann wäre ihr sicher ein ganz schlimmes Unheil zugestoßen! Sie zitterte beim Gedanken an ein Geschick, dessen Furchtbarkeit sie sich gar nicht mehr ausmalen konnte. Mit knapper Not war sie davongekommen! Aber was sollte sie jetzt anfangen? Zusammengekrümmt lag sie auf einer Grasmatte und zermarterte ihr kleines dummes Gehirn, um eine Lösung des ungeheuren Problems zu finden, das sich ihr aufgetan hatte. Zum ersten Male war ihr eine andere Frage aufgetaucht als die, wie sie sich um die Plackerei auf dem Felde herumdrücken könnte. Plötzlich fuhr sie auf und saß ganz starr wie ein Steinbild, denn ihr war ein Gedanke gekommen. Warum war ihr das nicht früher eingefallen? Klar und deutlich hatte er es gesagt und sogar noch einmal wiederholt: wenn er freigelassen würde, wüßte er, daß er wenigstens einen Freund im Dorfe Odebes habe, dem er dann hohes Alter und lauter gute Dinge gewähren werde. Aber ein paar Minuten später ließ Uhha diesen Gedanken wieder fallen. Wie sollte sie, ein kleines Mädchen, die Befreiung des Flußteufels allein durchführen?

Baba, fragte sie später, als ihr Vater in die Hütte heimkam: wie bringt der Flußteufel die Leute um, die ihm etwas antun?

Soviel der Fische im Wasser sind, so viele Mittel und Wege hat der Flußteufel – zahllos sind sie, erwiderte Khamis: Er kann die Fische aus dem Flusse fortsenden, das Wild der Dschungel verjagen und unsere Ernte verkommen lassen. Dann müssen wir verhungern. Oder er läßt nachts Feuer vom Himmel fallen und alles Volk Odebes erschlagen.

Denkst du, er wird *uns* so behandeln, Baba?

Khamis wird er nichts tun, erwiderte der Zauberdoktor: denn der hat ihn vor dem Tode bewahrt, den ihm Odebe bereiten wollte.

Uhha dachte daran, daß sich der Flußteufel über Khamis beklagte, weil ihm dieser kein gutes Essen und kein Bier brachte. Aber sie wagte keine Bemerkung darüber, daß ihr Vater keineswegs beim Flußteufel so hoch in Gunst stand, als er glaubte. Sie ging anders vor:

Wie soll er aber entkommen, fragte sie: er hat doch den eisernen Ring um den Hals – wer nimmt ihm den ab?

Den kann niemand abnehmen als Odebe, der das Stück Messing, zum Öffnen des Halsbandes in seiner Tasche hat, erwiderte Khamis: Aber der Flußteufel bedarf keiner Hilfe, denn wenn die Zeit kommt, daß er frei sein will, dann verwandelt er sich einfach in eine Schlange und schlüpft durch das Eisenband um seinen Hals durch. Wohin willst du, Uhha?

Odebes Tochter besuchen, rief die Kleine über die Schulter zurück. Die Häuptlingstochter war beim Maismahlen, eine Arbeit, bei der eigentlich auch Uhha hätte sein sollen. Sie sah auf und lächelte, als die Tochter des Zauberdoktors näher kam.

Sei leise, Uhha, warnte sie, nach der Mitte deutend: mein Vater Odebe schläft drinnen.

Die Besucherin hockte sich nieder, und die beiden plauderten leise. Sie sprachen von ihrem Schmuck, ihren Haarfrisuren und über die jungen Männer im Dorfe; aber wenn sie auf die zu reden kamen, kicherten sie häufig. Ihre Unterhaltung unterschied sich wenig von der zweier Mädchen aus anderen Rassen unter anderen Breitengraden. Während ihres Gespräches wanderten Uhhas Augen immer wieder nach Odebes Hütte, und mehrmals deutete das Zusammenziehen ihrer Augenbrauen tieferes Nachsinnen an, als ihr müßiges Geschwätz ahnen ließ.

Plötzlich fragte sie: Wo hast du das Armband aus Kupferdraht, das dir deines Vaters Bruder zu Anfang des letzten Mondes gab?

Odebes Tochter zuckte die Achseln: Er nahm es mir wieder und gab es der Schwester seines jüngsten Weibes. Uhha ließ die Flügel hängen. Ob sie etwa das Kupferarmband selbst gerne gehabt hätte? Ihre Augen musterten die Freundin scharf. Mit einem Male hellte sich ihr Gesicht auf:

Und das Halsband mit den vielen Perlen, das dein Vater von der Leiche des Kriegers nahm, den wir für das letzte Fest fingen? Das hast du doch nicht verloren?

Nein, erwiderte ihre Freundin: Das ist beim Vater im Hause. Wenn ich Mais mahle, ist es mir immer im Wege, deswegen habe ich es beiseite gelegt.

Kann ich's sehen? fragte Uhha: Ich werde es holen!

Nein, du könntest Odebe aufwecken, und dann wird er sehr böse, sagte die Häuptlingstochter.

Ich werde ihn nicht stören, widersprach Uhha und wandte sich nach dem Hütteneingang.

Ihre Freundin wollte sie abhalten: Ich werde es holen, sobald Baba aufgewacht ist, versprach sie Uhha, doch diese hörte gar nicht hin und kroch bereits vorsichtig ins Innere der Hütte. Dort wartete sie eine Weile, bis sich ihre Augen an das Halbdunkel gewöhnt hatten. An der anderen Hüttenwand lag Odebe langgestreckt auf einer Schlafmatte und schnarchte friedlich. Uhha kroch so verstohlen wie Sheeta, der Leopard, auf ihn zu. Ihr Herz schlug wie ein Tam-tam, wenn der Tanz am wildesten ist. Sie fürchtete, das Klopfen ihres Herzens und ihre keuchenden Atemzüge würden den alten Häuptling wecken, Vor dem sie nicht weniger Scheu hatte als vor dem Flußteufel. Aber Odebe schnarchte ruhig weiter.

Jetzt war Uhha dicht neben ihm, und ihre Augen hatten sich an das Halbdunkel der Hütte gewöhnt. Neben Odebe, halb unter dem Körper versteckt, sah sie eine Tasche. Vorsichtig legte sie ihre zitternden Finger daran und wollte sie hervorziehen. Da rührte sich der Schläfer unbehaglich, und Uhha wich angstvoll zurück. Odebe änderte seine Lage, und Uhha dachte, er sei aufgewacht, Sie war starr vor Schrecken, sonst wäre sie Hals über Kopf aus der Hütte geflohen, aber zu ihrem Glück wagte sie nicht, sich zu rühren, und alsbald schnarchte Odebe weiter. Doch nun war ihr Mut dahin, und sie dachte nur noch daran, wie sie, ohne entdeckt zu werden, wieder aus der Hütte kommen könnte. Noch einen letzten ängstlichen Blick warf sie auf den Häuptling, ob er auch schliefe. Da fielen ihre Blicke auf die Tasche. Odebe hatte sich herumgedreht, und da lag sie, von seinem Körpergewicht befreit, greifbar in ihrem Bereich.

Sie griff danach und zog die Hand wieder zurück. Sie wendete sich ab, denn das Herz wollte ihr versagen, und sie fühlte sich ganz schwindelig. Aber dann dachte sie an den Flußteufel und die schrecklichen Todesarten, die er senden konnte. Noch einmal faßte sie nach der Tasche, und diesmal nahm sie sie auf, öffnete sie hastig und untersuchte den Inhalt. Da war der Messingschlüssel. Sie kannte ihn gleich, denn er war das einzige Stück, dessen Zweck sie nicht kannte. Halsring, Kette und Schlüssel hatte Odebe einst einem arabischen Sklavenjäger abgenommen, den sie getötet und aufgefressen hatten, und da einige der älteren Leute aus Odebes Dorf ähnliche Fesseln zu kosten bekommen hatte, war es nicht schwierig, sie erforderlichenfalls zu verwenden. Uhha schloß hastig die Tasche und legte sie wieder an Odebes Seite. Den Schlüssel in der geballten Faust verborgen, kroch sie schleunigst durch die Türe hinaus.

Am nämlichen Abend noch, sobald die Glut der Kochfeuer mit Erde bedeckt war und Odebes Volk sich in seine Hütten zurückgezogen hatte, hörte Esteban Miranda eine verstohlene Bewegung am Eingang seines Verließes. Er lauschte angespannt. Jemand kam hereingekrochen – jemand oder etwas.

Wer ist da? fragte der Spanier mit einer Stimme, die kaum das Zittern verbergen konnte.

Sst! erwiderte der Eindringling leise: Ich bin's, Uhha, die Tochter von Khamis, dem Zauberdoktor. Ich komme, um dich in Freiheit zu setzen, damit du weißt, daß du doch einen guten Freund in Odebes Dorf hast, und uns darum nicht zu vernichten brauchst.

Miranda mußte lächeln. Seine Andeutung hatte schneller gefruchtet, als er hoffen konnte; offenbar hatte das Mädchen auch das anbefohlene Stillschweigen gewahrt, aber das machte nichts mehr aus, wenn er auch so sein Ziel, die Freiheit, erreichte. Er hatte dem Mädchen nur darum Schweigen anbefohlen, weil er glaubte, daß das der sicherste Weg sei, seine Worte im Dorfe herumzubringen. Dort würden sie dann schon zu den Ohren von irgendeinem abergläubischen Schwarzen gelangen, der Mittel und Wege fand, ihn zu befreien, sobald der Ansporn dazu gegeben war.

Wie willst du mich denn befreien? fragte Miranda. Schau! rief Uhha: Ich habe den Schlüssel zum Ring um deinen Hals mitgebracht.

Uhha kroch näher an den Mann heran und reichte ihm den Schlüssel. Dann wollte sie flüchten.

Warte! gebot der Gefangene: Wenn ich frei bin, mußt du mich bis zum Dschungel begleiten. Wer mich freimacht, muß auch das tun, wenn er die Gunst des Flußgottes gewinnen will.

Uhha hatte Angst, aber sie wagte keine Weigerung. Miranda fingerte einige Minuten an dem alten Schloß herum, ehe es endlich dem abgenützten Schlüssel nachgab. Als er aus dem Halsring geschlüpft war, schnappte er das Schloß wieder zu, nahm den Schlüssel an sich und kroch ins Freie.

Verschaffe mir Waffen, flüsterte er dem Mädchen zu, und Uhha verschwand in dem Schatten der Dorfstraße. Miranda wußte, daß die Kleine voller Angst war, aber er war sicher, daß gerade diese Furcht sie wieder mit Waffen zu ihm herbringen würde. In der Tat kam Uhha noch vor Ablauf von fünf Minuten mit einem Köcher voll Pfeile, einem Bogen und einem kräftigen Messer zurück.

Führe mich jetzt zum Tore, befahl Esteban.

Uhha führte den Flüchtling zu dem Dorftor, wobei sie die Hauptstraße vermied und sich soviel wie möglich hinter den Hütten hielt. Sie war etwas überrascht, daß der Flußteufel nicht wußte, wie man das Dorftor entriegelte, und öffnete; sie hatte gedacht, Flußteufel seien allwissend. Aber sie tat, was er ihr gebot, zeigte ihm, wie man die große Vorlegestange zurückzog, und half ihm, die Torflügel so weit aufzudrücken, daß man hindurchkonnte. Drüben war die Lichtung, die zum Flusse führte, zu beiden Seiten ragten die Riesen der Dschungel zum Himmel. Es war recht dunkel draußen, und Esteban Miranda fand plötzlich, daß die neugewonnene Freiheit auch ihre unangenehmen Seiten hatte. Der Gedanke, nachts allein in die finstere, unheimliche Dschungel hinauszumüssen, erfüllte ihn mit namenlosem Grauen.

Uhha wich vom Tore zurück. Sie hatte ihr Teil getan und das Dorf vor der Vernichtung gerettet. Jetzt wollte sie das Tor wieder schließen und zur Hütte ihres Vaters zurückeilen, um sich dort niederzulegen und zitternd den Morgen zu erwarten, der dem Dorfe das Entkommen des Flußteufels enthüllen mußte.

Da griff Esteban zu und packte sie am Arme: Komm, sagte er, und nimm deine Belohnung;

Uhha suchte sich ihm zu entreißen: Laß mich los, rief sie: Ich fürchte mich.

Aber Esteban fürchtete sich gleichfalls und war der Meinung, daß in der Tiefe der einsamen Dschungel die Gesellschaft dieses kleinen Negermädchens immer noch besser sei als gar keine. Vielleicht würde er sie beim Morgengrauen zu ihrem Stamme zurückkehren lassen; aber heute nacht – ihn schauderte bei dem Gedanken, die Dschungel ohne menschlichen Gefährten zu betreten. Uhha suchte sich seinem Griff zu entreißen. Sie kämpfte wie eine kleine Löwin und wollte zuletzt laut um Hilfe rufen, da preßte ihr Miranda die Hand auf den Mund, hob sie vom Boden auf und eilte mit ihr über die Lichtung in die Dschungel.

Die Krieger des Kannibalen Odebe schliefen derweil friedlich, ohne etwas von der plötzlichen Tragödie zu ahnen, die sich jetzt im Leben der kleinen Uhha abspielte.

Fern draußen in der Dschungel erscholl das donnernde Brüllen eines Löwen.

Sturz ins Ungewisse

Von Lord Greystokes afrikanischem Bungalow gingen drei Personen langsam durch den Rosenlaubenweg, der von der Veranda durch des Affenmenschen wohlgepflegten Garten führte. Es waren zwei Herren und eine Dame, alle drei in Khakikleidung. Der ältere Herr mit der Fliegerkappe und Schutzbrille in der Hand, hörte mit gutmütigem Lächeln dem jüngeren zu.

Wenn Mutter hier wäre, würdest du es wohl lassen, sagte dieser: Sie würde es dir einfach nicht erlauben.

Ich fürchte, du hast recht, mein Junge, erwiderte Tarzan. Aber nur noch dies eine Mal fliege ich, dann steige ich nicht wieder auf, ehe sie zurück ist, das verspreche ich dir. Du hast ja selbst gesagt, daß ich ein gelehriger Schüler sei, wenn du also als Lehrer wirklich etwas taugen willst, dann mußt du zu meiner Befähigung Vertrauen haben, nachdem du einmal erklärt hast, ich sei durchaus zur Führung einer Maschine imstande. Was, Meriem, habe ich da nicht recht? fragte er die junge Dame.

Diese schüttelte aber den Kopf: Ich habe ebensoviel Sorge um dich, Vater, entgegnete sie: Du bist so waghalsig, daß man annehmen muß, du hältst dich für unsterblich. Du solltest vorsichtiger sein.

Der Jüngere legte seinen Arm um die Schulter seiner Frau: Meriem hat recht, meinte er: Du solltest *wirklich* vorsichtiger sein, Vater.

Tarzan zuckte mit den Achseln: Wenn ihr zwei, du und deine Mutter, euren Willen behieltet, dann wären meine Nerven und Muskeln längst verkümmert. Sie sind mir zum Gebrauch gewachsen, und ich gedenke sie auch auszunützen – mit Vernunft natürlich. Eines Tages bin ich doch alt und wertlos, und lange genug bleibe ich es.

Draußen auf der freien Ebene, die sich vom Bungalow bis zur fernen Dschungel erstreckte, stand ein Doppeldecker, in dessen Schatten sich zwei Waziri räkelten. Korak, Tarzans Sohn, hatte sie erst als Mechaniker und später als Flugzeugführer ausgebildet. Dieser Umstand hatte Tarzan nicht wenig in seinem Entschluß bestärkt, das Fliegen selbst gründlich zu lernen, denn als Oberhäuptling der Waziri durfte er sich auch nicht in der geringsten Einzelheit von einem einfachen Krieger seines Stammes übertreffen lassen. Tarzan setzte Sturzhelm und Brille auf und kletterte in den Führersitz hinauf.

Nimm mich lieber mit, meinte Korak.

Tarzan schüttelte nur mit gutgelauntem Lächeln den Kopf.

Dann wenigstens einen der Mechaniker, drängte sein Sohn: Vielleicht hast du unterwegs eine Störung, die dich zum Landen zwingt, und wenn du keinen Mechaniker dabei hast, was willst du dann anfangen?

Laufen! erwiderte der Affenmensch. Andua, befahl er dem einen der Schwarzen: Anwerfen!

Einen Augenblick danach dröhnte die Maschine übers Feld, stieg in glattem, elegantem Bogen auf, kurvte sich in die Höhe und zog in gerader Richtung davon, während ihr die Augen der Untengebliebenen nachsahen, bis sie ihnen als immer kleiner werdender Fleck entschwand.

Wohin meinst du, daß er fliegt? fragte Meriem.

Korak schüttelte den Kopf: Angeblich hat er kein besonderes Ziel und macht nur seinen ersten selbständigen Übungsflug allein. Aber, wie ich ihn kenne, sollte es mich nicht wundern, wenn er sich's in den Kopf gesetzt hätte, nach London zu fliegen und Mutter zu besuchen.

Aber das ist doch unmöglich, rief Meriem.

Für einen gewöhnlichen Menschen wohl, besonders bei so wenig Erfahrung und geringen Mengen an Betriebsstoff; aber du mußt zugeben, Vater ist eben kein gewöhnlicher Mensch.

Eineinhalb Stunden lang flog Tarzan ohne Kursänderung weiter, ohne sich über die Zeit und die zurückgelegte Riesenentfernung klar, zu werden, so entzückt war er von der Leichtigkeit, mit der sich das Flugzeug lenken ließ, und so erregt von dieser neuen Maschinenkraft, die ihm die Freiheit und Beweglichkeit der bisher beneideten Vögel verlieh.

Jetzt sah er vor sich eine große Wasserfläche oder richtiger eine Anzahl Wasserbecken zwischen Höhenzügen, und erkannte alsbald zu seiner Linken die Flußwindungen des Ugogo. Aber das Gelände mit der Seenplatte war ihm neu und erstaunte ihn. Augenblicklich erkannte er aber auch, daß er schon zweihundert Kilometer von daheim entfernt war, und entschloß sich zur Umkehr. Nur das Geheimnis der Seenplatte zog ihn an; das mußte er vor dem Rückflug näher untersuchen. Wie kam es, daß er nie bei seinen vielen Wanderungen in diese Gegend gekommen war? Er hatte auch niemals etwas darüber von den Eingeborenen gehört, die in nächster Nähe wohnten. Er ging tiefer, um die Seenbecken besser beobachten zu können, die sich jetzt als eine Reihe von flachen Kratern erloschener Vulkane erwiesen. Er sah Wälder, Teiche und Flüsse, von deren Vorhandensein er nichts geahnt hatte, und auf einmal entdeckte er, warum es in einem ihm so wohlbekannten Gelände einen Landstrich gab, von dem weder er noch die umwohnenden Eingeborenen etwas wußten. Er hatte den sogenannten »Großen Dornwald« erkannt. Seit Jahren kannte er dies undurchdringliche Dickicht, das eine weite Fläche zu bedecken schien und nur die kleinsten Tiere durchließ. Jetzt stellte er fest, daß es sich um einen ziemlich schmalen Streifen Dornbusch handelte, der eine liebliches, gut bewohnbares Land einschloß. Aber dieser Streifen bildete den schlimmsten Dornverhau, der je ein Geheimnis vor den Augen der Menschen geschützt hatte.

Tarzan beschloß, erst einmal dieses lang gehütete Land des Geheimnisses zu umkreisen, ehe er die Nase seines Flugzeuges heimwärts richtete, und ging im Eifer noch tiefer herunter. Unter ihm wuchs ein dichter Urwald; ein Stück weiter erstreckte sich offene Steppe, die am Rande steiler Steinhügel endete. Da bemerkte er, daß er in Gedanken das Flugzeug zu tief hatte sinken lassen, aber im gleichen Augenblick streifte er auch schon die belaubte Krone eines alten Urwaldherrschers, und ehe er eine Steuerbewegung ausführen konnte, senkte sich seine Maschine, überschlug sich und krachte unter dem Knacken brechender Äste und dem Splittern ihrer eigenen Holzteile zwischen den Bäumen hinab. Nach einer Minute herrschte tiefes Schweigen+...

Einen Waldpfad entlang schlich Wara, die Riesin, ein Geschöpf von menschenähnlichem Wuchs, das aber doch keinen menschlichen Eindruck machte. Ein großes Tier, das aufrecht auf zwei Beinen ging und eine Keule in der schwieligen Hand hielt. Das lange Haar fiel ungekämmt über die Schulter, Haare wuchsen auf Brust und Händen. Ein schmaler Lederstreifen trug eine Anzahl Schlaufen aus Rohhaut, an deren unteren Enden faustgroße runde Steine hingen, die mit Federn in leuchtenden Farben versehen waren. Die großen Füße waren unbekleidet und ihre ursprünglich weiße Haut braungebrannt. Das Gesicht war klobig, besaß eine breite Nase, einen breiten Mund mit dicken Lippen, Augen von regelrechter Größe, die unter dicken vorstehenden Augenbrauenwülsten saßen, die eine breite flache Stirn krönte. Im Gehen klappte diese Gestalt mit ihren großen flachen Ohren und zuckte ab und zu mit verschiedenen Teilen der Kopf- und Körperhaut wie ein Pferd, das die Fliegen verjagt.

Leise ging das Geschöpf vorwärts, die dunklen Augen spähten dauernd umher, während die wackelnden Ohren oftmals sich steif spitzten, wenn das Weib auf die Geräusche von Wild und von etwaigen Feinden lauschte.

Jetzt hielt die Riesin an, beugte sich mit vorwärtsgestreckten Ohren vor und sog mit ausgebreiteten Nasenflügeln die Witterung ein. Irgendein Geruch oder ein Laut, den unsere abgestumpften Organe gar nicht bemerkt hätten, erweckte ihre Aufmerksamkeit. Vorsichtig kroch sie weiter, da sah sie an einer Biegung des Pfades eine Gestalt mit dem Gesicht auf dem Boden liegen. Affentarzan lag bewußtlos da, während über ihm die zersplitterten Reste seines Flugzeuges in den Zweigen festgekeilt saßen.

Die Riesin packte ihre Keule fester und trat näher. Ihr Gesicht zeigte deutlich Erstaunen über dieses fremdartige Geschöpf, aber keineswegs Furcht. Mit hocherhobener Keule trat sie neben den hingestreckten Mann, aber sie schlug nicht zu. Sie kniete neben ihm nieder und untersuchte seine Kleidung, drehte ihn auf den Rücken um und legte das Ohr an seine Herzgrube. Einen Augenblick machte sie an seinem Hemd herum, bis sie es ungeduldig mit den Händen auseinanderriß. Dann legte sie ihm das Ohr an die bloße Haut und lauschte wieder. Sich umsehend, stand sie auf, bückte sich, warf sich den Körper des Affenmenschen mit Leichtigkeit über die Schulter und setzte ihren Weg auf dem Dschungelpfad fort. Der Weg lief bald in die wellenförmige Steppe aus, die sich am Fuße der Felshügel ausbreitete, zog sich über die Ebene hinweg und führte drüben in eine schmale Sandsteinschlucht, in die das Weib jetzt seine Bürde trug.

Etwa tausend Schritte hinter dem Eingang erweiterte sich die Kluft zu einem annähernd kreisrunden Amphitheater, dessen steile Wände von zahlreichen Höhleneingängen durchbohrt waren. Vor diesen Löchern hockten lauter Geschöpfe wie die Riesin Wara, die Tarzan in diese merkwürdige Behausung hineinbrachte. Als die Wilde das Amphitheater betrat, richteten sich aller Augen auf sie, denn man hatte sie längst kommen hören. Wie sie nun mit ihrer Bürde hereinkam, standen einige hastig auf und gingen ihr entgegen. Sämtliche Weiber glichen in Wuchs und Tracht der mit Tarzan zurückgekommenen, wenngleich sie in Größe und Gesichtsausdruck ebenso verschieden waren wie die Angehörigen anderer Rassen untereinander.

Keine von ihnen sprach oder ließ auch nur einen Laut hören, während die Heimgekehrte geradewegs auf einen der Höhleneingänge zuging, aber Wara schwang wild ihre Keule hin und her und behielt jede Bewegung ihrer Gefährtinnen mit mürrischer Miene im Auge.

Sie war der Höhle schon ganz nahe, als eine, die hinter ihr herkam, herzusprang und nach Tarzan griff. Flink wie eine Katze ließ die Angegriffene ihre Beute fallen, warf sich auf die unbesonnene Gegnerin und streckte sie blitzschnell durch einen wuchtigen Keulenschlag auf den Kopf zu Boden. Dann stellte sie sich breitbeinig über Tarzans hingestreckte Gestalt und stierte um sich wie eine von den Jägern gestellte Löwin, mit der stummen Frage, wer zunächst Lust hätte, ihr die Beute zu nehmen. Aber die anderen schlichen in ihre Höhlen zurück und ließen die Besiegte bewußtlos im heißen Sande liegen. Die Siegerin Wara packte ihre Bürde wieder auf, die ihr nunmehr keine mehr streitig machte, ging in ihre Höhle und warf dort den Affenmenschen ohne weitere Umstände im Schatten des Eingangsstollens auf den Boden. Mit dem Gesicht nach draußen, um vor Überraschung durch die andern sicher zu sein, hockte sie sich neben ihren Fund nieder und begann ihn genau zu untersuchen. Tarzans Kleidung erregte erst ihre Neugierde, dann ihren Unwillen, denn sie begann alsbald ihn ihrer zu entledigen. Da sie mit Knöpfen und Schnallen nicht Bescheid wußte, riß sie die Kleider einfach mit Gewalt herunter. Die festen Lederschuhe machten ihr einem Augenblick Mühe, aber schließlich gaben auch deren Säume ihren kräftigen Muskeln nach.

Nur das diamantbesetzte goldene Anhängsel, das von Tarzans Mutter stammte, ließ sie unangerührt an der goldenen Kette um seinen Hals hängen.

Einige Zeit lang betrachtete ihn Wara, dann stand sie auf, nahm ihn wieder auf die Schulter und schritt nach der Mitte des Amphitheaters, dessen größter Teil mit niedrigen Gebäuden bedeckt war. Diese waren aus flach aufeinandergelegten Steinen errichtet, die die Wände bildeten, über die riesige flache Steine als Dächer gelegt waren. Die einzelnen Bauten waren mit den Enden so aneinandergereiht, daß sie ein Oval mit einem großen freien Platz in der Mitte bildeten.

Die verschiedenen Ausgänge der Gebäude nach außen waren mit doppelten Steinplatten so verschlossen, daß eine aufrechte Platte die Öffnung verdeckte, während eine zweite, von außen dagegengestemmt, die erste gegen Aufdrücken von innen sicherte.

Zu einer dieser Türen schleppte das Weib den bewußtlosen Gefangenen, legte ihn auf den Boden und entfernte die Platten. Dann schleifte es ihn in das finstere Innere hinein, legte ihn wieder nieder und klatschte dreimal scharf in die Hände. Darauf schlichen sich sechs oder sieben Kinder beiderlei Geschlechts im Alter von etwa einem Jahre bis zu sechzehn, siebzehn in den Raum. Selbst das kleinste davon lief schon mit Leichtigkeit und konnte so gut für sich sorgen wie die Jungen der meisten Tiergattungen in diesem Alter. Die Mädchen, selbst die jüngsten, waren samt und sonders mit Keulen bewaffnet, aber die Knaben trugen weder Angriffs- noch Verteidigungswaffen. Als sie kamen, deutete das Weib auf Tarzan, schlug sich mit der geballten Faust vor den Kopf und wies dann mehrere Male auf sich selbst, indem es mit dem schwieligen Daumen seine eigene Brust berührte. Nach einigen weiteren Bewegungen mit den Händen, die so ausdrucksvoll waren, daß jeder ihren Sinn verstehen mußte, wandte sich Wara, das Höhlenweib, um, ging hinaus und legte die Steine wieder vor. Dann schlich sie zu ihrer Höhle zurück, ohne die eben niedergeschlagene Gegnerin Urgo zu beachten, die allmählich wieder zur Besinnung kam.

Die Siegerin von vorhin hatte kaum ihren Platz am Höhlengang eingenommen, als sich die andere aufrichtete, sich einige Zeit den Kopf rieb und sich nach einigem verständnislosen Umherschauen, wenn auch wankend, aufraffte. Nur ein paar Augenblicke schwankte sie hin und her, dann hatte sie sich wieder in der Gewalt und ging nach cincm bösen Streifblick auf ihre Gegnerin zu ihrer eigenen Höhle. Ehe sie diese aber erreicht hatte, wurde ihre Aufmerksamkeit wie die aller übrigen draußen befindlichen durch das Geräusch herannahender Schritte gefesselt. Sie hielt an, spitzte ihre großen Ohren und blickte lauschend nach dem Pfade, der vom Tale heraufführte. Einen Augenblick später erschien eine andere Stammesgefährtin an der Einmündung des Pfades in das Amphitheater. Anga, die Neugekommene, war riesengroß, noch viel größer als jene, die den Affentarzan gefangen hatte, und viel breiter und wuchtiger. Auf der einen Schulter trug sie eine erlegte Antilope, auf der anderen ein Wesen, halb Mensch, halb Tier, sicher aber weder das eine noch das andere.

Die Antilope war tot, das andere Geschöpf aber nicht. Es zappelte noch schwach – Sträuben konnte man seine schwächlichen Bewegungen kaum nennen – als es so über die nackte braune Schulter der Amazone hing, und seine Glieder baumelten vor halber Bewußtlosigkeit oder aus Angst schlaff hin und her.

Das Weib Wara, das Tarzan in das Amphitheater geschleppt hatte, erhob sich und stand vor dem Eingang zu seiner Höhle. Auch Urgo, die zweite, erhob sich, wie alle anderen nicht minder, und alle starrten auf Anga, die gleichmütig mit ihrer Bürde dahinschritt, aber die Augen aufmerksam über die drohenden Gestalten der andern gleiten ließ. Sie war in der Tat eine Riesin, diese dritte, darum standen die andern eine Zeitlang still und starrten ihr nur nach, bis auf einmal Wara einen Schritt vortrat und ihrer ersten Widersacherin, der Urgo, einen langen Blick zuwarf, dann tat sie einen weiteren Schritt, sah wieder nach Urgo und deutete erst auf sich selbst, dann auf Urgo und zuletzt auf Anga, die nunmehr ihre Schritte in der Richtung auf ihre Höhle zu beeilen begann, denn die drohende Haltung Waras war nicht mißzuverstehen. Auch Urgo verstand sie und rückte schon mit Wara zusammen vor. Kein Wort fiel, kein Laut entfloh den grimmen Lippen, denen Lächeln wie Lachen gleich fremd war.

Als die beiden Anga auf den Leib rückten, ließ diese ihre doppelte Beute zu Boden sinken und nahm mit der Keule in der Hand eine Verteidigungsstellung ein. Die andern zwei gingen mit geschwungenen Knütteln auf sie los. Die übrigen Weiber sahen untätig zu, wohl weil irgendein alter Brauch des Stammes die Zahl der erlaubten Angreifer nach dem Umfang der Beute bemaß, die streitig gemacht wurde. Auch als die Wara zuvor von Urgo angegriffen worden war, hatten sich alle übrigen zurückgehalten, sobald diese eine sich zum Kampfe um den Besitz von Tarzans Person vorgedrängt hatte. Diesmal aber traten zwei vor, da Anga doppelte Beute mit heimgebracht hatte.

Beim Aufeinanderstürzen der drei Weiber schien die Niederlage der Angegriffenen unvermeidlich, aber sie wehrte die Keulenschläge mit der Gewandtheit eines geübten Kämpfers ab, drängte sich durch die Deckung der ersten Gegnerin Wara und streckte sie mit einem furchtbaren Schlag auf den Kopf leblos auf den Boden. Anga gedachte nunmehr ihre ungeteilte Aufmerksamkeit der zweiten zuzuwenden, aber Urgo hatte angesichts des Schicksals ihrer Gefährtin keine Lust zu weiterem Kampfe, sie riß aus und flüchtete in der Richtung auf ihre Höhle zu. Inzwischen dachte wohl das Geschöpf, das die neue Siegerin zusammen mit der Antilope heimgebracht hatte, eine Gelegenheit zum Entkommen zu haben, solange seine Häscherin mit ihren zwei Gegnern beschäftigt war, und schlich sich in entgegengesetzter Richtung davon. Hätte der Kampf nur etwas länger gedauert, so wäre ihm das auch gelungen. Aber Geschicklichkeit und Wut Angas hatten den Kampf in wenigen Augenblicken beendet. Als sich Anga umdrehte, fand sie ihre lebende Beute am Entkommen und eilte dahinter her. Da sprang Urgo wieder herzu und suchte nun die Antilope zu fassen, während der Flüchtling, statt weiterzuschleichen, jetzt wie ein Pfeil nach dem Ausgang des Amphitheaters auf den Pfad zurannte.

Jetzt konnte man sehen, daß es ein Mann, oder richtiger ein Männchen war, das zweifellos zur gleichen Rasse wie die Weiber gehörte, obgleich es kleiner und viel zierlicher gebaut war. Es trug nur wenige spärliche Haare an Lippe und Kinn, hatte eine noch viel flachere Stirn als die Weiber und eng zusammenstehende Augen. Seine Beine waren aber viel länger und schlanker als die mehr auf Kraft als auf Flinkheit gebauten der Weiber. So war es denn auch von Anfang an nicht zweifelhaft, daß Anga keine Aussicht hatte, den Fliehenden einzuholen. Als die Verfolgerin sah, daß ihr die Beute entkam, zeigte sich der Zweck des Steinbehangs. Sie machte eine der Lederschlaufen vom Gürtel los, faßte das Riemenende mit Daumen und Zeigefinger, ließ den federgeschmückten Stein erst im Kreise sausen und dann fliegen. Pfeilgeschwind pfiff das Wurfgeschoß, ein Kieselstein von Walnußgröße, hinter dem Flüchtling her, traf ihn am Hinterkopf und streckte ihn bewußtlos zu Boden. Jetzt hatte die Amazone wieder Zeit für Urgo, die inzwischen die Antilope gepackt hatte, und stürzte mit geschwungener Keule auf sie los. Urgo rüstete sich mit mehr Mut als Vernunft zur Verteidigung des geraubten Wildes und stellte sich mit der Keule bereit. Als die dritte wie ein riesiger Berg aus Muskeln über sie hereinbrach, warf sie sich ihr mit vorgestrecktem Knittel entgegen, aber die mächtige Gegnerin versetzte ihr einen so grimmigen Streich, daß die deckende Keule jener zersplittert aus der Hand geschlagen wurde und sie sich waffenlos in der Gewalt der Feindin sah, die sie eben hatte berauben wollen. Sie wußte, was ihr bevorstand, aber sie fiel nicht etwa auf die Knie, um um Gnade zu flehen. Entschlossen riß sie eine

Handvoll Wurfsteine vom Gürtel, doch sie kam nicht mehr zur Benützung. Im mächtigen Rundschlag krachte die vernichtende Keule auf ihr Haupt.

Anga richtete sich auf und sah sich um, als ob sie fragen wollte: Hat sonst jemand Lust, mir mein Wild oder mein Männchen abzunehmen? Er soll nur herkommen!

Aber niemand hatte Lust, und das Weib ging zu dem zu Boden gestreckten Manne zurück, der langsam wieder zu sich kam, und riß ihn rauh in die Höhe. Da er noch nicht stehen konnte, warf sie ihn über die Schulter, schritt zu der Antilope, die sie auf die andere Schulter lud, und ging unangefochten nach ihrer Höhle, in der sie die zwei Beutestücke ohne weitere Umstände auf den Boden warf. Dann nahm sie einen Feuerquirl, rieb ihn in einem ausgehöhlten Stück Holz zwischen trockenem Zunder und hatte rasch ein Feuer. Bald schnitt sie dicke Streifen Fleisches von dem Wildbret und aß heißhungrig. Derweil kam der Mann vollends zu sich, saß auf und sah zunächst halb betäubt um sich; aber als seine Nase das gebratene Fleisch roch, deutete er mit dem Finger darauf. Das Weib reichte ihm das ungefüge Steinmesser, das auf dem Boden lag, und bedeutete ihm durch Zeichen, er solle sich an das Fleisch machen. Der Mann ergriff das Gerät, und bald briet er sich ein tüchtiges Stück Fleisch über dem Feuer. Er würgte es anscheinend mit großer Befriedigung noch halb roh hinunter, und das Weib sah ihm dabei zu. Er sah zwar keineswegs besonders gut aus, aber vielleicht hielt ihn das Weib für schön. Während die Weiber keinerlei Schmuck trugen, hatte dieser Mann Arm- und Fußbänder und trug auch ein Halsband aus Zähnen und Kieselsteinen, aus seinem über der Stirn zu einem Knoten gedrehten Haarschopf ragten verschiedene Holzstäbe von Spannenlänge heraus. Als sich der Mann gesättigt hatte, stand das Weib auf, packte ihn bei den Haaren und schleppte ihn in die innere Höhle. Er biß und kratzte, um sich loszumachen, aber er war hilflos in der Hand seiner riesigen Siegerin.

Draußen auf dem freien Platze vor den Höhleneingängen lagen die Leichen der zwei andern, und über ihnen schwebte bereits eine schwarze Wolke von Aasgeiern. Ska, der Geier, fand sich stets als erster zum Mahle ein.

Steinzeitamazonen

Tarzan war im Innern des merkwürdigen Steingelasses, in das man ihn so kurzer Hand geschafft hatte, alsbald Gegenstand des Interesses für eine Anzahl

Alalijunge, die sich um ihn scharten. Sie untersuchten ihn sorgfältig, drehten ihn um, tätschelten und zwickten ihn, bis schließlich einer der jungen Männchen an dem goldenen Anhängsel des Affenmenschen Gefallen fand und es an sich nahm. Da diese Geschöpfe noch auf der niedersten Stufe der menschlichen Entwicklung standen, blieb ihr Interesse nie lange bei einer Sache. Sie waren daher Tarzans bald müde und trotteten wieder hinaus in den Sonnenschein, es Tarzan überlassend, ob er wieder zur Besinnung kommen wollte oder nicht. Zum Glück hatten zahlreiche seinem Fall im Wege stehende Zweige die Wucht des Sturzes aus der Krone des Dschungelriesen gemildert, so daß er nur eine leichte Gehirnerschütterung davongetragen hatte. Er kam schon wieder langsam zu sich, öffnete, bald nachdem ihn die Alkalijungen verlassen hatten, die Augen, und schloß sie wieder. Seine Atmung begann regelmäßig zu werden, und als er die Augen richtig aufmachte, war ihm, als ob er aus tiefem, natürlichem Schlafe erwache. Nur ein dumpfer Kopfschmerz blieb als Erinnerung an den Sturz.

Er setzte sich auf und schaute umher. Allmählich gewöhnten sich seine Augen an das Dämmerlicht des Raumes. Er fand sich in einer roh aus Steinplatten errichteten Schutzhütte. Ein einziger Ausgang führte in eine ähnlich gebaute Kammer, die aber heller zu sein schien als sein derzeitiger Aufenthalt. Er erhob sich leise auf seine Füße und ging auf die Öffnung zu. Gegenüber in der anderen Wand des zweiten Raumes entdeckte er einen neuen Ausgang, der hinaus in die frische Luft und in den Sonnenschein führte. Abgesehen von ein paar schmutzigen Haufen moderigen Grases waren beide Räume ohne alle Einrichtung oder irgendwelche Andeutung, daß sie als menschliche Behausung dienten. Die zweite Tür, zu der er ging, zeigte ihm den Blick auf einen schmalen, mit großen flachen Steinplatten eingezäunten Hof. Dort sah er die jungen Alali teils in der Sonne, teils im Schatten herumhocken. Tarzan betrachtete sie mit offenbarem Staunen. Was waren das für Geschöpfe? Was war das für ein Platz, an dem man ihn allem Anschein nach eingesperrt? Stellten diese Wesen da seine Wächter oder Mitgefangenen vor? Wie kam er überhaupt hierher?

Tarzan fuhr sich wie immer, wenn er verdutzt war, mit den Fingern durch das dichte schwarze Haar. An den unglücklichen Abschluß seines Fluges erinnerte er sich wohl; er wußte auch noch, wie er durch die Zweige eines großen Baumes gestürzt war, aber weiter nichts mehr. Eine Zeitlang betrachtete er sich die Alali, die das nicht bemerkten, dann trat er so furchtlos wie der Löwe vor den Schakalen zu ihnen hinaus. Sie sahen ihn alsbald, erhoben sich und scharten sich um ihn. Die Mädchen stießen dabei die Knaben zur Seite und kamen kühn ganz dicht heran. Tarzan suchte mit ihnen zu reden, probierte es erst mit dem einen, dann mit dem anderen Eingeborenendialekt, aber sie schienen ihn nicht zu verstehen. Als letzten Versuch redete er sie schließlich in der primitiven Sprache der Riesenaffen an, die er als Säugling an der zottigen Brust der Äffin Kala unter den wilden Angehörigen von Kerschaks Affenhorde gelernt hatte. Auch jetzt erhielt er keine Antwort – wenigstens keine hörbare. Doch die Kinder bewegten Hände, Schultern und Körper und verdrehten die Köpfe in einer Weise, die der Affenmensch bald als eine besondere Art Zeichensprache erkannte. Dabei gaben sie aber nicht den geringsten Laut von sich, der angedeutet hätte, daß sie auch eine Sprache mit richtigen Lauten kannten. Sehr rasch verloren sie wieder das Interesse an dem Ankömmling und kehrten zu ihrem trägen Herumlungern im Hofe zurück, den Tarzan jetzt der Länge und Breite nach durchmaß und mit scharfen Augen auf eine Möglichkeit zum Entkommen untersuchte. Er sah gleich, daß er mit einem tüchtigen Anlauf seine Hände bis oben auf den Rand des Steinzaunes bekommen würde; das war also sicher ein Ausweg. Aber damit mußte er bis zur Dunkelheit warten, um vor einem Angriff der Geschöpfe in der Umzäunung und vor den anderen sicher zu sein, die sich wahrscheinlich draußen in der Umgebung aufhielten. Mit Herannahen der Dunkelheit begann das Verhalten der anderen Insassen sich merklich zu ändern. Sie trabten hin und her, kamen immer wieder zum Eingang der Schutzhütte, die sie oft durchliefen, um an dem flachen Verschlußstein des Ausgangs zu lauschen. Schließlich begann einer mit dem Fuße auf die Erde zu stampfen. Das machten die anderen alsbald nach, bis das Bum-Bum ihrer nackten, im Takte aufstampfenden Füße auf einige Entfernung draußen zu hören sein mußte. Der Zweck dieser Handlung mochte aber sein, wie er wollte, zunächst erfolgte nichts darauf. Da nahm eines der Mädchen mit wütender Fratze seinen Knüppel mit beiden Händen, trat an eine Wand und begann heftig auf sie loszuschlagen. Die übrigen Mädchen folgten ihrem Beispiel, während die Knaben weiter mit den Füßen trampelten.

Eine Weile sann Tarzan nach, was die ganze Sache bedeuten solle, aber sein eigener Magen gab ihm schließlich die Antwort darauf – diese Geschöpfe hatten Hunger und suchten die Aufmerksamkeit ihrer Kerkermeister zu erregen. Die Art und Weise, wie sie dabei zu Werke gingen, bestätigte ihm deutlich, was sein kurzes Zusammensein mit ihnen schon hatte annehmen lassen, nämlich, daß sie keine richtige Sprache besaßen.

Das Mädchen, das zuerst mit dem Klopfen gegen die Steinwand begonnen hatte, stand plötzlich davon ab und deutete auf Tarzan. Die anderen sahen nach ihm und nach ihr. Sie deutete erst auf ihre Keule, dann wieder auf Tarzan, worauf sie ganz kurz eine kleine Pantomime vorführte, die klipp und klar veranschaulichte, wie sie ihre Keule auf Tarzans Kopf schlug, wonach sie alle den Affenmenschen verzehrten. Die Keulenschläge gegen die Wand hörten auf. Die Füße ließen das Auf-den-Boden-Stampfen. Die ganze Horde interessierte sich für die neue Möglichkeit. Daß ihre Mutter Wara, die ihnen zu essen hätte bringen sollen, tot war, wußten sie nicht. Aber sie waren hungrig, denn das Weib hatte ihnen seit einem ganzen Tage nichts zu essen gebracht. Sie waren keineswegs Menschenfresser und wären nur im letzten Stadium der Hungersnot über einander hergefallen, wie es ja auch bei schiffbrüchigen Seeleuten zivilisierter Rassen schon vorgekommen ist, aber den Fremden sahen sie nicht als ihresgleichen an. Er ähnelte ihnen so wenig wie die anderen Geschöpfe, die ihnen die Mutter sonst zur Atzung gebracht hatte. Ihn zu verzehren, war ebenso berechtigt wie bei einer Antilope. Indessen wären die meisten von ihnen nicht auf diesen Gedanken gekommen. Das älteste der Mädchen war darauf verfallen, und auch sie hätte nicht daran gedacht, wäre etwas zum Essen dagewesen, denn sie wußte wohl, daß das sonderbare Wesen nicht zu diesem Zwecke hereingebracht worden war. Wara hatte ihn als Mann für sich mitgebracht, wie es bei diesem Volke üblich war, wo sich die Weibchen einmal in jedem Jahre einen neuen Gefährten draußen im Walde jagten; dort lebten die schüchternen Männchen als Einzelgänger für sich. Während der Zeit, in der sie dann in den steinernen Hürden des herrschenden Geschlechts gefangen gehalten wurden, erfuhren sie roheste Behandlung und waren sogar der Verachtung seitens der Sprößlinge ihrer zeitweiligen Ehegefährtinnen ausgesetzt.

Manchmal, wenn auch selten, gelang es ihnen, zu entkommen, gelegentlich ließ man sie aber auch laufen, denn es war leichter, sich in der nächsten Paarungszeit einen neuen Mann zu fangen, als einen solchen das ganze Jahr über in der Gefangenschaft zu füttern. So etwas wie Liebe gab es unter diesen wilden Halbtieren nicht. Die zur Welt gekommenen Jungen kannten weder ihre Väter, noch besaßen sie irgendwelche wenn auch noch so dürftige Zuneigung zu einander oder zu irgendeinem Wesen überhaupt.

Ein schmales Band fesselte sie nur an ihre Mutter, auf die sie der Nahrung wegen angewiesen waren, bis sie groß genug waren, um selbst in die Wälder zu gehen und Beute zu machen oder sich das zu suchen, was die freigebige Natur für sie bereithielt.

Im Alter von fünfzehn bis siebzehn Jahren wurden die Knaben freigelassen und in den Wald gejagt. Von da ab kannte selbst die eigene Mutter sie nicht mehr. Etwa im gleichen Alter wurden die Mädchen von der Mutter mit in die eigene Höhle genommen und blieben dort. Sie durften die Mutter dann auf der täglichen Jagd begleiten, bis sie sich selbst den ersten Gatten gewannen. Von da ab hausten sie für sich allein, und jedes Band zwischen Mutter und Kind war zerschnitten. Es konnte sogar vorkommen, daß sie wegen eines Mannes auf einander eifersüchtig wurden oder um eine Beute auf Leben und Tod miteinander kämpften. Der Bau der Steinhütten und Einfriedigungen, in denen die Kinder gehalten wurden, war die einzige gemeinsame Tätigkeit, zu der sich die Weiber notgedrungen zusammentun mußten, denn die Männer wären bei der ersten sich bietenden Gelegenheit während des Bauens in den Wald geflüchtet, und die Kinder hätten das gleiche getan, soweit sie sich schon stark genug fühlten, um auf eigenen Beinen zu stehen. Aber die Riesenweiber konnten mit dieser Riesenarbeit auch allein fertig werden.

Von der Natur mit ungeheuren Muskeln und Stahlsehnen ausgestattet, brachen sie die großen Steinplatten aus einem das Amphitheater überragenden Berghang, schleiften sie nach dem Grunde des kleinen Tales und richteten sie ohne weitere Hilfsmittel nur mit roher körperlicher Kraft auf.

Aber es wurde selten nötig, neue Hütten und Höfe zu bauen, denn die hohe Sterblichkeitsziffer unter ihnen machte meist genug Wohnstätten für die heranwachsenden Mädchen frei. Eifersucht, Gier, Jagdunfälle, gegenseitiger Mord und Totschlag, alles zusammen hielt die Zahl der erwachsenen Weiber auf niedrigem Stand. Gelegentlich erschlug wohl auch einer der verachteten Männer seine Häscherin beim Kampfe um die Freiheit.

Die abstoßende Lebensweise der Alalis war die naturgemäße Folge der unnatürlichen Vertauschung der Geschlechtsanschauungen. Der Mann soll Liebe fordern und durch seine Überlegenheit erst Achtung, dann Bewunderung im Herzen des begehrten Weibes erwecken. Die Liebe kam erst nach diesen anderen Empfindungen ins Dasein. Da die weiblichen Alalis den männlichen allmählich über den Kopf wuchsen, erloschen auch die Gefühle für Achtung und Bewunderung, und eine Liebe war unmöglich.

Tarzan war über die menschenfresserischen Absichten der wilden mißgebildeten Geschöpfe nicht im Zweifel. Die männlichen Alalis beteiligten sich zwar nicht an der Einleitung eines Angriffs, aber sie trugen eifrig trockenes

Gras und kleine Stücke Holz aus den Hütten zusammen. Während die drei Mädchen, deren jüngstes kaum sieben Jahre zählte, sich dem Affenmenschen mit drohend erhobenen Keulen näherten, zündeten die Jungen ein Feuer an, auf dem sie bald den saftigen Braten zubereiten wollten, den ihnen ihre zottige Mutter mitgebracht hatte.

Nur einer der Knaben, ein Bürschlein von sechzehn Jahren, hielt sich allein und machte mit Händen, Kopf und Körper erregte Zeichen. Anscheinend suchte er die Mädchen von ihrem Vorhaben abzubringen; er wendete sich sogar an die anderen Knaben um Hilfe, aber diese sahen nur einmal nach den Mädchen hin und setzten dann ihre Kochvorbereitungen fort. Als sich aber die Mädchen planmäßig dem Affenmenschen näherten, stellte sich der Junge ihnen sogar in den Weg und suchte sie aufzuhalten. Im Nu warfen sich die drei kleinen Teufel auf ihn, um ihn mit der Keule umzubringen. Aber der Knabe entwischte ihnen, riß ein paar der federgeschmückten Steine vom Gürtel und schleuderte sie auf seine Angreiferinnen. Seine Geschosse flogen so rasch und gutgezielt, daß zwei der Mädchen heulend zu Boden fielen. Das dritte Geschoß verfehlte sein Ziel, traf aber einen der Knaben an der Schläfe und tötete ihn augenblicklich. Es war jener Knabe, der Tarzans Anhängsel gestohlen hatte. Seit Tarzan wieder zur Besinnung gekommen war, hatte er es, schüchtern wie alle seine männlichen Gefährten, krampfhaft in der Hand verborgen gehalten.

Das älteste Mädchen sprang aber vorwärts, ohne sich dadurch stören zu lassen. Der Knabe warf noch einen Stein nach ihr, dann flüchtete er zu dem Affenmenschen. Er wußte zwar nicht; wie ihn dieser aufnehmen würde, vielleicht bewog ihn ein angeborenes Erinnerungsgefühl der Kameradschaft dazu – möglich auch, daß der in Tarzan in so hohem Grade verkörperte Edelmut in ihm eine Art vergessener Seele wiedererweckte. Wie dem auch sein mochte, er stellte sich an Tarzans Seite, während das Mädchen, das augenscheinlich in dieser neuen ungewohnten Kühnheit seines Bruders eine Gefahr witterte, nunmehr vorsichtiger herankam.

In ihrer Zeichensprache schien sie dem Knaben klarzumachen, was sie mit ihm anfangen werde, wenn er noch weiter seinen schwachen Willen zwischen sie und ihre hungrigen Wünsche stelle. Aber er machte nur ein paar trotzige Zeichen und blieb. Tarzan klopfte ihm jetzt freundschaftlich lächelnd auf den Rücken, da fletschte der Kleine greulich die Zähne, anscheinend ein Versuch, das gewinnende Lächeln des Affenmenschen zu erwidern. Doch inzwischen war das Mädchen heran. Tarzan wußte wirklich nicht, wie er sich verhalten sollte. Seine angeborene Ritterlichkeit verbot ihm, dies Geschöpf anzugreifen, ja schon der Gedanke, ihr in Selbstverteidigung eine Verletzung zufügen zu müssen, war ihm unangenehm. Gleichwohl wußte er, daß es sogar nötig werden könne, seine Gegnerin zu töten. So sah er sich denn wohl nach einem Ausweg um, hielt sich aber doch für eine Tat bereit, die ihm zuwider war. Zunächst hoffte er noch, so durchkommen zu können.

*

Die Riesin Anga hatte den neugefangenen Gatten aus der Höhle in die Umfriedigung gebracht, wo sie ihn ein oder zwei Wochen eingesperrt halten wollte. Sie hörte das Trampeln der nackten Füße und die Schläge der Keulen gegen die Wände aus dem Hof der toten Wara schallen und erriet bald deren Ursache. Ihr persönlich war das Wohl und Wehe der Sprößlinge jener anderen gleichgültig. Aber ein gewisser Rasseninstinkt bewog sie, die Kinder freizulassen, damit sie sich selbst ihren Lebensunterhalt suchen konnten und nicht durch Verhungern dem Stamme verloren gingen. Sie dachte nicht daran, fremde Kinder zu füttern, aber sie wollte ihnen das Tor öffnen und sie laufen lassen; dann konnten sie für sich selbst sorgen, sich durchbringen oder zugrunde gehen, wie es das unerbittliche Naturgesetz von der Auswahl der Tüchtigsten vorschreibt.

Vorläufig ließ sie sich aber noch Zeit. Sie griff mit ihren kraftvollen Fingern ins Haar ihres knurrenden Gatten und schleppte ihn trotz seines Widerstandes zu ihrem Hofe, nahm den großen Stein vom Eingang, stieß den Mann hinein und schloß die Öffnung wieder. Dann ging sie zum Hofe der anderen, öffnete die Türe und schritt durch die beiden Räume nach dem Innenhof, in dem eben das älteste Mädchen auf Tarzan losging. An der Tür stehenbleibend, schlug sie mit ihrer Keule an die Wand, um die Aufmerksamkeit auf sich zu lenken, und sogleich sahen alle zu ihr hin. Sie war das erste erwachsene weibliche Wesen, das die Kinder außer ihrer Mutter zu Gesicht bekamen, und sie wichen in offenbarer Angst zurück. Der Knabe an Tarzans Seite verkroch sich sogar hinter dessen Rücken, worüber sich dieser keineswegs wunderte. Auch er sah zum ersten Male ein ausgewachsenes Alaliweib, denn während der ganzen Zeit, in der ihn Wara herumgezerrt hatte, war er bewußtlos gewesen. Das Mädchen, das ihn eben noch mit der Keule bedroht hatte, schien ihn völlig vergessen zu haben. Sie drehte sich um und stellte sich mit tückisch zusammengekniffenen Augen und zähnefletschender Fratze der Riesin entgegen. Sie allein von allen Kindern schien keine Angst zu haben.

Der Affenmensch besah sich prüfend das ungeheure tierisch anmutende Geschöpf, das ihn vom anderen Ende des Hofes aus mit Glotzaugen betrachtete. Anga hatte ihn noch nicht gesehen, denn als ihn ihre jetzt tote Gegnerin heimbrachte, war sie noch auf der Jagd gewesen. Sie hatte gar nicht geahnt, daß die andere noch einen Mann außer den Kindern im Hofe hielt. Ha, das war eine Beute! Den würde sie gleich mit nach ihrem eigenen Gehöft nehmen! In dieser Absicht kam sie ihm gemächlich näher, da er ihr nicht entkommen konnte, falls er ihr nicht seitlich entwischte und durch den Ausgang flüchtete. Die übrigen Bewohner des Hofes hatte sie ganz vergessen.

Tarzan ahnte nicht im mindesten, was jene vorhatte; er dachte, sie wolle ihn als gefährlichen Eindringling in ihrem Hause behandeln. Er überflog mit einem Blick ihren Riesenwuchs, die mächtig entwickelte Muskulatur und die wuchtige Keule, die sie in der ungefügen Hand hin und her schwang. Dem allen hatte er nur seine waffenlose Nacktheit entgegenzustellen. Bei den Dschungelgeschöpfen gilt es nicht als feige, einem nutzlosen und ungleichen Kampfe auszuweichen, und Tarzan war nicht nur in der Dschungel aufgewachsen, mit seinen Kleidern war ihm auch der dünne, unnatürliche Firnis der Zivilisation abgerissen worden. Er war wieder das grimme Tier, das dem Kommen des Alaliweibes entgegensah, ein Raubtier, ebenso schlau wie gewaltig, das genau wußte, wann es zu kämpfen und wann zu flüchten galt.

Herumfahrend lud Tarzan mit einem Griffe den Knaben auf die Schulter, durchmaß mit wenigen Sprüngen die kurze Strecke bis zur Hofmauer und kletterte im Anlauf flink wie eine Katze bis oben hinauf. Nur einen Blick warf er nach rückwärts, dann ließ er den Knaben auf der anderen Seite hinab und sprang ihm nach. Er blickte um sich und sah zum erstenmal das Amphitheater und die Höhlenlöcher, vor denen immer noch einige Weiber hockten. Die Dunkelheit war nahe, denn die Sonne sank bereits hinter den Hügeln im Westen hinab. Tarzan konnte nur einen einzigen Ausgang sehen, die Kluft am anderen Ende des freien Platzes, durch die wohl ein Pfad in den Wald führen mußte. Dorthin jagte er, und der Knabe folgte ihm auf dem Fuße.

Jetzt hatte ihn eines der Weiber vor den Höhlen entdeckt. Sie packte ihre Keule, sprang auf und schlug Lärm. Andere folgten ihr, bis fünf oder sechs auf dem Pfade hinter Tarzan her waren.

Der Knabe hetzte vor Tarzan her, um den Weg zu zeigen, aber so schnell er war, gegen die flinken Muskeln seines Befreiers, die ihren Besitzer so oft sicher aus des wilden Numa Bereich getragen hatten, die selbst Bara, den Hirsch, einholten, kam er nicht auf. Die plumpen, schwer beweglichen Weiber hinter ihnen hatten keine Aussicht, die beiden einzuholen, wenn sie sich auf das Laufen verlassen wollten. Daran dachten diese auch nicht; sie hatten ja ihre Wurfsteine bei sich, mit deren Gebrauch sie fast von Geburt an vertraut waren. Aber es war schon recht finster geworden; der Pfad machte mehrere Windungen, und die Flüchtlinge gaben ein so unsicheres Ziel ab, daß es schwer war, einen Wurf so anzubringen, daß er nur betäubte und nicht gleich tötete. Ein gewisser Instinkt hielt die Weiber davon ab, die Männer zu töten, obgleich er sie nicht daran hinderte, sie mit größter Roheit zu behandeln. Hätte Tarzan geahnt, warum ihn diese Weiber so hartnäckig verfolgten, er wäre sicher viel hurtiger gelaufen. Erst als die Wurfgeschosse um seinen Kopf zu fliegen begannen, beschleunigte er seinen Lauf etwas. Der Affenmensch hatte bald den Wald erreicht und verschwand vor den erstaunten Augen seiner Verfolgerinnen, wie wenn er sich in leere Luft aufgelöst hätte. Jetzt befand er sich ja in seinem Element. Während sie noch auf dem Boden nach ihm spähten, schwang er sich schon längst durch die unteren Zweige der Bäume, wobei er immer den unten auf dem Pfade entlangrennenden Alaliknaben im Auge behielt.

Doch nun, da der Mann entkommen war, stellten die Weiber die Verfolgung ein und kehrten zu ihren Höhlen zurück. An dem Knaben lag ihnen nichts. Er konnte unbelästigt zwei, drei Jahre im Walde herumstreichen. Entging er bis dahin den Raubtieren und den Speeren und Pfeilen des Zwergvolkes, dann war er erwachsen und bildete für jedes der Riesenweiber während der Paarungszeit eine erwünschte Beute. Für den Augenblick aber konnte er sich eines verhältnismäßig freien und unbekümmerten Daseins freuen.

Seine Aussichten, sich durchzubringen, waren allerdings durch die frühzeitige Flucht in den Wald geringer geworden. Wäre seine Mutter am Leben geblieben, dann hätte sie ihn sicher noch wenigstens ein Jahr lang auf ihrem Hofe gelassen, und um diese Zeit wäre er besser den Gefahren und Nöten des wilden Lebens in Dschungel und Urwald gewachsen gewesen.

Dem Knaben verrieten seine scharfen Ohren bald, daß die Weiber die Verfolgung aufgegeben hatten. Er hielt an und sah sich nach dem fremden Geschöpf um, das ihn aus dem verhaßten Zwinger befreit hatte, aber in der Dunkelheit der hereinbrechenden Waldnacht konnte man nicht weit sehen. Der Fremde ließ sich nicht blicken. Der Knabe spitzte seine großen Ohren und lauschte. Kein anderes Geräusch als die rasch sich entfernenden Fußtritte der

Weiber war zu hören. Doch nunmehr erschollen andere ihm unbekannte Laute im Walde, die sein unerzogenes Gehirn mit unbestimmten Schrecknissen erfüllten. Aus dem umgebenden Unterholz kamen Geräusche, oben aus den Zweigen über seinem Kopfe klangen Töne, und zu alledem gesellten sich noch entsetzenerregende Witterungen.

Er wußte nichts von Löwen, es müßte denn sein, daß der Instinkt eine Art Bild jener verschiedenen Geschöpfe vormalt, vor denen die Bewohner der Wildnis gefühlsmäßig Furcht haben. Der Knabe war in seinem ganzen Leben noch nicht aus dem Zwinger herausgekommen, und da seine tote Mutter so wenig wie ihre übrigen Stammesgenossen die Gabe der Sprache besessen hatte, konnte er auch aus Erzählungen nichts von der Welt draußen wissen. Aber als der Löwe brüllte, wußte der Knabe doch, was das bedeutete.

Urwaldleben

Etwa einen Tagesmarsch von den Höhlen der Alalis entfernt kauerte Esteban Miranda im Dunkel eines anderen Waldes, hielt krampfhaft das Handgelenk der kleinen Uhha fest und zitterte jedesmal, wenn das donnernde Brüllen eines Löwen durch die Dschungel scholl. Das Mädchen spürte, wie der Körper des großen Mannes neben ihr zitterte und fuhr voll Verachtung auf ihn los:

Du bist gar nicht der Flußteufel, rief sie: Du hast ja Angst. Du bist nicht einmal Tarzan, denn mein Vater Khamis sagt, daß Tarzan sich vor nichts fürchte. Laß mich los, dann kann ich wenigstens auf einen Baum klettern. Nur ein Feigling oder ein Narr steht hier vor Todesangst wie gelähmt und wartet, bis ein Löwe kommt und ihn frißt. Laß mich gehen, sag ich!

Damit suchte sie ihm ihr Handgelenk zu entwinden.

Halte den Mund! zischte er: Willst du einen Löwen auf uns ziehen?

Doch ihre Worte und ihr Zerren hatten ihn wenigstens aus seiner Lähmung gerissen. Er bückte sich, nahm sie auf und hob sie hoch, bis sie die unteren Zweige eines Baumes erfassen konnte. Als sie dann in sichere Höhe hinaufgeklettert war, schwang er sich ihr nach. Bald fand er auch in etwas größerer Höhe einen sicheren und bequemeren Platz, auf dem sie beide den Morgen erwarteten, während sich drunten Numa, der Löwe, eine Weile hustend und keuchend herumtrieb und dann und wann mit tiefem Brüllen die Dschungel erzittern machte.

Bei Tagesanbruch kletterten die beiden endlich, ganz erschöpft von der schlaflosen Nacht, auf den Boden hinab. Das Mädchen hätte sich gerne noch länger aufgehalten in der Hoffnung, Odebes Krieger würden sie einholen. Aber was sie hoffte, das fürchtete ihr Entführer, der darum eine möglichst große Entfernung zwischen sich und den schwarzen Kannibalenhäuptling zu bringen suchte.

Miranda ging völlig in der Irre. Er hatte nicht die geringste Ahnung, wo er einen halbwegs brauchbaren Pfad zur Küste finden sollte, aber das kümmerte ihn im Augenblick weniger. Ihm lag nur daran, nicht wieder Odebe in die Hand zu fallen, darum wählte er die Richtung nach Norden, suchte aber stets nach den Anzeichen eines nach Westen führenden Pfades. Irgendwo hoffte er wohl auch auf ein Dorf mit freundlich gesinnten Eingeborenen zu stoßen, die ihm helfen würden, nach der Küste zu gelangen. So wanderten denn die beiden, so rasch es ging, nach Norden, wobei sie ihr Weg gerade am Ostrand des »großen Dornwaldes« vorbeiführte.

*

Die aufs Gehöft der toten Wara niederbrennende Sonne fand es alles Lebens bar. Nur der eine Knabe lag dort noch ebenso hingestreckt, wie er am Abend zuvor gefallen war. Da erschien ein schwarzer Fleck hoch oben am blauen Himmel. Er kam tiefer, wuchs und nahm die Form eines auf unbeweglichen Fittichen herabschwebenden Vogels an. Näher und näher kam er, große Kreise ziehend, bis er endlich über dem Hofe schwebte. Noch einen Kreis zog er, dann stieß er im Hofe auf den Boden. – Ska, der Geier, war da. Keine Stunde dauerte es, da war die Leiche des Knaben von schwarzen Vögeln völlig bedeckt. Zwei Tage blieben sie, aber als sie verschwanden, lagen nur noch die sauber abgenagten Gebeine da. Doch um den Hals eines Vogels hatte sich eine goldene Kette gewickelt, von der eine diamantgeschmückte Kapsel herabhing. Ska suchte sich das Schmuckstück abzureißen, das beim Fliegen so lästig unter ihm hin und her schwang, und auch beim Laufen auf der Erde im Wege war. Aber die Kette hatte sich zweimal um seinen Hals geschlungen und ließ sich nicht losmachen; da mußte er sie eben umbehalten und flog über den großen Dornwald davon, während die klaren Steine in der Sonne glänzten und funkelten.

*

Als Affentarzan die Verfolgung der Weiber abgeschüttelt hatte, hielt er auf dem Baume an, an dem der vom Schrecken gepackte Sohn Waras lehnte. Ganz dicht über ihm befand er sich; als Numa herzusprang, packte er den Knaben einfach beim Haar und zog ihn unbeschädigt hinauf, während die reißenden Tatzen des Löwen in die leere Luft griffen.

Am nächsten Tage befaßte sich der Affenmensch ernstlich mit der Suche nach Verpflegung, Bewaffnung und Ausrüstung. Nackt und waffenlos, wie er war, wäre es ihm übel ergangen, wäre er nicht Affentarzan gewesen. Auch der Alali wäre ohne den Affenmenschen schlimm dran gewesen. Früchte und Nüsse fand Tarzan, auch wohl einige Vogeleier. Aber er suchte Fleisch, darum jagte er eifrig nach Wild, nicht allein der Nahrung wegen, mehr noch, weil er die Haut, die Därme und Sehnen brauchte, um sich daraus die Gegenstände zu fertigen, die er für sein Dasein nötig hatte.

Auf der Suche nach geeigneter Beute spähte er auch nach Holz, das zu Speer, Pfeil und Bogen taugte. Das war denn auch bald genug entdeckt, aber der Tag ging fast zur Neige bis endlich ein sanftes Lüftchen, gegen das Tarzan schritt, ihm die Witterung von Bara, dem Hirsch, zutrug.

Tarzan schwang sich auf einen Baum und bedeutete dem Alali, zu folgen, aber dieser war so täppisch und ungeschickt, daß er ihm zu einem Sitze auf den Zweigen verhelfen mußte. Dort machte er ihm durch Zeichen verständlich, zu bleiben und die Sachen zu bewachen, die der Affenmensch bereits für Anfertigung von Waffen gesammelt hatte. Dann setzte Tarzan das Anpirschen allein fort.

Ob der Knabe die Anweisung verstanden hatte, war keineswegs klar, aber er folgte nicht nach, als sich Tarzan flink und geräuschlos durch die Zweige über der flüchtigen Spur des Wiederkäuers dahinschwang. Um nahe genug für Speer und Pfeil an Bara heranzukommen, muß man ein besserer Jäger mit mehr Weidmannskunst sein als der zivilisierte Mensch mit seinen verringerten natürlichen Anlagen. Selbst der Wilde verliert meist bei diesem Spiele mit Klugheit und Scharfsinn. Aber Tarzan mußte ihnen beiden und der Antilope noch dazu in der Schärfe der Sinne und im Gebrauch von Verstand und Muskeln über sein, wollte er Bara allein mit den Waffen zur Strecke bringen, die ihm die Natur verliehen hatte.

Während Tarzan, nur vom Geruch geleitet, leise durch die Dschungel schlich, zeigte ihm die stärker werdende Witterung an, daß Bara in nicht zu großer

Entfernung in einem Rudel versammelt sein mußte. Dem grimmen Affenmenschen lief das Wasser im Munde zusammen im Vorgeschmack des Festmahls, das nur auf sein Kommen wartete. Je stärker die Witterung wurde, desto vorsichtiger wurde er; lautlos schlich er wie ein Schatten im Schatten des Waldes entlang, bis er am Rande einer Lichtung ankam und die Antilopen vor sich grasen sah.

Der Affenmensch hockte sich regungslos auf einen tief herabhängenden Zweig und wartete, bis die Bewegungen des Rudels eines der Tiere seinem Standort auf dem Baume nahe genug brachten, um wenigstens einige Aussicht auf Erfolg beim Ansprung zu haben. Das geduldige, oft viele Stunden dauernde Warten, bis sich die Beute um so sicherer endlich selbst dem Tode ausliefert, ist ein Teil des großen Spiels, das der Jäger auf Hochwild verstehen muß. Eine einzige unzeitige oder unüberlegte Bewegung jagt die scheue Beute mit wilden Sprüngen in die weite Ferne, aus der sie sich vielleicht tagelang nicht wieder zurückgewagt.

Um einen solchen Zwischenfall zu vermeiden, wartete Tarzan unbeweglich wie eine Bildsäule, bis der Zufall eine der Antilopen in greifbare Nähe brachte. Da traf beim Warten die Witterung Numas, des Löwen, seine Nase. Tarzan runzelte die Stirne. Die Antilopen standen gegen den Wind, also mußte, da der Löwe doch nicht zwischen ihm und den Antilopen war, der Wind der Herde die Witterung ebenso zutragen wie ihm. Gleichwohl schienen die empfindlichen Geruchsorgane der Grasfresser die Witterung ihres Erzfeindes nicht zu merken. Das sah man an ihrer friedlichen Ruhe beim Grasen, wie sie mit den Schwänzen wedelten und dann und wann mit erhobenem Kopf und gespitzten Ohren einen Blick um sich warfen, der noch nichts mit dem Schrecken zu tun hatte, den die Entdeckung von Numas Nähe augenblicklich erregen würde.

Der Affenmensch schloß daraus, daß einer jener eigenartigen Luftwirbel, die so oft ein völlig unbewegtes Luftloch mitten in ihrem Wege stehen lassen, die Antilopen umgab und sie sozusagen gegen ihre nächste Umgebung isolierte. Während er noch darüber nachdachte und Numa zum Henker wünschte, hörte er plötzlich das Unterholz am anderen Rande der Lichtung krachen und im Nu waren die Antilopen auf dem Sprunge. Gleichzeitig brach ein junger Löwe heraus, der mit einem wilden Brüllen zum Sprunge ansetzte. Tarzan hätte sich vor Ärger und Enttäuschung am liebsten alle Haare ausgerauft. Die tolpatschige Torheit des jungen Löwen beraubte ihn seines Mahles – die Wiederkäuer stoben nach allen Richtungen auseinander. Der Löwe hatte durch seinen ungeschickten Ansprung sich selbst und Tarzan dazu ums Mahl gebracht. Doch halt, was kam da? Ein in Entsetzen gejagter Bock, der blindlings davonstürmte, um den Krallen des gefürchteten Raubtiers zu entgehen, schoß bolzengerade auf Tarzans Baum zu. Da tauchte ein schlanker, hellbrauner Körper mit dem Kopf voran nach unten aus den Zweigen, stahlharte Finger packten den Hals des Wildes und feste Zähne griffen in sein Genick. Das Gewicht des wilden Jägersmannes warf die Beute auf die Knie, und ehe sie sich wieder erheben konnte, hatte ihr ein kurzer Ruck der mächtigen Hände das Genick gebrochen.

Ohne noch einen Blick zu tun, warf sich Tarzan die Beute auf die Schulter und sprang am nächsten Baume auf. Er hatte keine Zeit mit Schauen zu verlieren, denn er wußte, was Numa tun würde, nun er ihm Bara vor der Nase weggeholt hatte. Er war denn auch kaum in Sicherheit, da fuhr die Riesenkatze bereits krachend auf den Fleck nieder, wo er eben noch gestanden hatte.

Numa war verdutzt, brüllte grauenhaft und stierte den oben auf einem Zweige sitzenden Affenmenschen an. Tarzan lächelte spöttisch: Du Sohn von Dango, der Hyäne, bleibe hungrig, bis du erst etwas vom Jagen verstehst. Er warf dem Löwen verächtlich einen abgebrochenen Zweig ins Gesicht und machte sich ohne Mühe mit der Beute auf der Schulter durch die dichtbelaubten Äste davon.

Es war noch heller Tag, als Tarzan zu dem wartenden Alali zurückkehrte. Der Junge besaß ein kleines Steinmesser, mit dem der Affenmensch ein paar große Stücke für den Sprößling Waras und für sich selbst von der Antilope heruntertrennte. Die starken weißen Zähne des vornehmen weißen Mannes senkten sich alsbald hungrig in das rohe Fleisch, während ihn der Alaliknabe erst überrascht anstarrte und dann Holz suchte, um ein Feuer anzuzünden. Tarzan sah erheitert zu, wie jener sich ein Stück auf eine für *ihn* schickliche Weise zubereitete, außen zu Kohle verbrannt, innen noch roh. Aber es war immerhin gebraten, und gab seinem Besitzer ein Gefühl bedeutender Überlegenheit über die niederen Tiere, die ihr Mahl roh verzehrten.

Tarzan lächelte bei dem Gedanken, wie unbestimmt die Linie ist, die den zivilisierten Menschen vom Wilden trennt, wenn es sich um Instinkt und Appetit handelt. Einige seiner französischen Freunde, mit denen er bei einer gewissen Gelegenheit zusammen speiste, waren entsetzt, als er ihnen erzählte, daß er ebensogut wie viele afrikanischen Volksstämme und wie die Affenvölker Raupen aß, und sie gaben ihrem Abscheu lauten Ausdruck, während sie zwischendurch mit sichtlichem Genuß Schnecken verzehrten. Der Durchschnittsmensch verspottet den Franzosen, weil er Froschschenkel ißt, kaut aber selbst mit vollen Backen an einem Spanferkelbein. Der Eskimo vertilgt rohen Walfischspeck, und am Amazonas essen die Leute (Weiße so gut wie Farbige) den Mageninhalt von Papageien und Affen und betrachten das als Feinschmeckerei. Der chinesische Kuli fragt nicht, ob das Fleisch, das er ißt, ordnungsgemäß geschlachtet ist und wie lange es her ist, und in Neuyork lebt ein Mann, sonst ein ganz ruhiger und stiller Mitbürger, der ißt Limburger Käse mit Birnen.

Da Tarzan für die nächsten Tage genügend mit Fleisch versorgt war, machte er sich an die Anfertigung von Waffen und einem Lendentuch. Er zeigte dem Alali, wie er mit seinem Steinmesser die Fleischteile von der Antilopenhaut schaben konnte, und machte sich dann selbst daran, mit nur ein paar aus einem Bach gelesenen Kieseln Waffen zu fertigen, die ihn instandsetzen sollten, es erfolgreich mit den Alaliweibern, den großen Raubtieren und etwaigen anderen Feinden aufzunehmen.

Beim Arbeiten sah er ab und zu auf den Alaliknaben und fragte sich zweifelnd, ob ihm dieses Häufchen Elend beim Versuch, den Weg durch den Dornwald zu finden, nützen werde. Daß das arme Geschöpf furchtsam war, zeigte sich an der Art, in der es vor den Alaliweibern floh und durch die Angst, in die es bei Numas Anblick geriet. Seine Stummheit machte den Knaben als Gefährten wertlos und der gänzliche Mangel anderer als der allerrohesten Weidmannskunst, die schon der Instinkt verleiht, ließ ihn für Tarzan völlig nutzlos erscheinen. Aber der Junge hatte sich nun einmal im Augenblick der Gefahr in jenem Hofe auf seine Seite geschlagen, und wenn er ihm auch damals keine Hilfe hatte sein können, so hatte er sich doch das Recht auf Rücksicht verdient. Nebenbei zeigte sich aber ganz deutlich, daß das Geschöpf für Tarzan eine gewisse Zuneigung empfand und ihn gar nicht verlassen wollte. In Erinnerung an einen alten Gespielen und Kampfgenossen seiner Kindheit gab ihm sein Beschützer den Namen eines Riesenaffen aus Kerschaks Horde, Taugh.

Während Tarzan an seinen Waffen arbeitete und über den Alali nachdachte, kam ihm ein Gedanke – er wollte dem Knaben ähnliche Waffen fertigen und sehen, ob er ihn in deren Gebrauch unterrichten konnte. Die plumpen Waffen der Alali konnten gegen Pfeil und Bogen nicht aufkommen, sie waren nicht einmal einem guten Speer gewachsen. Selbst ihre Wurfsteine trafen nicht so weit wie ein tüchtiger Bogenschütze schießen konnte, und mit ihren Keulen waren sie einem gewandten Speerwerfer gegenüber hilflos.

Eine gute Idee! Er würde Taugh Waffen fertigen, ihn in deren Gebrauch unterrichten und versuchen, an ihm einen Beistand auf der Jagd oder im Kampfe zu gewinnen. Gerade als Affentarzan diesen Entschluß faßte, hielt der Alali in seiner Arbeit inne und legte ein Ohr an den Boden. Er erhob den Kopf wieder, deutete auf Tarzan, dann auf dessen Ohr und auf den Boden. Tarzan verstand, was der andere wollte und lauschte; da hörte er deutlich Fußtritte auf dem ausgetretenen Pfade herankommen.

Alsbald nahm Tarzan seine Geräte, brachte sie zusammen mit dem noch übrigen Wildbret in ein Baumversteck in Sicherheit und holte dann den Knaben zu sich in sichere Höhe hinauf. Der Alali begann bereits, sich etwas gewandter in den Zweigen zu benehmen und konnte schon ein wenig allein klettern, aber in Tarzans Augen war er noch recht hilflos.

Die beiden Lauscher brauchten nicht lange zu warten; bald kam eines der greulichen Weiber aus dem Amphitheater in Sicht und dahinter mit einigem Abstande ein zweites und ein drittes. Nur selten zogen die Alaliweiber so daher, denn da ihnen der Herdentrieb völlig fehlte, gingen sie nur gelegentlich in Gesellschaft auf die Jagd, wenn sie ein gefährliches Raubtier erlegen wollten, das in ihr Gebiet eingedrungen war, oder wenn sie die Männer aus einem benachbarten Gemeinwesen rauben wollten, falls ihre eigene Jagd auf die herumschweifenden Männer nicht erfolgreich genug gewesen war.

Die beiden oben auf dem Baume verhielten sich mäuschenstill, während die drei tierischen Gestalten drunten auf der Fährte entlang schlichen und sich bald an der nächsten Biegung im Dunkel des Waldes verloren. Nach einer kurzen Wartezeit stiegen sie wieder hinab auf den Boden und setzten ihre unterbrochene Tätigkeit fort. Tarzan mußte lächeln, als er über den Vorfall der letzten paar Augenblicke nachdachte. Affentarzan, der Herr der Dschungel, versteckt sich vor drei Weibern hoch oben in den Bäumen! Aber diese Weiber waren auch danach. Zwar kannte er bisher wenig von ihren Gebräuchen, aber schon das wenige zeigte ihm zur Genüge, daß sie die furchtbarsten Gegner waren, auf die er je gestoßen war, und daß er ihren riesigen Keulen und flink geschleuderten Wurfgeschossen ohne eigene Waffen nicht gewachsen war.

Der Tag ging zur Neige; der Affenmensch und sein stummer Gefährte vollendeten die Waffen, die ihnen die Beschaffung von Nahrung erleichtern sollten. Der letztere arbeitete dabei rein mechanisch und führte nur erteilte Anweisungen aus, bis nach einiger Zeit Tarzan und der Alali fertig bewaffnet waren und miteinander jagen konnten, und nun unterwies der Affenmensch den Knaben im Gebrauch von Bogen und Speer und im Werfen des langen Grasseils, das von Kindheit an seiner Bewaffnung so eigenartigen Charakter verliehen hatte.

Während der Jagdzeit vollzog sich an dem Alaliknaben ganz plötzlich eine Veränderung. Bis dahin war es seine Gewohnheit gewesen, verstohlen durch den Wald zu schleichen, häufig stehen zu bleiben und nach wilden Tieren zu spähen, die seinen Weg kreuzen könnten. Dabei hatte er vor den Weibern seines eigenen Stammes die meiste Angst. Aber mit einem Male änderte sich das. Ganz allmählich erlernte er den Gebrauch von Bogen und Speer. Mit gespannter Aufmerksamkeit und einem Anflug von Scheu und Ehrfurcht sah er, wie Tarzan große und kleine Tiere zur Strecke brachte, und einmal war er Zeuge, wie jener mit einem einzigen Stoße seines großen Speeres die Löwin Sabor niederstreckte, die ihn fern von der Freistatt der Bäume auf einer Lichtung überraschen wollte. Doch eines Tages kam auch für ihn die große Stunde. Er begleitete Tarzan auf der Jagd, als dieser ein Rudel Wildschweine aufstöberte und zwei davon mit Pfeilen zur Strecke brachte. Der Rest stob nach allen Seiten auseinander; nur ein Eber erblickte den Alali und nahm ihn an. Der Knabe dachte schon an Flucht, denn sein seit urdenklichen Zeiten angeborener Instinkt trieb ihn dazu. Die männlichen Alalis flüchteten bei Gefahr stets und waren durch diese Gewohnheit so flink geworden, daß sie kein wirklich gefährlicher Gegner einholen konnte – ein Alalimann war nur mit List zu fangen. So hätte auch der Knabe ohne weiteres dem Eber durch Flucht entgehen können, schon setzte er dazu an, da durchzuckte ihn plötzlich ein anderer Gedanke – er riß die Speerhand zurück, wie es ihn Tarzan gelernt hatte, und stieß mit aller Kraft zu. Der Eber griff ihn gerade von vorne an, da traf ihn der Speerspitz an der linken Schulter und drang bis hinaus ein ins Herz. Horta, der Eber, brach auf der Stelle zusammen.

Von diesem Augenblick an trat ein ganz anderer Ausdruck in die Augen und auf das Gesicht des Alalis. Er zeigte nicht mehr das gedrückte Aussehen, schlich nicht länger mit ängstlichen Seitenblicken durch den Wald. Von nun an schritt er aufrecht, mit kühner, furchtloser Miene einher und sehnte eine Begegnung mit einem der Weiber vielleicht eher herbei, als daß er sie fürchtete. Er war gewissermaßen die Verkörperung der rachedurstigen Mannheit, die sich für die viele Zeitalter dauernde Mißhandlung und Knechtung seitens der Weiber rächen wollte. Zweifellos war ihm eine Empfindung dieser Art ganz fremd, aber Tarzan konnte sich denken, daß das erste Weib, das das Unglück haben sollte, dem Knaben in den Weg zu kommen, die größte Überraschung ihres Lebens erfahren würde.

Während Tarzan mit dem Alali durch das fremdartige Land strich, das der große Dornenwald von allen Seiten einzäunte, und nach einem Wege hinaus suchten, wanderte Esteban Miranda mit der kleinen Uhha, der Tochter des Zauberdoktors, draußen am Rande des Dorngeheges entlang und suchte einen Weg nach der Westküste.

Begegnung

Der Alaliknabe hing mit hündischer Ergebenheit an Tarzan, der bald genug die kümmerliche Zeichensprache seines Schützlings meisterte und damit ein für alle Fälle ausreichendes Verständigungsmittel besaß. Dem anderen aber wuchs mit zunehmender Vertrautheit mit seinen Waffen die Zuversicht, er wurde selbständiger, und schließlich kam es häufig vor, daß sich die beiden auf der Jagd trennten und auf diese Weise bessere Beute machten.

Bei einer solchen Gelegenheit stieß Tarzan auf ein eigenartiges Schauspiel. Er hatte die Spur Baras, der Antilope, verfolgt, als sie plötzlich von der Witterung eines der Riesenweiber gekreuzt wurde. Wahrscheinlich bedeutete das, daß ihn ein anderer um seine Beute bringen wollte. Der ungezähmte Trieb des Dchungeltiers beherrschte aber den seiner Kleider beraubten Affenmenschen. Jetzt war er nicht der abgeschliffene Lord Greystoke aus London, sondern der vorzeitliche Jäger, der um seine Beute bangte und mit Knurren zwei leuchtende Zahnreihen zeigte.

Tarzan sprang ins Laub der Bäume hinauf und näherte sich flink dem Alaliweib, aber ehe er es noch zu Gesicht bekam, drängte sich eine neue, fremdartige Witterung seinen Sinnen auf. Er fand den Geruch von Menschen, aber er kam ihm ganz eigenartig und ungewöhnlich vor. Noch nie hatte er derartiges angetroffen. Der Duft war ganz schwach, aber er mußte doch aus nächster Nähe kommen. Dann hörte er plötzlich dicht vor sich Stimmen, dünne melodische Stimmen, die leise an sein Ohr klangen. So sanft und musikalisch sie klangen, in ihrem Tonfall und Klang war etwas, das ihn in gewaltige Erregung brachte. Behutsam schlich Tarzan vor; Bara, die Antilope, war vergessen.

Beim Näherkommen unterschied er zahlreiche Stimmen und starke Bewegung, und als er schließlich auf eine weite Ebene hinauskam, die sich bis an die fernen Berge erstreckte, bot sich ihm ein Anblick, der seine Augen Lügen zu strafen schien. Das einzige bekannte Bild zeigte die Alaliriesin. Aber um sie herum tobte eine Horde von Zwergmännlein – winzige weiße Krieger, die auf einer der Westküste eigenen Antilopenart beritten waren. Mit Lanzen und Schwertern bewaffnet, stürzten sie sich immer wieder auf die ungefügen Beine des Alaliweibes, das sich langsam nach dem Walde zurückzog, wütend nach den kleinen Angreifern trat und mit der schweren Keule auf sie einschlug.

Tarzan sah bald, daß die Angreifer der Riesin die Fußsehnen durchzuschneiden suchten. Wäre ihnen das gelungen, dann hätten sie ihr leicht vollends den Garaus machen können. Aber obgleich die Zwerge ein volles Hundert zählten, hatten sie doch nur geringe Aussicht auf Erfolg, denn das Riesenweib setzte mit jedem Fußstoß eine ganze Anzahl von ihnen auf einmal außer Gefecht. Mehr als die Hälfte von ihnen war denn auch bereits kampfunfähig und eine ganze Anzahl Gefallener zusammen mit ihren niedergeschlagenen Reittieren bedeckte den Kampfplatz.

Der Mut der Überlebenden erfüllte Tarzan mit Bewunderung. Ohne Zaudern warfen sie sich dem sicheren Tode entgegen, um das Weib zu Fall zu bringen und nunmehr sah der Affenmensch auch den Grund ihres zähen Angriffs und der rücksichtslosen Selbstaufopferung – das Alaliweib hielt in der Linken einen der winzigen Krieger. Um ihn zu befreien, setzten die übrigen nutzlos ihr Leben ein.

Die mutigen, flinken Reittiere brachten Tarzan, kaum weniger in Erstaunen als die kleinen Kriegsmannen. Er hatte von jeher diese Antilopenart für die furchtsamste von allen Geschöpfen gehalten, aber diese Tiere hier waren ganz anders. Auf Geheiß ihrer Reiter stürzten sie sich furchtlos in den Bereich jener ungefügen Füße und der riesigen schmetternden Keule. Dazu waren sie so bewundernswert eingeritten, daß ihre Muskeln und der Wille der Reiter eins zu sein schienen. Vor und durch jagten sie, kaum den Boden berührend, ehe sie wieder über die gefährliche Stelle hinweg waren. Drei, vier Meter nahmen sie dabei mit einem Satze, so daß sich Tarzan nicht nur über ihre Gewandtheit, sondern fast noch mehr über die unglaubliche Reitfertigkeit der Krieger wundern mußte, die bei allen Sprüngen, Wendungen und Kehrtwendungen so vollkommen im Sattel blieben.

Der Anblick, der sich Tarzan bot, war reizvoll und aufregend zugleich. Der Affenmensch hatte erst seinen Augen nicht trauen wollen, aber jetzt mußte er sich eingestehen, daß er eine Rasse echter Pygmäen vor sich hatte, nicht etwa jene zu den Negerstämmen zu zählenden Zwerge, die allen Afrikareisenden bekannt genug sind, sondern jene verschollene weiße Zwergrasse, von der gelegentlich in allen Reisebeschreibungen und Berichten über Forschungsreisen, in Sagen und Erzählungen die Rede ist.

Zunächst sah Tarzan dem Kampfe nur mit Interesse zu, ohne einzugreifen, aber bald fand er sich mit seinen Sympathien auf Seite der kleinen Kriegsmannen, und als er merkte, daß das Alaliweib mit ihrem Gefangenen in den Wald entkommen wollte, entschloß er sich zum Eingreifen.

Die Zwerge sahen ihn zuerst aus dem Waldrand hervortreten. Offenbar hielten sie ihn für einen neuen Feind, denn mit lautem Verzweiflungsschrei wichen sie zum ersten Male, seit Tarzan dem ungleichen Kampfe zusah, zurück. Da dieser seine Absichten offen kundgeben wollte, ehe ihn die kleinen Männer angriffen, drang er rasch auf die Riesin ein, die ihn, kaum daß sie ihn erblickte, durch gebieterische Zeichen aufforderte, beim Niedermachen der noch übrig gebliebenen Pygmäen zu helfen. Sie war ja von allen Männern ihrer Art nur Furcht und Gehorsam gewöhnt. Vielleicht staunte sie etwas über die Tollkühnheit dieses Männchens, denn die andern liefen doch stets vor ihr davon. Aber eben in diesem Augenblick bedurfte sie seiner Hilfe und vergaß darüber alles Weitere.

Tarzan befahl ihr im Näherkommen in der von dem Alaliknaben erlernten Zeichensprache, ihren Gefangenen freizulassen und sich davonzumachen, ohne die Zwerge weiter zu bedrohen. Aber sie schnitt nur eine häßliche Fratze und trat ihm mit geschwungener Keule entgegen. Der Affenmensch legte einen Pfeil auf seinen Bogen.

Zurück! befahl er ihr. Zurück, oder ich töte dich. Weiche zurück und setze den kleinen Mann auf den Boden.

Sie fauchte grimmig und drang auf ihn ein, da hob Tarzan den Pfeil in Augenhöhe und spannte seinen Bogen. Die Zwerge erkannten, daß dieser fremde Riese wenigstens für den Augenblick ihr Verbündeter war, hielten ihre Reittiere an und erwarteten den Ausgang des Zweikampfes. Der Affenmensch hoffte immer noch, das Weib werde auf ihn hören, damit er ihr nicht das Leben zu nehmen brauchte, aber ein flüchtiger Blick in ihr Gesicht zeigte ihm klar und deutlich, daß sie nunmehr entschlossen war, ihn seiner anmaßenden Einmischung wegen mitzuerlegen.

Da kam sie angestürzt; schon war sie zu nahe, um weiteres Zaudern ratsam erscheinen zu lassen, und so entsandte Tarzan seinen Pfeil, der sie mitten ins Herz traf. Als sie aufs Gesicht niedertaumelte, sprang Tarzan vorwärts und nahm ihr den Zwerg aus dem Griff, ehe sie womöglich im Niederstürzen seine schwächlichen Glieder zerbrach. Die übrigen Zwerge, die seine Absicht mißverstanden, stürzten mit lautem Geschrei und geschwungenen Waffen herbei. Aber ehe sie ihn erreichten, hatte er den befreiten Krieger auf den Boden gesetzt und losgelassen.

Im Nu änderte sich die Haltung der Zwerge, statt der trotzigen Kriegsrufe erhoben sie ein Freudengeschrei. Sie ritten heran und hielten vor dem Befreiten, einige sprangen von ihren Tieren, knieten vor ihm nieder und küßten seine Hände. Augenscheinlich hatte der Affenmensch eine Persönlichkeit von hohem Range gerettet; vielleicht sogar ihren Fürsten. Jetzt fragte er sich gespannt, wie sie sich wohl gegen ihn verhalten würden, während er ihnen mit einem Anflug gutmütiger Duldung auf seinen kühnen Gesichtszügen zusah, wie man etwa die Vorgänge in einem Ameisenhaufen beobachtet. Während sie ihren Gefährten zu seinem wunderbaren Entkommen beglückwünschten, hatte Tarzan Gelegenheit, sie näher zu betrachten. Der größte von ihnen war kaum viel über einen drittel Meter groß. Ihre von der Sonne gebräunte Hautfarbe war kaum dunkler als seine eigene, und ihre Gesichtszüge waren so regelmäßig und wohlgeformt, daß sie nach den für die kaukasischen Rassen geltenden Gesetzen als schön zu gelten hatten. Wohl fanden sich unter ihnen Abweichungen und Ausnahmen davon, aber im allgemeinen machten sie einen guten Eindruck. Alle hatten glatte bartlose Gesichter, und keiner von ihnen schien sehr alt zu sein; der, den Tarzan gerettet hatte, erschien besonders jung. Der junge Mann hieß jetzt die andern aufstehen, sprach einen Augenblick zu ihnen und wendete sich dann mit einer Rede an den Affenmenschen, von der Tarzan natürlich nichts verstand. Aus den Bewegungen konnte er aber entnehmen, daß ihm der andere dankte und über seine weiteren Absichten gegen ihn und seine Leute befragte. Der Affenmensch suchte ihm eine Versicherung seiner Freundschaft zu geben. Um seine friedlichen Absichten zum Ausdruck zu bringen, legte er seine Waffen beiseite und trat ihnen mit ausgestreckten Armen entgegen.

Der junge Mann schien ihn zu verstehen, denn auch er trat vor und streckte Tarzan seine Hand entgegen. Der Affenmensch verstand wohl, daß der andere meinte, er solle ihm die Hand küssen, aber er zog es lieber vor, dem anderen auf der Grundlage der Gleichheit zu begegnen. Daher ließ er sich auf ein Knie nieder, damit er die dargebotene Hand des Zwerges leichter nehmen konnte, und machte mit dem Kopfe eine leichte förmliche Verbeugung, die keinerlei Anflug von Unterwürfigkeit an sich hatte. Der andere schien damit zufrieden, denn er erwiderte die Verbeugung mit gleicher Würde und suchte dann dem Affenmenschen verständlich zu machen, daß er mit seiner Begleitung über die Ebene davonzureiten gedenke, wobei er ihn aufforderte, mitzukommen.

Tarzan war begierig, mehr von diesem eigenartigen Völkchen zu sehen, und besann sich daher keinen Augenblick, die Einladung anzunehmen. Ehe die ganze Abteilung abrückte, zerstreute sie sich erst, um nach den Toten und Verwundeten zu sehen, sie zusammenzuholen und von den verwundeten Antilopen die zu töten, die zu schwer verletzt waren, um noch fortzukommen. Dazu benützten sie ihre langen spitzen Degen, die den einen Teil ihrer Bewaffnung bildeten. Ihre Lanzen steckten sie in Lanzenschuhe auf der rechten Seite des Sattels. Weitere Waffen konnte Tarzan nicht entdecken, nur noch ein kleines Messer trug jeder Krieger an der rechten Seite in einer Scheide. Dessen nur etwa federmesserlange Klinge war wie die des Degens zweischneidig und endete in einer sehr scharfen Spitze.

Als die Toten und Verletzten gesammelt waren, hielt der junge Führer mit einigen anderen, die Tarzan für Unterhäuptlinge oder Leutnants hielt, Musterung ab. Er sah, wie diese die Verwundeten befragten und in drei Fällen, die sie wohl für hoffnungslos hielten, stieß der Führer den Unglücklichen noch den Degen durchs Herz.

Derweil gruben die übrigen unter der Aufsicht von Unterführern ein langes Grab für die zwanzig Toten. Als Werkzeug hatten sie dafür einen Spaten, der am Sattel hing und sich leicht am Ende des Speeres anbringen ließ. Die kleinen Männer arbeiteten flink und nach einer Methode, die jede unnütze Bewegung auszuschalten schien, bis sie in unglaublich kurzer Zeit eine Grube von genügender Größe ausgehoben hatten, in die sie die Toten in zwei Lagen aufeinanderpackten wie Sardinen. Dann schaufelten sie erst die Zwischenräume zwischen den Körpern voll Erde, rollten lose Steine darüber, bis die Leichen ganz darunter verschwanden und türmten dann die übrige Erde darauf. Inzwischen waren die grasenden Antilopen eingefangen und die Verwundeten auf ihnen festgebunden worden. Auf ein Kommandowort ihres Führers stellte sich die ganze Abteilung mit militärischer Ordnung auf, während einige mit den

Verwundeten vorauszogen. Einen Augenblick später saß der übrige Trupp auf und galoppierte an, aber zehn der Krieger schwenkten links heraus und folgten einem Offizier, der, zu Tarzan zurückkam und ihm durch Zeichen mitteilte, er habe Auftrag, ihn zu führen. Das war auch nötig, denn der Haupttrupp war bereits weit draußen auf der Ebene, und die flinken Reittiere machten fast zwei Meter mit jedem Sprunge. Selbst der flüchtige Tarzan hätte mit ihnen nicht Schritt halten können.

Als der Affenmensch unter Führung der kleinen Abteilung aufbrach, kehrten seine Gedanken einen Augenblick zu dem Alaliknaben zurück, der allein im Walde hinter ihm weiterjagte, aber er schlug ihn sich bald aus dem Sinne, denn jener war jetzt besser bewaffnet als irgendeiner seiner Stammesgenossen sonst. Wenn Tarzan seinen Besuch im Zwergland beendet hatte, konnte er ja wieder zurückkehren und nach ihm suchen. An Anstrengungen und lange, rasche Märsche gewöhnt, wie Tarzan war, fiel er alsbald in einen kurzen Trab, den er stundenlang ohne Pause durchhalten konnte, während seine Führer auf ihren anmutigen Reittieren eben vor ihm hertrabten. Die Ebene begann welliger zu werden als man vom Waldrande aus annehmen konnte, und da und dort zeigte sich eine Baumgruppe. Auf dem üppigen Grase weideten da und dort Herden einer etwas größeren Antilopenart, die beim Herannahen der Reiter und der im Vergleich zu jenen riesig erscheinenden Gestalt Tarzans flüchtig wurden. Einmal kamen sie an einem Nashorn vorbei, aber die Abteilung machte darum nur einen geringen Umweg. Später aber, in einem Busch, hielt der Führer plötzlich seine Abteilung an, nahm seine Lanze und ging vorsichtig auf ein Dickicht los, seinen Leuten einen Befehl gebend, auf den hin sie das Gebüsch umstellten.

Tarzan hielt an und wartete der Dinge, die da kommen sollten. Da der Wind von ihm auf das Dickicht zu wehte, konnte er nicht feststellen, was für ein Geschöpf die Aufmerksamkeit des Offiziers erregt hatte. Aber die Krieger hatten den Busch bald umstellt und ritten von der anderen Seite aus mit eingelegten Lanzen durch das Dickicht. Bald hörte man ein wütendes Brummen und Fauchen aus der Mitte des Busches, einen Augenblick später brach eine afrikanische Wildkatze ins Freie heraus und nahm den Offizier an, der sie mit gesenktem Speer erwartete. Der wuchtige Anprall des Tieres traf die Katze mitten in die Brust. Ein paar krampfhafte Zuckungen, ehe der Tod eintrat, hätten den Mann noch böse zurichten können, wenn sein Speer gebrochen wäre, denn die große Wildkatze war für ihn nicht viel weniger furchtbar als für uns ein Löwe.

Das Tier war kaum tot, da sprangen auch schon vier Krieger vor und entfernten Kopf und Fell in unglaubhaft kurzer Zeit mit ihren scharfen Messern.

Tarzan mußte dabei wieder die große Zweckmäßigkeit bewundern, mit der diese Leutchen alles ausführten. Bei ihnen gab es keinen überflüssigen Griff, jeder wußte genau, was er zu tun hatte, keiner stand dem andern bei der Arbeit im Wege. Kaum zehn Minuten waren vergangen, seit sie die Katze aufgestöbert hatten, und schon war die Abteilung wieder auf dem Marsche. Der Kopf des erlegten Tieres hing am Sattel des einen, das Fell an dem eines andern.

Der Offizier des Trupps war ein noch junger Bursche, kaum wenn überhaupt älter als der Befehlshaber der Hauptabteilung. Daß er Mut besaß, ersah Tarzan aus der Art, wie er einem Tier begegnete, das für den Angehörigen eines Zwergvolkes doch immer ein toddrohendes fürchterliches Raubtier war. Aber der aussichtslose Angriff der ganzen Abteilung auf das Alaliweib hatte schon bewiesen, daß dieses Völkchen im ganzen mutig war, und der Affenmensch schätzte und bewunderte mutige Leute. Ihm begannen diese Zwerge zu gefallen, obgleich es für ihn immer noch schwer war, an ihr Dasein überhaupt zu glauben, so leicht sind wir geneigt, Daseinsmöglichkeiten in Abrede zu stellen, die uns nicht bekannt sind oder unwahrscheinlich dünken.

Als sie etwa sechs Stunden lang über die Ebene gezogen waren, schlug der Wind um und trug Tarzan die Witterung von Bara, der Antilope, zu. Der Affenmensch, der an diesem Tage noch nichts zu essen gehabt hatte, fühlte einen rasenden Hunger. Die Witterung der Fleisch bietenden Beute erweckte all die ungezähmten Instinkte seiner eigenartigen Jugend wieder. Er sprang vorwärts bis vor den Führer des Trupps, bedeutete ihm, zu halten und machte ihm dann, so gut es ging, durch Zeichen klar, daß er hungrig sei, daß es da vorne für ihn Fleisch gebe, und daß er mit seinen Männlein so lange zurückbleiben solle, bis er sein Wild beschlichen und Beute gemacht hatte.

Der Offizier verstand ihn und zeigte sich einverstanden. Darauf kroch Tarzan vorsichtig auf eine kleine Baumgruppe zu, hinter der sich, wie ihm seine feine Nase sagte, mehrere Antilopen befinden mußten. Der Trupp aber schlich sich wieder so geräuschlos hinter Tarzan her, daß nicht einmal der Affenmensch mit seinen feinen Sinnen etwas davon merkte.

Aus der Deckung der Bäume sah Tarzan über ein Dutzend Antilopen in nächster Nähe grasen; die nächste war kaum dreißig Schritte von dem kleinen Hain entfernt. Er nahm einen Bogen, legte ein paar Pfeile zurecht und pirschte sich sachte hinter den Baum, der dieser Antilope am nächsten stand. Die Zwerge hielten dicht hinter ihm, obgleich der Offizier, als er sah, daß Tarzan ein Wild beschlich, seine Leute sofort anhalten ließ, um es nicht zu verscheuchen.

Die Pygmäen kannten Pfeil und Bogen nicht, darum verfolgten sie mit gespannter Aufmerksamkeit jede Bewegung des Affenmenschen. Sie sahen, wie er einen Pfeil auflegte, wie er spannte und fast im gleichen Augenblick schoß, so flink war er im Gebrauch des Bogens. Sie konnten sehen, wie die getroffene Antilope einen Sprung machte, wie ein zweiter und dritter Pfeil folgte, und wie Tarzan in Verfolgung seiner Beute vorstürzte. Aber es bestand keine Gefahr, daß ihm seine Beute verlorenging. Schon beim zweiten Pfeil sank der Bock auf die Knie, und als Tarzan ihn erreichte, war er bereits verendet.

Die Krieger, die unmittelbar hinter Tarzan hergekommen waren, sobald keine weitere Vorsicht nötig war, umstanden die Antilope und sprachen mit mehr Erregung, als Tarzan bisher bei ihnen hatte beobachten können. Die so raschen Tod bringenden Geschosse schienen ihr lebhaftes Interesse zu erregen. Für sie war diese Antilope fast so groß als ein Elefant für uns. Als ihre Augen Tarzans Blicken begegneten, lächelten sie und rieben mit kreisförmiger Bewegung ihre Handflächen aneinander, eine Geste, die Tarzan für eine Art Beifallsbezeugung hielt.

Tarzan zog erst seine Pfeile aus der Antilope, steckte sie wieder in den Köcher und gab dem Führer des Trupps durch Zeichen zu verstehen, er möge ihm seinen Degen leihen. Der kleine Mann zauderte einen Augenblick, und seine Gefährten warteten voll Aufmerksamkeit ab, was er tun werde, aber schließlich zog er doch sein Schwert heraus und bot es Tarzan mit dem Degenknauf voran an. Da Tarzan das Fleisch noch lebenswarm essen mußte, ließ er es nicht erst ausbluten. Er trennte eine Keule ab und schnitt sich ein tüchtiges Stück Fleisch heraus, das er hungrig verzehrte.

Die kleinen Leute sahen ihm mit Überraschung und nicht ohne Entsetzen zu, und als er ihnen gar von seinem Fleische zu essen anbot, lehnten sie ab und wichen zurück. Den Grund ihres Abscheus kannte Tarzan nicht, aber er nahm an, sie seien es nicht gewöhnt, rohes Fleisch zu essen. Erst später erfuhr er, daß die Erfahrung der Zwerge dahin ging, daß alles, was rohes Fleisch verzehrte, auch sie selbst bei Gelegenheit auffraß. Als sie daher den mächtigen Riesen ungebratenes Fleisch vertilgen sahen, schlössen sie daraus, er werde sich auch an ihnen vergreifen, wenn er nur genügend hungrig sei.

Tarzan schlug sich etwas von dem Fleisch in die abgezogene Antilopenhaut ein, hing sich das Paket auf den Rücken und zog mit dem Trupp weiter. Die Krieger schienen aber jetzt ganz verstört, sie unterhielten sich nur leise miteinander, und mancher verstohlene Blick flog zu dem Affenmenschen zurück. Für sich selbst hegten sie zwar keine Furcht, denn das war ihnen ein fremder Begriff, aber sie fragten sich, ob es von ihren Führern weise sei, ihrem Volk einen solch riesigen Freund von rohem Fleisch zu bringen, für den ein einziger ausgewachsener Mann von ihnen gerade eine Mahlzeit bilden würde.

Am Spätnachmittag entdeckte Tarzan in der Ferne etwas, das aussah wie eine Gruppe symmetrisch gelegener domartiger Hügel. Später beim Näherkommen entdeckte er, daß ein Reitertrupp ihnen entgegengaloppierte. Da er die kleinen Leute so hoch überragte, konnte er diesen Trupp natürlich viel eher sehen als sie. Er suchte den Offizier darauf aufmerksam zu machen, aber dieser konnte die anrückende Schar wegen der wellenförmigen Beschaffenheit des Bodens nicht entdecken.

Als Tarzan das merkte, bückte er sich und hob den Offizier, ehe dieser es merkte, samt seinem Reittier in die Höhe. Einen Augenblick lang faßte die übrigen Zwerge starres Entsetzen. Dann blitzten ihre Schwerter, wilde Rufe erschollen, und selbst der mutige kleine Mann in Tarzans Hand suchte seine winzige Waffe zu ziehen. Aber ein beruhigendes Lächeln des Affenmenschen gab ihnen die Ruhe wieder, und der Offizier sah jetzt, warum ihn Tarzan in die Höhe gehoben hatte. Er rief den anderen unten etwas zu, und aus dem Benehmen, mit dem sie alle die Nachricht aufnahmen, ließ sich erkennen, daß eine freundschaftliche Begegnung zu erwarten war. Einige Augenblicke später waren sie denn auch von einigen hundert Zwergen umringt, die sie voll Neugier und Eifer ausfragten.

Alsbald entspann sich eine erregte Unterhaltung zwischen dem Führer des Trupps, mit dem Tarzan gekommen war, dem jungen Befehlshaber der größeren Abteilung und einigen älteren Kriegern. Aus ihrem Gesichtsausdruck und dem Tone ihrer Unterhaltung konnte Tarzan merken, daß es sich um eine ernste Sache handelte, und die vielen nach ihm geworfenen Blicke bezeugten, daß die Beratung ihn betraf. Er konnte allerdings nicht ahnen, daß der Bericht des Truppführers daran schuld war, der gemeldet hatte, der Riesengast esse rohes Fleisch, sein Besuch müsse daher eine Gefahr für die Bevölkerung darstellen. Der junge Befehlshaber entschied die ganze Frage aber durch den Hinweis, daß der Riese, obgleich er sehr hungrig gewesen sein müsse, wie ja das Vertilgen von rohem Fleische bewies, doch viele Stunden lang den kleinen Trupp begleitet habe, ohne sich an einem der doch stets in seinem Bereiche befindlichen Krieger zu vergreifen. Dieser Beweis friedlicher Absichten schien zu genügen, und der ganze Trupp setzte sich nunmehr ohne weiteren Verzug nach den Hügeln in Marsch, die sich in zwei bis drei Kilometer Entfernung zeigten.

Beim Näherkommen entdeckte Tarzan, daß diese Hügel von unzähligen Zwergen wimmelten und daß er gar keine Hügel, sondern kuppelartige Gebäude aus kleinen Steinen vor sich hatte, die ganz augenscheinlich von den Zwergen errichtet waren. Die herumziehenden Scharen von Pygmäen waren Arbeiterkolonnen. Dort kam aus einem Loche eine lange Reihe von beladenen Männchen heraus, die im Gänsemarsch nach der einen Richtung zogen – dabei einem klar erkennbaren Pfade nach einer halbfertigen Kuppel folgend, die offenbar im Bau war. Drüben zog eine andere Reihe ohne Lasten in entgegengesetzter Richtung des Weges und verschwand durch ein anderes Loch im Boden. Zu beiden Seiten der Reihen marschierten in kurzen Abständen bewaffnete Krieger. Noch an mehreren Stellen zeigten sich derartige Arbeiterzüge, die aus den kuppelartigen Gebäuden auftauchten und wieder darin verschwanden. Der ganze Anblick erweckte in Tarzan den Eindruck eines Ameisenbaus mit den hin- und herführenden Ameisenzügen.

Der Millionenstaat der Ameisenmenschen

Weit drüben über dem rechten Ufer des Ugogo zog Ska, der Geier, lautlos große Kreise. Das an seinem Halse hängende Anhängsel, das nun in der Sonne glänzte, hinderte ihn beim Fliegen nicht weiter. Nur wenn er sich setzte und über den Boden schritt, war es ihm im Wege. Dann trat er darauf und stolperte. Aber er hatte längst jeden Versuch aufgegeben, das Hindernis loszuwerden, und nahm es als unabwendbares Übel hin. Jetzt erspähte er tief unten die regungslos hingestreckte Gestalt von Gorgo, dem Büffel, dessen Lage erkennen ließ, daß er bereits eine für Ska greifbare Nahrung geworden war. Der Riesenvogel ließ sich erst auf einen Baum in der Nähe herab und spähte. Alles war in Ordnung, kein Feind zu sehen. Zufriedengestellt schwang sich Ska zu dem gestürzten Tiere hin.

*

Meilenweit davon kauerte ein Weißer mit einem kleinen Negermädchen in einem dichten Gebüsch versteckt. Mit einer Hand hielt der Mann der Kleinen den Mund zu, mit der anderen drohte er, ihr das Messer ins Herz zu stoßen. Seine Augen suchten das dichte Gebüsch zu durchdringen, während er auf den Wildpfad hinausspähte, auf dem eben zwei Krieger, schwarz wie Ebenholz, herankamen. Der kleinen Uhha, des Zauberdoktors Khamis Tochter, war die Hilfe jetzt ganz nahe, denn die beiden Jäger kamen aus dem Dorfe des Häuptlings Odebe. Aber das Mädchen wagte keinen Laut zu tun, damit ihm nicht Mirandas Messer ins junge Herz fahre. Und so mußte es die Retter ohne Anruf kommen und wieder weiterziehen lassen. Als sich die Stimmen in der Ferne verloren, erhob sich der Spanier und zerrte die Kleine auf den Wildpfad hinaus. Sie mußte mit ihm wieder die endlose und ziellose Wanderung durch die Dschungel antreten.

*

Tarzan fand in der Stadt der Zwergmenschen warmes Willkommen und entschloß sich, einige Zeit bei ihnen zu verweilen, um Gewohnheiten und Lebensweise des Völkchens kennenzulernen. Wie stets unter neuen unbekannten Verhältnissen, suchte er so rasch wie möglich ihre Sprache zu erlernen. Mit seiner bereits erworbenen Beherrschung mehrerer Sprachen und zahlreicher Dialekte fand er sie nicht schwer zu beherrschen, so daß er sich schon nach ziemlich kurzer Zeit mit seinen Gastfreunden verständigen konnte. Da erfuhr er denn, daß sie ihn zunächst als eine Abart von Alalis angesehen und eine Verständigung anders als durch Zeichen mit ihm für unmöglich gehalten hatten. Sie waren hocherfreut, als sie herausfanden, daß er gleich ihnen Laute hervorbringen konnte. Als sie gar merkten, daß er ihre Sprache zu erlernen wünschte, stellte ihm der König Drohahkis mehrere Lehrer zur Verfügung und gab Befehl, jeder, der mit dem fremden Riesen in Berührung komme, habe ihm die Erlernung der Sprache zu erleichtern.

Drohahkis war dem Affenmenschen darum besonders wohlgeneigt, weil dieser seinen Sohn Florensal aus den Fäusten des Alaliweibes gerettet hatte. So geschah denn alles, um dem großen Gast den Aufenthalt so angenehm wie möglich zu machen. Ein volles Hundert Sklaven war dazu bestellt, ihm sein Mahl zu bringen, sobald er sich an seinen erwählten Ruheplatz in den Schatten eines großen Baumes zurückzog. Wenn er einen Spaziergang durch die Reihen von Häuserkuppeln unternahm, galoppierte stets eine Reitereskorte vor ihm her, um den Weg freizumachen und Unfälle zu verhüten; aber Tarzan war ohnehin so vorsichtig, daß durch ihn niemals ein Unfall vorkam.

Als er erst die Sprache verstand, erfuhr er viel über dies eigenartige Völkchen. Prinz Florensal übernahm fast täglich persönlich den Unterricht seines Riesengastes, und von ihm lernte Tarzan am meisten. Aber auch auf den Spaziergängen durch die Stadt waren dessen Augen nicht müßig. Besonders die bei der Errichtung der ungeheuren Dombauten angewendete Bauweise interessierte den Affenmenschen. Was waren das aber auch für Riesenburgen, die sich diese kleinen Leute schufen! Allein der Palast des Königs hatte über siebzig Meter Durchmesser, war fünfunddreißig Meter hoch und beherbergte in seinen zwei Dutzend Geschossen viele tausend Zwerge. Er war sozusagen ein menschlicher Ameisenhaufen. Die Stadt bestand aus zehn solchen Gebäuden, die alle ein wenig kleiner waren als der Königspalast. Die Einwohnerzahl der ganzen Siedlung betrug etwa eine halbe Million, aber zwei Drittel davon waren Sklaven. Diese bildeten die Handwerker, die Dienerschaft und das Gesinde der herrschenden Klasse. Eine weitere halbe Million der Zwerge, die ungelernten Arbeiter, hauste in den unterirdischen Gewölben der Steinbrüche, aus denen die Bausteine geholt wurden. Beim weiteren Vorgraben und Austunneln zur Gewinnung von Bausteinen wurden nämlich die entstehenden Gänge und Stollen sorgfältig abgestützt und verkleidet, so daß ziemlich wohnliche Räume entstanden. Da die ganze Stadt auf einer Ebene von Steingeröll erbaut war, weil man dort von Anfang an genug Baustoffe zur Hand gehabt hatte, war auch die Lüftung dieser unterirdischen Wohnstätten genügend, so daß die Sklaven nicht unter Luftmangel zu leiden hatten.

Die Dombauten aber wurden von einem weiten bis zur Spitze der Kuppel reichenden Mittelschacht und zahlreichen Fenstern in der Außenhaut gut gelüftet. Zwar ließen diese genügend Licht in die Außenräume, aber der ganze Innenteil der Dome, besonders die finsteren. Räume halbwegs zwischen den Außenfenstern und dem Mittelschacht für Licht und Luft wurden durch riesige, langsambrennende Kerzen ohne Rauchentwicklung erleuchtet.

Tarzan sah dem Bau eines solchen neuen Domhauses mit regem Interesse zu, da es wohl die einzige Gelegenheit für ihn war, jemals das Innere eines dieser merkwürdigen, menschliche Wesen bergenden Menschenameisenhäuser zu sehen. Florensal und seine Freunde zeigten und erklärten Tarzan alles. Ihre Sklaven waren Kriegsgefangene oder deren Nachkommen. Einige von ihnen waren schon so viele Generationen in der Sklaverei, daß sie jede Spur ihrer

Herkunft vergessen hatten und sich als ebenso gute Bürger von Trohana, der Stadt des Königs Drohahkis, betrachteten wie die Vornehmen. Im großen ganzen wurden sie gütig behandelt und wenigstens von der zweiten Generation ab nicht mehr ausgenützt. Die neu eingebrachten Gefangenen allerdings und deren unmittelbare Nachkommen wurden als eine Kaste ungelernter Arbeiter gehalten, aus denen das Äußerste an körperlicher Leistung herausgeholt wurde. Sie wurden im Bergwerk, in den Steinbrüchen und zu den Bauten verwendet. Die Kinder der nächsten Generation aber erhielten eine gewisse Erziehung. Die sich zu irgendeinem Handwerk geschickt zeigten, wurden aus den Steinbrüchen in die Domhäuser gebracht, wo sie einen gewerbefleißigen Mittelstand bildeten. Auch noch in anderer Weise konnte jemand aus den Steinbrüchen herauskommen: durch Heirat oder, wie sie es nannten, durch Kürung mit einem Angehörigen der herrschenden Klasse. In einem Gemeinwesen mit so ausgesprochenem Kastengeist, wo die Kaste fast ein Fetisch war, blieb es besonders eigenartig, daß solche Herkunft keinen Makel bildete. Mit der Eheschließung wurde der Tieferstehende ohne weiteres in die Kaste des Höherstehenden erhoben.

Als Tarzan sich eingehend bei Florensal nach den Gründen dieser ungewöhnlichen Kastengesetze erkundigte, erklärte ihm dieser: Vor vielen Jahren, während der Regierung von Amorosal in der Stadt Trohana, zogen die Krieger der Stadt Veltopis gegen unser schönes Trohana. In der folgenden Schlacht wurde das Heer unserer Ahnen fast völlig vernichtet. Tausende unserer Männer und Frauen wurden in die Sklaverei geschleppt, und nur die heldenmütige Gegenwehr unserer eigenen Sklaven rettete uns vor dem völligen Untergang. Mein Ahne Amorosal, der mitten im wildesten Kampfgetümmel focht, bemerkte, daß die Sklaven eine viel größere Ausdauer besaßen als die Freien. Sie waren stärker als die Krieger auf beiden Seiten und schienen nicht im mindesten erschöpft, während die edelgeborenen Angehörigen der Kriegerkaste trotz ihres hohen Mutes schon nach kurzem Gefecht völlig abgekämpft waren. Nach dem Kampfe rief Amorosal den Rest seiner Fürsten zusammen und setzte ihnen auseinander, daß unsere Stadt geschlagen worden sei, nicht sowohl durch die Überzahl des Feindes, als infolge der Tatsache, daß die Kriegerkaste aus Schwächlingen bestehe. Er fragte sie, woher das komme und ob sie kein Mittel dagegen wüßten. Einzig und allein der jüngste unter ihnen, wund und schwach vor Blutverlust wie er war, konnte eine Erklärung finden und einen Weg weisen, der Entartung zu begegnen. Er lenkte die Aufmerksamkeit auf die

Tatsache, daß von allen Minuniern die Bewohner der Stadt Trohana die reinste Rasse seien. Seit vielen Geschlechtern wäre kein frisches Blut in die Bevölkerung hineingekommen, da eine Heirat außerhalb der Kaste durch Gesetz verboten sei, während die Sklaven, die sich aus allen Schichten und Städten von Minuni zusammensetzten, infolge der ständigen Blutmischung stärker und stämmiger waren als ihre infolge Inzucht entarteten Herren.

Er empfahl Amorosal ein Gesetz, durch das jeder Sklave, Mann oder Weib, bei Heirat mit einem Angehörigen der Kriegerkaste zu dessen Stand erhoben werde, und riet zu einer Bestimmung, auf Grund deren jeder Krieger wenigstens eine seiner Frauen aus den Sklavinnen zu nehmen habe. Zunächst erhoben sich natürlich laute und bittere Einwürfe gegen einen so neuerungssüchtigen Vorschlag. Aber Amorosal erfaßte rasch genug die Weisheit dieses Rates und erließ nicht nur das Gesetz, er nahm sich auch als erster eine Sklavin zum Weibe. Da beeilten sich natürlich alle, es dem König nachzutun.

Schon bei der nächsten Generation zeigte sich der Wert dieser Maßnahme, und jedes weitere Geschlecht hat Amorosals Erwartungen mehr als erfüllt, so daß du heute im Volke von Trohana die kraftvollste und kriegstüchtigste Rasse der Minunier siehst.

Unsere alten Erbfeinde, die Städter von Veltopis, waren die ersten, die die neue Bestimmung gleichfalls einführten, Von Sklaven, die sie bei Raubzügen in unser Gebiet machten, erfuhren sie davon. Aber sie kamen erst einige Generationen später als wir dazu. Jetzt freien die Krieger von allen Minunierstädten Sklavenmädchen. Warum auch nicht? Unsere Sklaven stammen ja doch alle von den Kriegerkasten der anderen Städte, aus denen unsere Gefangenen herkommen. Wir gehören alle zur gleichen Rasse, sprechen ein und dieselbe Sprache und haben einheitliche Gebräuche.

Die Zeit hat indes einige kleine Veränderungen in der Art der Ehewahl hervorgebracht. So ist es eine häufig ausgeübte Gewohnheit geworden, eine andere Stadt mit Krieg zu überziehen, nur um deren edelste und schönste Frauen zu rauben. Für uns Angehörige des Königshauses bedeutete die Änderung nichts weniger als Verhütung des Aussterbens. Unsere Ahnen vererbten ihren Nachkommen körperliche und geistige Erkrankungen. Das neue, gesunde und unangekränkelte Blut der Sklaven spülte die Krankheit aus unseren Adern, und das hat unsere Ansichten in dieser Beziehung so geändert, daß das Kind einer Sklavin und eines Kriegers, das früher überhaupt keine Kaste besaß, nunmehr am höchsten steigt, denn heute gilt es für einen Angehörigen des Königshauses für unmoralisch, eine andere als eine Gefangene zum Weibe zu nehmen.

Und deine Gattin? fragte Tarzan. Die hast du dann wohl im Kampfe gegen eine fremde Stadt gewonnen? Ich habe noch keine, entgegnete Florensal. Wir wollen aber demnächst Veltopis mit Krieg überziehen. Wie mir die Sklaven aus jener Stadt sagen, hat deren König das schönste Mädchen der Welt zur Tochter. Sie heißt Dschansara. Da sie mit mir nicht oder nur ganz entfernt verwandt sein kann, gibt sie eine passende Gattin für den Sohn von Drohahkis.

Woher weißt du denn, daß sie nicht mit dir verwandt ist? fragte der Affenmensch.

Wir führen ebenso genaue Listen über die Stammbäume des Königshauses von Veltopis und einiger anderer in der Nähe wie über unseren eigenen, erwiderte Florensal. Die Unterlagen dafür bekommen wir von den Gefangenen, und zwar von denen, die zur Ehe in unser eigenes Volk gewählt sind. Seit einigen Generationen waren die Könige von Veltopis nicht mächtig oder erfolgreich genug, uns unsere Prinzessinnen durch Gewalt oder List zu rauben, obgleich sie es nie unversucht gelassen haben. Daher mußten sie sich Frauen in anderen, oft weit entfernten Städten suchen.

Der derzeitige König von Veltopis, Moelhago, Vater der Prinzessin Dschansara, gewann sich deren Mutter von einer fernen Stadt, die niemals Sklaven von Trohana erbeutet hat. Auch kann sich keiner erinnern, daß unsere Krieger jemals jene Stadt heimgesucht hätten. Dschansara würde daher eine durchaus geeignete Gattin für mich sein.

Aber wie steht es mit der Liebe? forschte Tarzan. Angenommen, ihr könnt euch nicht verstehen?

Florensal zuckte die Achseln: Sie muß mir einen Sohn schenken, der eines Tages König von Trohana sein wird, mehr kann ich nicht verlangen.

Während die Vorbereitungen zu der Unternehmung gegen Veltopis betrieben wurden, blieb Tarzan meist sich selbst überlassen. Das Leben und Treiben des Zwergvolkes bot ihm dafür eine unerschöpfliche Quelle des Interesses. Er sah den endlosen Reihen von Sklaven zu oder er wandelte über das Ackerland jenseits der Stadt. Die Gespanne wurden von Diadets gezogen, so nannten sie die Zwergantilopen, die ihre Last- und Arbeitstiere bildeten. Die Sklaven waren stets von Wachen begleitet, um einerseits einer Flucht oder Meuterei vorzubeugen, andererseits sie vor wilden Tieren und Raubvögeln gleichzeitig zu schützen. Diese Sklaven der ersten und zweiten Generation waren leicht an dem hellgrünen Kittel zu erkennen, der das Abzeichen ihrer Kaste bildete. Er reichte bis zu den Knien und trug auf Rücken und Brust ein Wappen oder Abzeichen in schwarzer Farbe, das seine Geburtsstadt und den Namen seines Besitzers angab. Die an den öffentlichen Bauten beschäftigten Sklaven gehörten alle dem Könige Drohahkis, aber draußen im Felde sah man häufig die vornehmen Familien durch ihre Sklaven vertreten.

Im Innern der Stadt gingen Tausende von Sklaven in weißen Kitteln ihren Geschäften nach. Sie betrieben ihr Gewerbe und verkauften ihre Waren in völliger Freiheit. Diese Sklaven der höheren Kasten trugen andere, weniger auffällige Marken auf ihren Kitteln; kleine Zeichen auf einer oder beiden Schultern oder am Ärmel kündeten die Beschäftigung des Hörigen. Reitknecht, Leibdiener, Hausmeister, Koch, Haarkünstler, Gold- und Silberarbeiter, Töpfer – mit einem Blicke konnte man den Beruf eines jeden erkennen – alle gehörten sie mit Leib und Seele ihrem Herrn, der dafür verpflichtet war, sie zu ernähren und zu kleiden, während sie ihm die Früchte ihrer Arbeit restlos abliefern mußten.

Mit diesen interessanten Beobachtungen vertrieb sich Tarzan den lieben langen Tag. Auf seine wiederholten Fragen, wie er aus dieser verschrobenen dornumwallten Welt seinen Weg hinausfinden könne, erwiderten seine Wirte stets, daß es zwecklos sei, den Dornwald durchdringen zu wollen, da er sich unendlich weit bis zu den Grenzen der Welt ausdehne. Ihr Weltbegriff beschränkte sich natürlich auf das, was sie sehen konnten, auf ihr Land von Hügeln, Tälern und Wäldern innerhalb des Ringes aus Dornwäldern. Für Geschöpfe ihres Wuchses war zwar das Dornendickicht keineswegs undurchdringlich, nur war Tarzan eben weit größer als sie. Aber er fand die Minunier recht interessant, und da er wieder einmal eine seiner primitiven Urmenschenstimmungen hatte, behagte es ihm, noch einige Zeit in der Stadt Trohana müßig zu verbringen, ehe er sich einen Weg suchte.

Aber eines schönen Morgens, beim ersten Tagesgrauen in aller Frühe, kam ein Zwischenfall.

Im Wald und in der Steppe

Der Alaliknabe Waras streifte durch den Wald und suchte nach dem Affenmenschen, dem einzigen Wesen, das in seinem rohen Wildengemüt so etwas wie Zuneigung erweckt hatte. Doch er fand ihn nicht. Statt seiner traf er auf zwei ältere Jünglinge seiner eigenen Rasse, und bald jagten die drei gemeinsam, wie es bei diesen harmlosen Geschöpfen üblich war. Seine neuen Freunde zeigten wenig Interesse an seinen eigenartigen Waffen – ihnen genügten ein Knüttel und ein Steinmesser vollkommen. Dem Knüttel fiel dann und wann ein Nagetier zur Beute, mit dem Messer gruben sie nach saftigen Puppen und anderem Eßbaren in der Moderschicht des Waldbodens oder unter der Rinde der Bäume. Meist lebten sie aber von Früchten, Nüssen und Knollengewächsen. Doch Tarzans Zögling brauchte sich nicht darauf zu beschränken. Er brachte häufig Vögel und manchmal auch eine Antilope an, denn er wurde täglich im Gebrauch von Bogen und Speer geschickter. Da er oft mehr Beute machte, als er selbst essen konnte, und den Überschuß seinen beiden Gefährten überließ, wollten diese wenigstens so lange zu ihm halten, bis irgendeines der schrecklichen Weiber auf der Bildfläche erscheinen, ihr gemütliches Zusammenleben stören und einen von ihnen nach seinem Gehöft schleppen würde.

In ihrer dummen, schwerfälligen Art bewunderten sie wohl auch ihren Genossen, denn er schien sich in irgendeiner unbestimmbaren Weise von ihnen zu unterscheiden. Er trug sicher den Kopf höher als sie und blickte viel weniger demütig und verstohlen. Er trat fest auf und gebrauchte weniger Vorsicht. Aber vielleicht lächelten sie innerlich, wenn sie daran dachten, wie es ihm gehen mußte, wenn eines Tages die groben, trotzigen, dichtbehaarten Weibchen mit ihren Keulen über ihn kamen und ihn am Haupthaar nach den Höhlen schleppten.

Eines Tages kam es denn auch so, oder wenigstens teilweise kam es so. Sie begegneten in einer Waldlichtung plötzlich einem besonders großen Weibe. Die zwei Gefährten wandten sich im Nu zur Flucht, aber als sie den rettenden Schutz des dichten Unterholzes erreicht hatten, hielten sie doch an und sahen sich nach dem Weibe und ihrem im Stiche gelassenen Genossen um. Zu ihrer eigenen Erleichterung fanden sie, daß das Weib ihnen nicht folgte, aber mit Betrübnis sahen sie, daß sich ihr Kamerad nicht in Sicherheit gebracht hatte, sondern der Gegnerin trotzig entgegensah und ihr sogar durch Winke zu verstehen gab, sie solle sich packen, sonst werde er sie töten. Solch eine unglaubliche Dummheit! Anscheinend besaß er kein Spürchen Gehirn. Daß er aus Mut so handeln könne, kam ihnen nicht in den Sinn. Mut war etwas für die Weiber. Für die Männer war es besser, vor der Gefahr und vor den Weibern zu fliehen.

Gleichwohl waren sie ihm dankbar, denn seine unbesonnene Handlungsweise rettete sie. Das Weib konnte doch nicht mehr als einen von ihnen fangen und packte natürlich den Zurückgebliebenen.

Die Jägerin war nicht daran gewöhnt, ihre Rechte durch so ein armseliges Männchen in Frage gestellt zu sehen, und empfand einige Überraschung und nicht wenig Ärger. Vor Staunen blieb sie erst etwa zwanzig Schritte vor ihm stehen, dann langte sie nach einem der an ihrem Gürtel hängenden Wurfsteine. Das gereichte ihr zum Verderben. Der Sohn des ersten Weibes hatte längst einen Pfeil auf dem Bogen bereit und wartete nur noch ab, wie sie sich verhalten werde. Als die Finger des Weibes nach dem federgeschmückten Wurfgeschoß griffen, das ihm die Niederlage bringen sollte, spannte er seinen Bogen und schoß.

Seine zwei Gefährten sahen von ihrem Versteck aus, wie das Weib erstarrte und vor Schmerz das Gesicht verzerrte, wie sie nach dem aus ihrer Brust hervorstehenden Pfeilschaft griff, in die Knie sank und sich dann auf dem Boden wälzte. Ein paarmal stieß sie noch mit den Füßen um sich und griff krampfhaft herum, bis sie ruhig lag. Dann erst wagten sich die beiden aus ihrem Versteck hervor, und als der Sohn Waras seinen Pfeil aus dem Herzen der Gefallenen zog, traten sie zu ihm hin. Vorerst waren sie noch halb betäubt vor Überraschung, sahen ungläubig auf die Leiche und mit geheimem Grauen auf den Sieger. Immer und immer wieder untersuchten sie seinen Bogen und seine Pfeile und betrachteten die Wunde, die seine Waffe gemacht hatte. All das war ihnen ganz unverständlich. Aber wie war die Stimmung des Siegers? Der hielt seinen Kopf noch einmal so hoch, warf sich in die Brust und stolzierte einher. Nie zuvor hatte einer seinesgleichen sich so in der Rolle des Helden gefühlt. Kein Wunder, daß er sich darin gefiel. Aber er gedachte, bei seinen Gefährten noch mehr Eindruck zu machen. Er packte die Leiche, schleppte sie zum nächsten Baume und lehnte sie in sitzender Haltung an den Stamm. Dann trat er zwanzig Schritte zurück, winkte den anderen, gut achtzugeben, hob seinen schweren Speer und schleuderte ihn gegen diese realistische Scheibe. Der Speer durchbohrte sie und fuhr noch tief in den Baumstamm dahinter.

Jetzt verfielen die anderen in große Erregung. Einer von ihnen versuchte, diese wundervolle Tat nachzumachen. Als er vorbeigeworfen hatte, wollte auch der zweite sein Heil versuchen. Später wollten sie mit Pfeil und Bogen bekannt werden. Stundenlang blieben die drei vor ihrer greulichen Zielscheibe, bis sie der Hunger zwang, weiterzuziehen. Aber erst mußte Waras Sohn versprechen, auch sie in der Anfertigung und im Gebrauch solcher Waffen zu unterweisen. Nur eine kleine Episode in der Entwicklungsgeschichte ihrer Rasse war dieser Vorfall; aber obgleich es die drei so wenig ahnten wie die vielen Hunderte von Alaliweibern, die an jenem Abend in ihre Höhlen heimkehrten, so hatte doch die Herrschaft der amazonenhaften Frauentyranninnen in Minuniland damit einen nicht wieder gutzumachenden Stoß erlitten.

*

Nicht weniger plötzlich, aber mit mehr unmittelbaren Folgen trat eine Änderung im gleichmäßigen Leben Tarzans in der Stadt Trohana ein.

Der Affenmensch lag auf seinem Graslager unter einem großen Baume, der neben dem Palastbau des Königs Drohahkis stand. Die Morgenröte begann über dem Walde östlich von Trohana den Himmel zu überfluten, als Tarzan, der mit einem Ohr nahe an der Erde lag, plötzlich auf ein merkwürdiges Dröhnen aufmerksam wurde, das aus den Eingeweiden der Erde zu kommen schien. Das Geräusch war so dumpf und schwach, daß es für einen gewöhnlichen Menschen kaum vernehmbar gewesen wäre. Aber für Tarzan bedeutete es eine Unterbrechung der gewöhnlichen Nachtgeräusche; so schwach es auch war, ihm fiel es selbst im Schlafe auf. Tarzan erwachte davon und lag noch einige Zeit horchend still. Er wußte, daß das Geräusch nicht aus dem Erdinnern kommen konnte. Es stammte von der Oberfläche, und er schätzte, daß es aus nicht großer Ferne kam, merkte aber, daß es sich rasch näherte. Einen Augenblick war er verdutzt, dann dämmerte ihm die Erkenntnis und er sprang auf die Füße. Der Dompalast des Königs lag hundert Schritt weit entfernt; dorthin eilte er. Gerade vor dem Südeingang rief ihn die kleine Schildwache an.

Mache dem König Meldung, wies ihn der Affenmensch an, daß Tarzan viele Diadets auf Trohana zu galoppieren hört und daß jeder einen feindlichen Reiter auf seinem Rücken trägt, oder er müßte sich sehr täuschen. Der Wachtposten wandte sich um und rief laut in den Flur hinein, und augenblicks erschien ein Offizier mit mehreren Kriegern. Bei Tarzans Anblick blieben sie stehen.

Was gibt's? fragte der Offizier.

Des Königs Gast sagt, er höre viele Diadets herankommen, erwiderte der Posten.

Aus welcher Richtung? fragte der Offizier, sich an Tarzan wendend.

Der Affenmensch deutete nach Westen.

Von Veltopis! rief der Offizier; dann sandte er sofort seine Leute nach allen Richtungen: Rasch, weckt die Stadt. Ich werde den Palast und den König verständigen. Damit eilte er davon, während sich die übrigen zerstreuten, um die Bewohner aufzurufen.

In unglaublich kurzer Zeit sah Tarzan Tausende von Kriegern aus allen Domhäusern stürzen. Aus den Nord- und Südausgängen kamen Reiter, während die Fußsoldaten zu den Ost- und Westportalen herausströmten. Dabei zeigte sich aber nicht die geringste Unordnung; jeder handelte nach einem genau vor bestimmten Plane.

Kleine Abteilungen Reiterei, die Aufklärer, jagten flink nach allen Seiten, sie umgaben die Stadt mit einem Gürtel von Spähern, machten, sobald sie auf den Feind stießen, Meldung und wichen langsam vor ihm zurück. Hinter ihnen kamen stärkere Abteilungen Berittener, die stark genug waren, um den Vormarsch des Gegners so lange aufzuhalten, bis die Hauptmasse der Reiterei an den Hauptangriffspunkt des Feindes geworfen war.

Nun rückten die Geschwader der Reiterei aus, aber nur noch nach Westen zu, denn inzwischen war die Richtung, aus der der Angriff kam, festgestellt worden. Das Fußvolk, das inzwischen in unaufhörlichem Strome aus den Gebäuden ausgerückt war, marschierte in vier geschlossenen Haufen nach den vier Himmelsrichtungen, aber die größte Abteilung wurde nach Westen vorgeschoben. Die Vorhut hielt bereits in kurzer Entfernung vor der Stadt, während die letzten aus den Domkuppeln heraustretenden Truppen, Reiterei wie Fußvolk, wohl als Reserve auf den freien Plätzen zwischen den Gebäuden hielten. Bei ihnen hielt Drohahkis, um die Verteidigung der Stadt von diesem Punkte aus besser leiten zu können.

Der Prinz Florensal rückte mit einer Hauptabteilung der Reiterei aus, die den ersten Stoß des Gegners auffangen sollte. Diese Abteilung bestand aus siebentausendfünfhundert Mann und nahm ihre Aufstellung etwa drei Kilometer vor der Stadt. Vor, neben und hinter sich hatte sie vier Sicherungsabteilungen von je fünfhundert Mann. Die ganze Gruppe war also fast zehntausend Mann stark, wenn man noch die einen weiteren Kilometer vorgeschobenen Reiterposten mitrechnete, die mit etwa fünfzig Meter Zwischenraum von Posten zu Posten die ganze Stadt umringten. In der Stadt aber standen weitere fünfzehntausend Reiter als Reserve.

Tarzan sah beim Scheine der Morgendämmerung den planmäßigen Verteidigungsmaßnahmen der Minunier zu, und seine Bewunderung für die kleinen Leute stieg. Da hörte man kein Schreien, kein Singen, aber auf dem Gesicht jedes einzelnen Kriegers konnte Tarzan einen begeisterten Ausdruck sehen. Hier bedurfte es keines Kriegsgeschreis und keiner Schlachtgesänge, um den zweifelhaften Mut von Schwächlingen zu beleben – hier gab es keine Feiglinge.

Das Donnern der Hufe des herannahenden Heeres von Veltopis schwieg. Offenbar hatten die Patrouillen des Feindes festgestellt, daß die Überraschung mißglückt war. Änderten sie nun ihren Plan oder die Angriffsrichtung, oder hielt ihre Hauptmacht nur, um das Ergebnis einer Erkundung abzuwarten?

Tarzan fragte einen in der Nähe stehenden Offizier, ob der Feind etwa seine Angriffsabsichten aufgegeben haben könne.

Der Mann lächelte und schüttelte den Kopf: Minunier geben niemals einen Angriff auf, sagte er.

Denkst du, daß der Kampf bis zur Stadt vordringen wird? fragte Tarzan.

Wohl schwerlich. Die Reiterei in der Vorhut hat heute das Glück für sich. Sie wird den ganzen Kampf allein ausfechten dürfen. Vom Fußvolk wird kaum ein Mann ins Gefecht kommen. Aber das ist meistens so. Immer trägt die Reiterei die Hauptlast des Kampfes.

Mir scheint, du fühlst dich unglücklich, daß du nicht bei der Reiterei bist. Warum läßt du dich nicht dahin versetzen?

Oh, wir müssen alle reihum in jeder Waffengattung unsere Pflicht erfüllen, erklärte ihm der Offizier. Wir sind alle beritten, nur für die Deckung der Stadt sind wir vier Monde lang dem Fußvolk zugewiesen; dann werden wir wieder auf fünf Monate zur Reiterei – er gebrauchte den Ausdruck »Diadetax« – kommandiert. An jedem Neumond werden fünftausend Mann versetzt.

Tarzan wandte sich ab und spähte über die Ebene nach Westen Er konnte die nächsten Truppen sehen, wie sie in Ruhestellung den Feind erwarteten. Auch die Hauptmasse der Reiterei in drei Kilometer Entfernung ließ sich noch erkennen, aber die Vortruppen und Aufklärer waren unsichtbar. Auf seinen Speer gestützt, überschaute er das Bild und beobachtete, wie ernst es diese Leute mit dem bevorstehenden Kampfe nahmen. Vaterlandsliebe der reinsten Art durchglühte sie, sie waren vom ersten bis zum letzten wahre Helden.

Während der Pause, die auf das Abrücken der Vorhut folgte, begab sich Tarzan zu Drohahkis, der von einer Anzahl Offiziere umgeben auf seinem Diadet hielt. Der König trug einen goldleuchtenden Koller, ein mit Goldplatten benähtes Ledergewand. Um den Leib trug er einen breiten, starken Ledergurt mit drei Goldschließen, an dem Schwert und Dolch hingen. Die Beine staken in ledernen Beinschienen, die Arme trugen einen vom Handgelenk bis zum Ellenbogen reichenden Schutz aus Metallringen. Derbe Sandalen bekleideten die Füße, und die Fußgelenke schützte eine ringförmige Goldplatte. Den Kopf bedeckte ein gutsitzender Lederhelm.

Als Tarzan hinzutrat, begrüßte ihn der König mit freundlichem Lächeln. Der Hauptmann der Wache meldet, daß wir dir die erste Warnung vor dem Kommen des Feindes verdanken. Abermals schuldet dir die Stadt Trohana Dank. Wie sollen wir dir unsere Schuld bezahlen?

Tarzan wehrte ab: Ihr schuldet mir nichts, König von Trohana, erwiderte er: Schenke mir deine Freundschaft und gestatte mir, deinem tapferen Sohne, dem Prinzen, beizustehen, dann ist die Schuld auf meiner Seite.

Ich bin dein Freund, bis mich einst die Würmer verzehren, Tarzan, erwiderte der König warm: Gehe, wohin du willst. Daß es dich auf den Kampfplatz zieht, erstaunt mich nicht.

Zum ersten Male hatte ein Minunier Tarzan bei seinem Namen angeredet. Bisher hatten sie ihn stets mit Retter des Prinzen, Gast des Königs, Riese des Waldes oder ähnlichen passenden Titeln angeredet. Bei ihnen gilt der Name eines Mannes als etwas Heiliges, dessen Gebrauch nur den allerbesten Freunden gestattet ist. Wenn also Drohahkis Tarzans Namen gebrauchte, so war das eine Aufforderung oder sogar der Wunsch, er solle sich als engster Freund des Königs betrachten.

Der Affenmensch erkannte die Höflichkeit durch eine Verbeugung an: Drohahkis Freundschaft ist eine hohe Ehre. Ich werde sie mein Leben lang als solche hochhalten.

Der Herr der Dschungel sprach damit keine leere Phrase aus, er hegte schon längst für das kleine Volk Bewunderung und schätzte die Persönlichkeit des Königs besonders hoch, denn soviel er auch über Leben und Treiben des Volkes erfahren hatte, er hatte stets gefunden, daß der kleine Fürst aufs engste mit Wohl und Wehe seines Volkes verbunden war.

Drohahkis schien über Tarzans Antwort erfreut. So machte sich denn der Riese nach der vordersten Linie auf. Unterwegs riß er sich einen langen Ast von einem Baume, weil er glaubte, eine solche Waffe könne den Minuniern gegenüber nützen; er wußte ja noch nicht, wie der Tag ausgehen würde. Eben erreichte er das vorgeschobene Fußvolk, als ein Meldereiter in tollster Gangart nach der Stadt zu an ihm vorbeijagte. Tarzan strengte seine Augen an, konnte aber noch kein Zeichen von Kampf entdecken. Als er die Hauptmasse der Reiterei erreichte, war weit und breit noch kein Feind zu erblicken.

Prinz Florensal begrüßte ihn herzlich, betrachtete aber etwas verwundert den riesigen belaubten Baumast, den Tarzan über der Schulter trug.

Was gibt es Neues? fragte der Affenmensch.

Ich habe eben dem König Meldung gesandt, daß unsere Aufklärer mit dem Feinde in Fühlung sind. Es sind richtig die Leute von Veltopis. Ein stärkerer Vorpostentrupp hat den Schleier der feindlichen Aufklärer durchstoßen, und ein tapferer Krieger drang sogar bis zum Gipfel des Gartolaberges vor, von dem aus er die Aufstellung des Feindes erkennen konnte. Es sollen zwischen zwanzig- und dreißigtausend sein.

Als Florensal schwieg, kam von Westen her ein donnerndes Geräusch über die Ebene herangerollt.

Sie kommen, sagte der Prinz.

Tarzan wird um eine Erfahrung reicher

Ska, der Geier, der auf dem Horn des toten Büffels Gorgo hockte, bemerkte plötzlich eine Bewegung im nahen Dickicht. Er blickte in die Richtung des Geräusches und sah die Löwin Sabor aus dem Laub auftauchen und langsam herankommen. Ska war keineswegs erschreckt. Er mußte wohl fort, aber er konnte mit Würde davongehen. Er setzte zum Absprung an und breitete seine großen Schwingen aus, um aufzufliegen. Aber Ska flog niemals mehr. Irgend etwas packte ihn plötzlich am Nacken und hielt ihn fest. Er richtete sich wieder auf und versuchte, beim zweitenmal mit mehr Kraft, auf- und abzufliegen. Wieder fühlte er sich hinuntergezogen. Jetzt wurde er ängstlich. Das verhaßte Ding, das ihm schon so lange am Halse gebaumelt hatte, hielt ihn am Boden fest. Eine schwingende Schlaufe der goldenen Kette hatte sich am Horn von Gorgo, dem Büffel, verfangen. Ska saß fest. Er zappelte und schlug mit den Flügeln. Sabor machte halt und besah sich seine wilden Sprünge, denn Ska flatterte in einer ganz unerklärlichen Weise umher. Niemals hatte Sabor den Geier sich so benehmen sehen. Da Löwen sehr feinfühlige, mißtrauische Tiere sind, war Sabor nicht nur erstaunt, sie bekam Bedenken. Noch einen Augenblick betrachtete sie sich die unzähligen Kunstsprünge von Ska, dann machte sie kehrt und schlich im Gras davon, nicht ohne gelegentlich noch einmal knurrend zurückzusehen, als ob sie sagen wollte: Komm mir nach, wenn du es wagst! Aber der Geier Ska konnte niemand mehr folgen.

*

Sie kommen! rief der Prinz von Trohana.

Tarzan sah über die Ebene hin nach dem Feinde und erblickte von seiner größeren Augenhöhe aus auch schon den Heerhaufen von Veltopis.

Unsere Aufklärer weichen zurück, berichtete er Florensal.

Kannst du den Feind sehen? fragte dieser.

Ja.

Dann gib mir Nachricht über seine Bewegungen.

Sie kommen in mehreren langen Staffeln an, die über eine weite Front ausgebreitet sind. Die Aufklärer ziehen sich auf die Vorhut zurück, die sie aufnimmt und sich dem Angriff entgegenwirft. Wenn sie nicht schon von der ersten Staffel geworfen werden, müssen sie der zweiten weichen.

Florensal gab ein kurzes Kommando. Tausend Reiter ritten an und setzten ihre Diadets in Galopp, die dabei zwei, ja drei Schritte mit einem Satz nahmen. Geradeaus auf die Linie der Vorhut jagte die Attacke, im Galopp nach beiden Seiten aufmarschierend.

Zwei weitere Tausend marschierten auf Grund von Tarzans Angaben zur Verstärkung der Vorhut auf, denn der Gegner hatte sich in zwei Gruppen geteilt, deren eine die rechte Flanke zu umgehen suchte, während die andere die linke überflügeln wollte.

Sie gehen mit Entschiedenheit aufs Gefangenemachen aus, sagte der Prinz zu Tarzan.

Die zweite und dritte Staffel entwickelt sich geradeaus gegen das Zentrum, sagte Tarzan. Jetzt haben sie die Vortruppen erreicht und sind im Handgemenge. Florensal entsandte Meldereiter nach der Nachhut. Zur Erklärung des Verhaltens der Vorhut bemerkte er dann: Es wird für dich Zeit, zur Nachhut zurückzugehen, denn in einigen Augenblicken wirst du vom Feind umringt sein, wenn du bleibst. Auch wir geben nämlich dem Angriff nach und ziehen uns fechtend bis zur Stadt zurück. Wenn sie wirklich immer noch bis in die Stadt hineinwollen, wird das Ganze mehr ein Wettreiten als ein Gefecht sein, denn die Gangart ist viel zu scharf, um wirksamen Kampf zuzulassen. Falls sie aber diese Absicht aufgegeben haben und sich mit Gefangenen begnügen wollen, dann werden wir genug Scharmützel erleben, ehe wir bis auf das Fußvolk zurückgewichen sind. Ich zweifle allerdings, ob der Kampf dann noch weitergelangen wird.

Mit ihrer großen Überzahl werden sie sicher Gefangene machen, wir aber auch – doch rasch, zieh dich zur Stadt zurück, ehe es zu spät ist.

Ich bleibe hier, erwiderte der Affenmensch.

Aber dann werden sie dich gefangennehmen oder töten!

Affentarzan lächelte und schwang seinen buschigen Ast: Ich habe keine Angst davor, meinte er.

Weil du sie nicht kennst, entgegnete der Prinz. Du vertraust zu sehr auf deine Größe, aber bedenke, du bist doch nur ein paarmal größer als ein Minunier, und ihrer sind es dreißigtausend, die dich umwerfen werden. Das Heer von Veltopis kam wie der Wind herzu. Der Prinz konnte nur noch einen flüchtigen Versuch machen, Tarzan zum Zurückgehen zu überreden; er bewunderte den Mut seines riesigen Freundes, aber er beklagte dessen verderbliche Unüberlegtheit. Florensal hatte den fremden Gast sehr ins Herz geschlossen und würde ihn gerne gerettet haben, aber er mußte sich jetzt um die Führung seiner Truppen kümmern, denn der Feind war kurz vor dem Einbruch.

Tarzan erwartete das Herankommen der Zwerge auf ihren flinken, zähen Reittieren. Staffel auf Staffel brauste über die wellige Ebene gegen ihn heran und erinnerte ihn an die herankommenden Wogen des Ozeans. Ein Tropfen für sich war harmlos genug, aber die Masse machte daraus eine unerbittliche und schreckenerregende Zerstörungsgewalt. Der Affenmensch sah auf seinen belaubten Ast und lächelte, aber ein wenig bereute er seine Torheit bereits.

Jetzt war seine ganze Aufmerksamkeit vom Treffen der ersten zwei Staffeln gefesselt. Mann an Mann rasten die Aufklärer von Trohana und die Verstärkung von tausend Kriegern neben den Reitern von Veltopis daher. Jeder hatte sich einen Feind gesucht, den er aus dem Sattel zu stechen suchte; auf Armeslänge wurden in tollster Gangart mit den Degen allein wilde Einzelkämpfe geführt, obgleich da oder dort auch wohl einer mit gutem Erfolg seinen Speer brauchte. Ein paar reiterlose Diadets jagten vorneweg, andere suchten nach der Seite auszubrechen, brachten die dichtgedrängten Linien in Verwirrung und manches Tier mit seinem Reiter zum Stürzen. Aber meist sprengten die Reiter ihre Diadets einfach kühn über die erschreckten Tiere hinweg. Die Reitkunst der Minunier war staunenswert, die mühelose, fast unmerkliche Beherrschung der Reittiere grenzte ans Wunderbare.

Tarzan hatte vorgehabt, die Ameisenmenschen mit seinem Aste einfach aus dem Wege zu kehren, aber Freund und Feind waren so durcheinander, daß er es nicht wagte, um seine Gastgeber nicht aus dem Sattel zu werfen. Er hob seinen Ast hoch und wollte warten, bis die ersten Linien vorbei waren. Wenn dann nur noch Feinde um ihn waren, gedachte er sie beiseitezulegen und ihr Zentrum zu durchbrechen.

Er konnte die erstaunten, aber keineswegs erschrockenen Mienen der Krieger von Veltopis erkennen und hörte ihr Jauchzen, als einer im Vorbeireiten Tarzans Bein einen boshaften Stich beibrachte. Dann mit einem Male bekam er genug zu tun, um die gegen ihn anstürmenden Geschwader mit dem Zweige abzuwehren. Das gelang ihm auch leidlich, solange die ersten Reihen in aufgelöster Ordnung daherkamen. Aber jetzt stürmte die dichte Reitermasse gegen ihn an, der es gar nicht einfiel, vor ihm ihre Reihen zu öffnen. Dicht geschlossen, stürzte Staffel auf Staffel auf ihn los. Er warf seinen nutzlosen Zweig vor sich nieder, um ihren Ansturm aufzuhalten, griff mit den Händen zu, riß die Reiter aus dem Sattel und schleuderte sie auf ihre ansprengenden Kameraden; aber es kamen immer neue.

Mit ihren Diadets setzten sie über jedes Hindernis. Ein Reiter sprengte geradeaus an, traf den Riesen mit dem Kopfe so wuchtig in die Magengrube, daß ihm der Atem ausblieb, und trieb ihn damit einen Schritt zurück. Ein anderer, dann ein paar stachen nach seinen Beinen. Wieder und wieder durchbohrten die nadelscharfen Degenspitzen seine braune Haut, bis er von den Hüften bis zu den Füßen von seinem eigenen Blute rot war. Seine gegen sie nutzlosen Waffen suchte er gar nicht mehr zu benützen. Er vernichtete mit den Händen soviel er konnte, aber für jeden Gefallenen standen hundert neue bereit.

Mit grimmigem Lächeln merkte er, daß er, Tarzan der Unvergleichliche, der Herr der Dschungel, an diesen Zwergen seine Meister gefunden hatte. Er war jetzt völlig von Feinden umringt, die Krieger von Trohana hatten den Feind aufgefangen und jagten mit ihm auf die siebentausend Mann Fußvolk zu, die die Wucht dieses schrecklichen Ansturms brechen sollten. Tarzan hätte gerne diese Phase des Kampfes mit angesehen, aber er hatte mit seinen eigenen Gegnern mehr als genug zu tun.

Wieder fuhr ihm ein anspringender Reiter so kräftig gegen die Magengrube, daß er wankte. Ehe er sich erholen konnte, bekam er noch einen zweiten Stoß, und dieser streckte ihn zu Boden. Im Nu war er von Kopf bis zu Fuß buchstäblich unter Kriegern und Diadets begraben, die sich so dicht wie Ameisen auf ihn warfen. Er machte noch einen Versuch, sich zu erheben, aber dann verlor er das Bewußtsein.

*

Uhha, die Tochter des Zauberdoktors Khamis vom Stamme des Kannibalen Odebe, lag zusammengekauert auf einem Grashaufen inmitten des kleinen Dorngeheges, das in der Dschungel errichtet war. Es war Nacht, aber sie schlief nicht. Mit halbgeöffneten Lidern belauerte sie den weißen Riesen, der draußen an einem kleinen Feuer saß. Die Kleine kniff tückisch die Augen zusammen, während ihre funkelnden Blicke auf dem Manne ruhten. Jetzt hatte sie keine Furcht mehr vor ihm als etwas Übernatürlichem; nur Haß, unauslöschlicher Haß beseelte sie.

Schon längst hielt Uhha diesen Mann nicht mehr für den Flußteufel. Seine offenbare Furcht vor den großen Raubtieren und den schwarzen Menschen hatte ihr erst zu denken gegeben, dann aber hatte sie die Überzeugung gewonnen, daß ihr Entführer ein Betrüger war. Flußteufel kennen keine Angst. Sie begann sogar Zweifel zu hegen, ob dieser Bursche überhaupt Tarzan war, über den sie so viele Geschichten gehört hatte, daß sie ihn fast auch für einen Teufel hielt.

Als dann Esteban Miranda merken ließ, daß er sich vor Löwen fürchtete und daß er sich in der Dschungel nicht zurechtfand, stimmte das keineswegs mit der Vorstellung überein, die sich Uhha von dem berühmten Tarzan gemacht hatte.

Mit der Ehrfurcht verlor sie auch alle Furcht. Er war wohl stärker als sie und roh. Wenn sie ihn ärgerte, konnte und würde er ihr wehe tun. Aber er konnte ihr nur körperliches Leid zufügen und, wenn sie aus seinem Griff entwischte, nicht einmal das. Schon viele Male hatte sie sich einen Fluchtplan zurechtgemacht, aber sie hatte immer wieder mit der Ausführung gezögert, weil sie sich fürchtete, in der Dschungel allein zu bleiben. Mit der Zeit fand sie jedoch heraus, daß der weiße Mann für sie gar kein Schutz war. Ohne ihn war sie in der Tat besser daran, denn Miranda hatte die Gewohnheit, beim ersten Anzeichen von Gefahr den nächsten Baum hinaufzuklettern. Wenn die Bäume spärlich waren, befand sich Uhha beim Wettlauf um die Sicherheit sogar im Nachteil, denn der stärkere Esteban stieß sie einfach beiseite, falls sie ihm beim Davonlaufen im Wege war.

Lieber wollte sie sich allein durch die Dschungel schlagen, als noch länger in der Gesellschaft dieses Menschen bleiben, den sie gründlich verachtete und haßte. Aber ehe sie ihn verließ, mußte sie ihm noch einen Denkzettel dafür anhängen, daß er sie erst verleitet hatte, ihm zur Flucht aus dem Dorfe des Häuptlings Odebe zu helfen, und daß er sie dann auch noch zur Begleitung zwang.

Obgleich sie schon weit gewandert waren, wußte Uhha doch sicher den Weg nach Hause zu finden, und um die Nahrungssuche unterwegs war ihr nicht bange; auch den Raubtieren würde sie schon zu entgehen wissen. Nur vor Menschen hatte sie Angst. Allein von allen Geschöpfen Gottes ist es der Mensch, der von allen andern Wesen gefürchtet und gehaßt wird, und nicht nur von ihnen, sondern sogar von seinesgleichen, denn er allein hat seine Lust am Töten – er, der Erzfeigling, der von allen Geschöpfen den Tod am meisten fürchtet.

Da lag denn das kleine Negermädchen und spähte nach dem Spanier; ihre Augen funkelten vor Erregung, denn seine Beschäftigung zeigte ihr einen Weg zur Rache. Esteban Miranda hockte am Feuer und betrachtete mit gierigen Augen wieder einmal den Inhalt des Ledersäckchens, den er zum Teil in die hohle Hand geschüttet hatte. Die kleine Uhha wußte, wie hoch der weiße Mann diese glitzernden Steine schätzte, obgleich sie von deren wirklichen Wert keine Ahnung hatte. Sie wußte nicht einmal, daß das Diamanten waren. Sie verstand nur das eine, daß der Weiße die Steine liebte, daß sie ihm mehr wert waren als seine anderen Besitzstücke und daß er ihr mehr als einmal erzählt hatte, er wolle lieber sterben, als sie verlieren.

Miranda spielte lange mit den Diamanten, und die ganze Zeit über belauschte ihn Uhha. Endlich tat er sie wieder in den Sack, den er sorgfältig in sein Lendentuch einknüpfte. Dann kroch er hinter den Dornschutz, zog ein Bündel Gestrüpp vor den Eingang, um das Eindringen wilder Tiere zu verhüten, und legte sich neben Uhha auf das Graslager.

Die Kleine sann, wie sie wohl dem riesigen Tarzanspanier die Diamanten stehlen könne. Heimlich wegholen ging nicht, dazu war das Säckchen zu gut in das Lendenstück eingeknüpft; er wäre beim Herausnehmen aufgewacht. Mit Gewalt konnte das schwächliche Kind aber gegen den riesenstarken Mann erst recht nichts ausrichten. Schade, der ganze Plan mußte in Uhhas kleinem Dickschädel ebenso schnell sterben wie er geboren war.

Draußen vor dem Dorngehege flackerte das Feuer, leuchtete über das Dschungelgras hin und warf phantastische Schatten, die bald länger, bald kürzer in der Dschungelnacht tanzten. Irgend etwas bewegte sich leise und verstohlen in wenigen Schritt Entfernung vom Lager durch die üppige Vegetation. Etwas Großes mußte es sein, denn die langen Gräser bogen sich vor ihm zur Seite. Jetzt wichen sie auseinander, und ein Löwenkopf erschien, dessen gelbgrüne Augen unruhig ins Feuer starrten. Von drüben kam die Witterung von Menschen, und Numa war hungrig. Gerade dieser Löwe hatte schon einmal einen Menschen gefressen und ihn schmackhaft gefunden – außerdem war dieser von allen jagdbaren Wesen das langsamste und zur Verteidigung unfähigste. Aber Numa gefiel die Sache hier doch nicht recht; er wandte sich lieber wieder um und ging dahin, wo er hergekommen war. Vor dem Feuer hatte er zwar keine Angst. Ebensogut hätte er sich auch vor der Sonne fürchten müssen, in die er nicht einmal ohne Schmerzen blicken konnte, und Sonne und Feuer waren für Numa wohl ein und dasselbe. Seine nervöse Furcht war vielmehr von den tanzenden Schatten verursacht. Das waren ungeheure, groteske Wesen, die ihm unbekannt waren, allenthalben um ihn herumsprangen und ihn von allen Seiten bedrohten.

Aber Uhha schenkte den tanzenden Schatten keine Beachtung, und den Löwen Numa hatte sie nicht bemerkt. Sie lag regungslos und lauschte. Das Feuer flackerte nicht mehr so hoch wie vorher, und die Zeit schien auf bleiernen Füßen dahinzuschleichen. Uhha lag zwar gar nicht sehr lange, aber es schien ihr eine Ewigkeit, bis sie ihren Plan reiflich durchdacht hatte und zur Ausführung bereit war. Ein zivilisiertes Mädchen von zwölf Jahren wäre vielleicht auch darauf gekommen, nur ist es zweifelhaft, ob es ihn ausgeführt hätte. Doch Uhha war nicht zivilisiert und machte sich daher keine großen Gewissensbisse.

Des Spaniers tiefes Atmen verriet, daß er fest schlief. Uhha wartete noch etwas länger, um ganz sicher zu sein, dann faßte sie unter das Gras neben sich und brachte einen kurzen dicken Knüppel zum Vorschein. Leise und vorsichtig erhob sie sich, bis sie neben der lang ausgestreckten Gestalt des Schlafenden kniete. Nun hob sie die Waffe hoch über ihren Kopf und ließ sie heftig auf Estebans Schädel niedersausen. Sie brauchte nicht weiter zu schlagen – der eine Hieb hatte genügt. Sie hoffte, daß er nicht tot war, denn ihr Racheplan verlangte, daß er am Leben blieb und sich sagen mußte, daß ihm Uhha seine so teuren Kieselsteine gestohlen hatte. Sie nahm ihm das Messer von der Hüfte, schnitt das Lendentuch auf und nahm das Rehledersäckchen. Danach zog sie die Dornen vom Eingang weg, schlüpfte hinaus in die Nacht und verschwand in der Dschungel. Während der langen Wanderung mit dem Spanier hatte sie auch nicht ein einziges Mal die Richtung nach Hause aus den Augen verloren, und nun endlich frei geworden, wandte sie sich entschlossen und zielbewußt nach Südwesten, genau in der Richtung nach Odebes Dorf. Ein Elefantenpfad bildete eine bequeme Dschungelstraße, auf der sie flink dahinschritt, und die hellen Strahlen des Vollmonds leuchteten ihr auf dem Wege. Die Kleine fürchtete sich wohl vor der Dschungelnacht und den um diese Zeit herumstreifenden Raubtieren, aber sie mußte diese Gefahr auf sich nehmen, um eine möglichst große Entfernung zwischen sich und den Weißen zu bringen, ehe dieser wieder zur Besinnung kam und sich zu ihrer Verfolgung aufmachte.

Hundert Schritt vor ihr stand am Rande des Pfades Numa, der Löwe, im dichten Unterholz, schnüffelte und reckte die Ohren. Hier spielten keine tanzenden Schatten, die seine empfindlichen Nerven hätten erschrecken können. Nur die Witterung eines Menschen kam näher und näher. Ein junges Weibchen, das zarteste von dieser Gattung. Numa leckte sich die Lefzen und wartete. Das Mädchen kam rasch auf der Fährte daher. Jetzt war sie in gleicher Höhe mit dem Herrn der Tiere, aber der Löwe sprang nicht. Irgend etwas im Geruch und im Anblick des Menschen erweckt auch in der Brust des grimmigen Numa Furcht. Wenn er Horta, den Eber, oder Bara, die Antilope, beschleicht, empfindet er nichts, was einem derartigen Gefühl nahe käme. Nur beim Menschen, bei dem hilflosen, langsamen Menschenwesen, überfällt ihn mitten im entscheidenden Augenblick eine Unentschiedenheit.

Uhha schritt vorbei, während in zwei Schritten Entfernung ein großer hungriger Löwe jagdbereit stand. Als sie vorüber war, schlich sich Numa auf die Fährte hinaus und folgte ihr, um hinter ihr herzuschleichen, bis sich seine Unsicherheit gelegt haben würde. So zogen denn die beiden durch die Dschungelnacht – der riesige Löwe auf seinen leisen verstohlenen Tatzen und vor ihm her das kleine Negermädchen, das keine Ahnung davon hatte, daß der grimmige Tod im unsicheren Mondschein hinter ihr herschlich.

Unerklärliche Änderungen

Als Affentarzan wieder zum Bewußtsein kam, fand er sich in einem großen Raume auf dem Boden liegend. Als er allmählich wieder zu klarer Besinnung kam, sah er, daß das Gemach von zwei riesigen Kerzen erhellt war, die einen vollen Meter Durchmesser hatten und, obgleich sie schon ziemlich heruntergebrannt schienen, doch immer noch fast zwei Meter lang waren. Jede Kerze hatte einen Docht so dick wie eines Mannes Handgelenk, und ihre weitere Eigentümlichkeit war, daß sie zwar brannte wie eine gewöhnliche Kerze, aber keinen Rauch verbreitete. Auch an Decke und Wänden waren nicht die mindesten Rauchspuren zu erkennen.

Die Lichter hatten zuerst die Aufmerksamkeit des Affenmenschen auf sich gezogen, dann wanderten seine Augen zu den übrigen Insassen des Gelasses. Er fand etwa fünfzig bis hundert Leute seiner eigenen Größe vor, aber sie waren bekleidet und bewaffnet wie die Ameisenmenschen von Trohana und Veltopis. Tarzan runzelte die Brauen und beschaute sie lange und aufmerksam. Was waren das für Leute? Wo befand er sich?

Als sein Bewußtsein klarer wurde, empfand er körperlichen Schmerz. Seine Arme waren wie taub und schwer wie Blei. Er suchte sie zu bewegen, mußte aber feststellen, daß sie ihm auf den Rücken gebunden waren.

Die Füße konnte er bewegen, denn sie waren nicht gefesselt. Er fühlte sich sehr schwach, aber nach einiger Anstrengung gelang es ihm, sich in sitzende Stellung aufzurichten und um sich zu sehen. Der Raum war mit Kriegsleuten erfüllt, die den Zwergen von Veltopis aufs Haar glichen, aber sie waren ebensogroß wie gewöhnliche Menschen, und das Gelaß schien ungeheure Ausdehnung zu besitzen. Auf dem Estrich standen einige Reihen Tische und Bänke herum, die meisten der Leute saßen auf den Bänken oder sie lagen auf der harten Erde. Ein paar andere gingen zwischen ihnen hin und her und schienen sich mit ihnen zu beschäftigen. Jetzt bemerkte Tarzan erst, daß sie alle verwundet waren, einige sogar schwer, und daß die anscheinenden Pfleger die gleichen weißen Jacken trugen wie die höherstehenden Sklaven von Trohana. Außer den Verwundeten und ihren Pflegern waren noch ein halbes Dutzend unverwundete Krieger anwesend. Einer von diesen bemerkte zuerst, daß sich Tarzan in sitzende Stellung aufgerichtet hatte.

Hoho! rief er, der Riese ist zur Besinnung gekommen. Er kam quer durch den Raum auf den Affenmenschen zu, stellte sich breitbeinig vor ihn hin und besah ihn mit breitem Grinsen: Dein riesiger Korpus hat dir wenig genützt, höhnte er, und jetzt sind wir alle so groß wie du. Jetzt sind wir alle Riesen geworden, he? Er drehte sich lachend zu seinen Gefährten um, die in das Lachen mit einstimmten.

Der Affenmensch fand sich als Gefangener mitten unter lauter Feinden und nahm unter solchen Umständen wieder zum Schweigen der wilden Tiere seine Zuflucht. Er gab keine Antwort, saß nur still da und betrachtete jene mit dem wilden Blick eines in die Enge getriebenen Raubtiers.

Er ist so dumm wie die großen Tierweiber der Höhlen, sagte der Krieger zu seinen Gefährten.

Vielleicht gehört er zu ihnen, mutmaßte einer.

Freilich, meinte ein dritter, es wird ein Kolol sein.

Aber deren Männer sind doch alle Feiglinge, widersprach der erste, und der da hat gekämpft wie ein geborener Kriegsmann.

Wahrhaftig, mit den bloßen Händen kämpfte er, bis er zu Boden fiel.

Ihr solltet gesehen haben, wie er Diadets und Reiter herumschleuderte, als ob es nur Kieselsteine wären.

Nicht einen Schritt ist er zurückgewichen. Er dachte gar nicht an Flucht, und dabei hat er während des ganzen Kampfes gelächelt. Er sieht gar nicht wie ein Kolol aus. Frage ihn doch einmal, wer er ist.

Der erste richtete wieder eine Frage an Tarzan, aber der Affenmensch starrte ihn weiter schweigend an.

Er versteht mich nicht, meinte der Krieger. Ich glaube nicht, daß er ein Kolol ist, aber was er ist, kann ich mir nicht denken.

Er trat näher und untersuchte Tarzans Wunden: Die sind bald geheilt, erklärte er. In sieben Tagen, vielleicht noch früher, kann er in die Steinbrüche.

Sie stäubten ein braunes Pulver über seine Verletzungen und brachten ihm Speise und Trank, Wasser und Antilopenmilch, und als sie fanden, daß seine Arme geschwollen waren und sich schon zu verfärben begannen, holten sie eine Eisenkette, legten sie ihm mit einem ungefügen Schloß um den Leib und schlossen ihn an einen Ring in der Steinwand des Gelasses fest. Dann schnitten sie die Fesseln von seinen Handgelenken. Da sie annahmen, er verstehe ihre Sprache nicht, sprachen sie in seiner Gegenwart ganz offen miteinander. Aber da ihr Idiom fast völlig mit der Sprache von Trohana übereinstimmte, verstand Tarzan jedes Wort und erfuhr auf diese Weise, daß die Schlacht vor der Stadt des Drohahkis für die Angreifer nicht so gut ausgegangen war, wie dessen König Moelhago gehofft hatte. Sie hatten viele Tote und Gefangene verloren, und dafür nicht annähernd so viel Feinde getötet. Auch ihre Beute an Gefangenen war gering, obgleich Moelhago meinte, daß die Gefangennahme des fremden Riesen die gesamten Verluste des kurzen Krieges aufwiege.

Wie sich diese Ameisenmenschen in Männer seiner eigenen Größe verwandelt hatten, konnte sich Tarzan nicht erklären. Auch die Bemerkungen, die er erlauschte, warfen kein aufklärendes Licht auf diese geheimnisvolle Tatsache. Aber seine Verwirrung erreichte ihren Gipfel, als er ein paar Tage später durch den Korridor vor dem Gelaß draußen einen Trupp Krieger vorbeireiten sah, die alle so groß waren wie er und auf riesigen Antilopen von der Größe mächtiger Elche saßen. Tarzan bemerkte dazu, daß sie der Gestalt nach nur Königsantilopen sein konnten, die kleinsten ihrer Art! Wie immer, wenn er in Verlegenheit war, fuhr er sich mit den Fingern durch seinen schwarzen Haarschopf und gab es auf, die Rätsel ringsum zu lösen.

Seine Wunden heilten, und am siebenten Tage trat ein halbes Dutzend Krieger zu ihm, nahm ihm die Kette ab und bedeutete ihm, mitzukommen. Seine Häscher hatten es längst aufgegeben, ihn anzureden, da sie annahmen, er verstehe ihre Sprache nicht, was für sie gleichbedeutend war mit einem Stummen wie die Alalis; sie konnten sich nämlich nicht vorstellen, daß es noch eine andere Sprache gäbe als ihre eigene. Aus der Unterhaltung seiner Führer entnahm Tarzan, daß sie ihn vor ihren König Moelhago führten, der den merkwürdigen Gefangenen zu sehen wünschte.

Sie brachten ihn durch einen langen Gang, der von kleinen in Nischen angebrachten Lichtern erhellt war. Sklaven und Krieger kamen in ununterbrochenem Zuge an ihm vorbei. Da waren hochgestellte Sklaven in der weißen Tunika mit den roten Abzeichen ihrer Eigner auf Brust und Rücken, dann Sklaven in grünen Kitteln vom zweiten Nachwuchs mit dem Abzeichen in Schwarz, dann Sklaven der ersten Generation, die auf ihren gleichfalls grünen Kitteln noch das Zeichen ihrer Heimatstadt auf dem Rücken trugen. Dann sah man Krieger von allen Graden und Stellungen, mit Ausrüstungen von Leder des einfachen Soldaten bis zum juwelengeschmückten Gehänge des Vornehmen. Das Durcheinander aller dieser Persönlichkeiten zog in zwei Reihen rechts und links an Tarzan vorbei. Ab und zu galoppierte auch ein Reiter in schärfster Gangart auf einer der mächtigen Antilopen vorüber, die Tarzan immer noch seit seiner Gefangennahme am meisten in Erstaunen setzten.

Soviel Tarzan aus der Bauart des Gebäudes schließen konnte, schien er sich in einem der Dome zu befinden, wie er sie in der Stadt des Drohahkis gesehen hatte. Aber als er sich dann die Abmessungen des Gebäudes über ihm an seiner eigenen Größe gemessen auszudenken suchte, wurde ihm schwindelig. Wenn er hier ein Gegenstück zu Drohahkis Palast in entsprechend größerem Ausmaß über sich hatte, mußte dies Gebäude fast zweihundert Meter breit und hundertfünfzig Meter hoch sein. Es war nicht auszudenken, daß irgendein Menschenvolk ein derartiges Werk nur mit den ursprünglichen Hilfsmitteln ausführen konnte, die diesen Leuten hier allein zu Gebote standen. Und doch, da waren die gewölbten Dachkuppeln, die Zwischenwände aus Zyklopenmauerwerk und die Riesenräume mit ihren wuchtigen Deckbalken und den dicken Säulen, alles genau so, wie er es beim Bau eines Domes in Trohana studiert hatte, nur viel, viel riesiger war alles. Er überflog noch mit den Augen diese rätselhaften Tatsachen, als ihn seine Begleiter aus dem im Kreise laufenden Flur in einen anderen führten, der im rechten Winkel dazu lag. Sie hielten vor dem Eingang eines Raumes, der von oben bis unten mit allerlei Regalen mit Waren jeder Art angefüllt war. Da sah man vor allem Kerzen, große und kleine, Kerzen von jeder denkbaren Form und Gestalt. Dann fanden sich Helme, Leibriemen, Sandalen, Jacken, Krüge, Töpfe, Schüsseln und tausenderlei andere Gegenstände zum täglichen Gebrauch der Minunier, mit denen Tarzan während seines Aufenthaltes in Trohana schon mehr oder weniger vertraut geworden war.

Als Antwort auf den Anruf eines Wächter kam ein Sklave in weißer Tunika an den Eingang des Lagers. Eine grüne Jacke für diesen Burschen von Trohana! befahl der Wächter.

Wessen Abzeichen bekommt er auf den Rücken? fragte der Sklave.

Er gehört Zoanthro, beschied ihn der Soldat.

Der Sklave eilte flink an eines der Regale, aus dem er eine grüne Jacke herausnahm. Aus einem anderen Gefach nahm er zwei große Holzklötze, in die zwei verschiedene Zeichen eingeschnitzt waren. Er bestrich die Schnitzerei mit einer Art Farbe oder Tinte, legte dann die Tunika zwischen ein Brett als Unterlage, die beiden Klötze darüber, und schlug mit einem Holzhammer darauf. Als er dem Affenmenschen die Jacke zum Anziehen gab, entdeckte dieser auf Brust und Rücken des Kleidungsstückes ein schwarzes Abzeichen, daß er aber nicht lesen konnte – so weit waren seine Studien noch nicht gediehen. Der Sklave gab ihm noch ein Paar Sandalen, dann schob ihn der Soldat wieder nach dem Flur. Als sie weiterschritten, änderte sich mit einem Male das Aussehen des Gebäudes. Die Wände waren da und dort mit Gemälden, meist Jagd- und Kampfszenen, geschmückt, die nach einer schablonenhaften Manier in meist grellen Farben ausgeführt waren. In zahlreichen Nischen brannten vielfarbige Kerzen. Es begann von übertrieben aufgeputzten Kriegergestalten zu wimmeln. Sklaven in grünen Jacken fanden sich nicht mehr, die weißen Jacken der Hörigen aus gehobener Kaste waren aus feinerem Stoff. Nicht selten trugen diese Sklaven auch kostbares Lederzeug und reichen Edelsteinschmuck.

Der Glanz dieses Reichtums, die strahlende Lichtfülle nahm immer noch zu, bis der Flur zwischen zwei massigen Torflügeln aus gehämmertem Golde plötzlich zu Ende ging. Dort standen mit kostbarem Prunk gekleidete Kriegsmannen, deren Befehlshaber Tarzans Eskorte nach ihrem Zwecke fragte.

Auf des Königs Befehl bringen wir ihm den Sklaven des Zoanthro, erwiderte der Führer, den Riesen, der vor Trohana gefangengenommen wurde.

Der Fragesteller wandte sich zu einem seiner Leute: Überbringe diese Meldung dem König, sagte er.

Der Bote ging und seine Kameraden begannen allerlei Fragen über Tarzan zu stellen, auf die dessen Häscher kaum Auskunft geben konnten; aber bald kam der Bote mit der Weisung, die Schar alsbald vor den König zu führen. Die schweren Türflügel öffneten sich, und Tarzan fand sich auf der Schwelle eines ungeheuren Saales, dessen Wände auf der gegenüberliegenden Seite an einer Stelle zusammenliefen, an der ein Thron auf einer Empore stand. Riesige hölzerne Säulen stützten die zwischen den Deckbalken verputzte Decke. Träger wie Säulen waren reich mit Schnitzwerk verziert, während der Verputz mit Bildern ausgemalt war, die wohl Vorkommnisse aus der Geschichte von Veltopis darstellten.

Der Raum war leer, mit Ausnahme von zwei Kriegern, die rechts und links des Thronsitzes vor Türen Wache ständen. Als Tarzans Eskorte auf dem breiten, zum Throne führenden Gang vorwärtsschritt, winkte sie der eine der Posten zu sich heran und warf die Türe vor ihnen auf. Ein kleiner Raum zeigte sich, in dem ein halbes Dutzend elegant gekleideter Krieger auf kleinen geschnitzten Bänken saß, während sich ein siebenter in einem Lehnstuhl räkelte, auf dessen Armlehnen er mit den Fingern trommelte. Er hörte der Unterhaltung der anderen zu und warf ab und zu eine Bemerkung dazwischen, die dann immer mit gespannter Aufmerksamkeit angehört wurde. Wenn er beim Sprechen finster dreinsah, blickten die anderen noch finsterer, wenn er lächelte, lachten sie. Kaum einen Augenblick ließen sie die Augen von seinem Gesicht, aus Furcht, irgendein Anzeichen seiner wetterwendischen Laune könnte ihnen entgehen.

Noch auf der Schwelle machten Tarzans Führer mit ihm halt und blieben schweigend stehen, bis der Mann im Armstuhl geruhte, von ihnen Notiz zu nehmen. Dann ließ sich der Anführer auf ein Knie nieder, hob seine Arme, die Handflächen nach vorn, hoch über den Kopf, lehnte sich so weit wie möglich zurück und sagte in monotoner Weise seinen Begrüßungsspruch her:

O Moelhago, König von Veltopis, Beherrscher aller Menschen, Herr aller erschaffenen Wesen, Allweiser, Allmutiger, Allruhmreicher. Wir bringen dir, wie du befahlst, Zoanthros Sklaven.

Erhebe dich und bringe den Sklaven hierher, befahl der Mann im Lehnstuhl. Dann wandte er sich an seine Gefährten: Dies ist der Riese, den Zoanthro von Trohana mitgebracht hat.

Wir hörten davon, Allruhmreicher, erwiderten diese.

Auch von Zoanthros Wette? fragte der König.

Auch von ihr, All weiser! antwortete einer.

Was haltet ihr davon? forschte der König.

Wir sind ganz deiner Ansicht, Beherrscher aller Menschen, entgegnete rasch ein anderer.

Und wie ist meine Ansicht? fragte der König.

Die sechs blickten scheu und unsicher von einem zum andern.

Wie *ist* denn seine Ansicht? flüsterte einer, der am weitesten von Moelhago entfernt war, seinem Nachbarn zu, der verlegen mit den Achseln zuckte und nach der anderen Seite sah. Was war das, Gofoloso? rief der König. Was hast du eben gesagt?

Ich wollte eben bemerken, daß Zoanthro unbedingt seine Wette verlieren muß, falls er nicht vorher unseren erhabenen und allweisen Herrscher befragt hat und nur nach dessen Rat handelt, erwiderte Gofoloso geschmeidig.

Natürlich, es ist etwas dran an dem, was du sagst, Gofoloso, meinte der König: Zoanthro hat mich tatsächlich um meinen Rat gebeten. *Ich* war es, der das Schwingungsgesetz entdeckte, nachdem die Sache möglich ist. Ich legte die Grundzüge fest, nach denen die ersten Versuche anzustellen waren. Leider ist das Ergebnis bisher noch kein dauerhaftes; aber wir glauben, mit Hilfe einer neuen Formel die Dauer wenigstens bis auf neununddreißig Monde ausdehnen zu können. Auf Grund dieser Erwartung hat Zoanthro seine Wette abgeschlossen. Wenn er sich täuscht, verliert er eintausend Sklaven an Dalfasto!

Wunderbar! rief Gofoloso: Fürwahr, gesegnet sind wir über alle anderen mit einem so gelehrten und weisen König wie Moelhago.

Ihr könnt wohl dafür dankbar sein, Gofoloso, stimmte der König bei: Aber das ist noch nichts gegen das, was folgen wird, wenn wir meine Methode anwenden, um das Gegenteil von dem hier erlangten Ergebnis zu erzielen. Wir arbeiten daran, wir arbeiten energisch daran. Eines Tages werde ich Zoanthro die Formel geben, die die Welt aus den Angeln heben soll. Mit ein paar hundert Mann können wir dann die ganze Welt erobern.

Moelhago wandte seine Aufmerksamkeit jetzt dem Sklaven in der grünen Tunika zu, der dicht vor ihm stand. Er musterte ihn einige Minuten lang scharf, ohne ein Wort zu sagen.

Aus welcher Stadt stammst du? fragte der König schließlich.

O allruhmreicher Moelhago, antwortete für den Riesen der Führer der Schar: das arme unwissende Geschöpf ist stumm.

Gibt er irgendwelche Laute von sich? forschte der König.

Seit er gefangen wurde, ließ er keinen Ton hören, Herr der Menschen, antwortete der Krieger.

Dann ist er ein Kolol, erklärte Moelhago: Wozu all diese törichte Aufregung wegen eines dieser niedrigstehenden stummen Tiere.

Seht doch, rief Gofoloso: wie rasch und sicher der Vater der Weisheit alle Dinge erfaßt, jegliches Geheimnis ergründet und dessen verborgene Umstände entschleiert. Ist das nicht erstaunlich!

Moelhago studierte immer noch Tarzans Gesicht und schien die Lobhudeleien seiner Höflinge gar nicht zu hören. Aber nun redete er weiter: Er sieht aber gar nicht wie ein Kolol aus, meinte er nachdenklich. Schaut euch seine Ohren an. Er hat weder die Ohrform noch das Haar der Stummen. Sein Wuchs ist auch ganz anders, und sein Haupt ist für das Ansammeln von Wissen und für das Arbeiten der Vernunft geformt. Das kann unmöglich ein Kolol sein.

Wundervoll, Gofoloso: Hab' ich's euch nicht gesagt? Moelhago, unser König, hat immer recht.

Auch der Begriffsstutzigste von uns kann mit Leichtigkeit erkennen, daß wir hier keinen Kolol vor uns haben, nun, da uns des Königs göttlicher Scharfsinn die Sache so klargemacht hat, sagte ein anderer Höfling.

Bei dieser Lobrede öffnete sich eine andere Tür, und ein Krieger erschien. O Moelhago, König von Veltopis, leierte er herunter: deine Tochter, die Prinzessin Dschansara ist gekommen, um den merkwürdigen Sklaven zu betrachten, den Zoanthro von Trohana hergebracht hat, und erbittet deine königliche Erlaubnis für ihren Eintritt.

Moelhago nickte zustimmend. Führt die Prinzessin herein, befahl er.

Anscheinend hatte diese in Hörweite unmittelbar an der Türe gewartet, denn der König hatte kaum gesprochen, als sie auch schon über die Schwelle trat. Zwei junge Mädchen und ein paar Krieger bildeten ihr Gefolge. Die Höflinge erhoben sich vor ihr, aber der König blieb sitzen.

Tritt ein, Dschansara, sagte er, und beschaue dir diesen fremden Riesen, von dem in Veltopis mehr die Rede ist als selbst vom König.

Die Prinzessin schritt durch das Gemach und trat dicht vor den Affenmenschen, der, seit er den Raum betreten hatte, mit über der Brust gefalteten Armen immer in derselben Haltung dastand und ein vollkommen gleichgültiges Gesicht machte. Er betrachtete die nähertretende Prinzessin und fand, daß sie jung und sehr schön war. Mit Ausnahme der wenigen kurzen Blicke, die Tarzan auf Frauen von Trohana hatte tun können, sah er hier zum ersten Male ein weibliches Wesen dieser Rasse. Ihre Gesichtszüge waren fehlerlos, das reiche dunkle Haar war gefällig unter einem prunkhaften Kopfputz geordnet, die weiße Haut beschämte die Pfirsiche in ihrer Zartheit und Tönung. Sie war ganz weiß gekleidet, wie es einer jungfräulichen Prinzessin im Palaste ihres Vaters zukam. Ihr Gewand aus weichem schmiegsamem Stoff fiel in geraden und einfachen Linien bis auf die schlanken Knöchel. Tarzan sah ihr in die Augen, die grau waren, aber durch die Schatten der schweren Wimpern viel dunkler erschienen. Er suchte aus ihnen etwas über den Charakter der Besitzerin zu lesen, denn hier hatte er das junge Mädchen vor sich, das sein Freund Florensal eines Tages zu ehelichen und zur Königin von Trohana zu machen hoffte. Aus diesem Grunde erweckte sie des Affenmenschen Interesse. Da sah er, wie sich die schöngeschwungenen Augenbrauen plötzlich zusammenzogen. Was hat denn dieses Tier? rief die Prinzessin. Ist er denn aus Holz gemacht?

Er kann nicht sprechen und versteht auch nicht, was man spricht, erklärte ihr Vater. Seit seiner Gefangennahme hat er nicht einen Laut von sich gegeben.

Ein mürrisches, häßliches Vieh ist er, sagte die Prinzessin. Wollen wir wetten, daß ich ihm einen Laut entlocke, und zwar sofort? Mit diesen Worten zog sie einen kleinen Dolch aus dem Gürtel und stieß ihn in Tarzans Arm. Sie ließ ihren Worten so flink die Tat folgen, daß alle Dabeistehenden überrumpelt wurden. Aber mit den wenigen Worten, die sie zuvor gesprochen hatte, hatte sie den Herrn der Dschungel genügend vorbereitet. Er konnte sich dem Stich nicht entziehen, aber er bereitete ihr nicht die Genugtuung, ihren grausamen Versuch von Erfolg begleitet zu sehen, denn er gab keinen Laut von sich. Vielleicht hätte sie ihm noch einen zweiten Dolchstoß versetzt, denn nunmehr war sie wirklich erbost, aber der König wies sie in scharfem Tone zurück.

Genug, Dschansara, rief er. Wir wünschen nicht, daß diesem Sklaven ein Leid geschieht, da wir an ihm Versuche machen, die für die künftige Wohlfahrt von Veltopis von größter Bedeutung sind.

Er hat es gewagt, mir in die Augen zu stieren, rief die Prinzessin. Außerdem hat er sich geweigert, zu sprechen, obwohl er doch wissen mußte, daß mir das ein Vergnügen gemacht hätte. Er gehört dafür getötet.

Er ist nicht dein Eigentum, daß du ihn töten kannst, verwies ihr der König. Er gehört Zoanthro.

Dann kaufe ich ihn, sagte sie und drehte sich nach einem ihrer Gefolgsmannen um: Hole mir Zoanthro!

*

Als Esteban Miranda das Bewußtsein wiedererlangte, war das Feuer vor seinem notdürftig zurechtgebauten Dorngehege längst zu einem Häufchen kalter Asche niedergebrannt, und der Morgen graute bereits. Er fühlte sich schwach und elend und hatte starke Kopfschmerzen. Er führte die Hand an den Kopf und fand sein dickes Haar mit geronnenem Blute verklebt. Dabei geriet er an eine große Wunde in der Kopfhaut, bei deren Berührung er zusammenfuhr und erneut in Ohnmacht sank. Als er zum zweiten Male zu sich kam, war es heller Tag. Er sah sich fragend um. Wo war er? Er rief laut auf spanisch nach einer Frau mit einem melodisch klingenden Namen. Nicht Flora Hawkes rief er, sondern einen weichklingenden spanischen Namen, den Flora nie zu hören bekommen hatte.

Miranda richtete sich in sitzende Stellung auf und bemerkte mit offensichtlichem Erstaunen seine Nacktheit. Er nahm das Lendentuch auf, das ihm vom Leibe geschnitten worden war, und sah sich auf dem ganzen Boden ringsumher um – mit einem stumpfen, verständnislosen Ausdruck in den Augen. Jetzt fand er seine Waffen, nahm sie auf und untersuchte sie. Lange Zeit betrachtete er sie, fingerte an ihnen herum und runzelte nachdenklich die Stirn. Messer, Speer, Bogen, Pfeile, alles betrachtete er immer und immer wieder. Er blickte auf die vor ihm liegende Dschungellandschaft, und der verwunderte Ausdruck auf seinem Gesicht verstärkte sich noch. Er erhob sich halb, blieb aber noch auf den Knien. Ein aufgescheuchtes Nagetier huschte über die Lichtung, bei dessen Anblick der Mann nach Pfeil und Bogen griff, aber das Tier war verschwunden, ehe er ihm einen Pfeil nachsenden konnte.

Der Ausdruck der Verwirrung auf dem Antlitz des Knienden nahm noch zu; in sprachlosem Staunen blickte er auf die Waffe, die ihm so vertraut in der Hand lag. Er erhob sich, nahm Speer und Messer und die noch vorhandenen Pfeile an sich und zog durch die Dschungel davon.

Hundert Schritte hinter seinem Schutzgehege traf er auf einen Löwen, der seine neben der breiten Elefantenfährte ins Gebüsch geschleppte Beute verzehrte. Der Löwe knurrte unheimlich. Der Mensch machte halt und lauschte mit gespannter Aufmerksamkeit. Er war immer noch nicht recht bei klarer

Besinnung; aber gleichwohl blieb er nur einen Moment regungslos auf der Fährte stehen. Mit der Geschmeidigkeit eines Leoparden rettete er sich auf den tief herabhängenden Zweig des nächsten Baumes. Dort kauerte er einige Minuten. Er konnte sehen, wie sich der Löwe an den Überresten irgendeines Geschöpfes gütlich tat, was es gewesen war, ließ sich nicht unterscheiden. Nach einer Weile glitt der Mann lautlos wieder vom Baume herab und ging in derselben Richtung, aus der er gekommen war, wieder zurück. Er war nackt, aber er wußte es nicht. Er hatte seine Diamanten verloren, aber wenn er einen Diamanten gesehen hätte, würde er ihn gar nicht gekannt haben. Uhha hatte ihn verlassen, aber er vermißte sie nicht, denn er wußte gar nicht, daß sie jemals existiert hatte.

Blindlings, doch gehorsam folgten seine Muskeln jedem Geheiß, das er ihnen im Auftrag des allerersten Naturgesetzes erteilte. Er war sich nicht darüber klar, warum er bei Numas Knurren auf einen Baum kletterte, er konnte nicht erklären, warum er nicht an Numa vorbei, sondern in anderer Richtung davonging. Er wußte nicht einmal, daß seine Hand bei jedem Geräusch in der umgebenden Dschungel an die Waffen fuhr.

Uhha hatte ihr Ziel überschossen. Esteban Miranda war für seine Missetaten nicht bestraft, weil er einfach nichts mehr von ihnen oder von einer anderen Art Dasein wußte. Uhha hatte seine Vernunft getötet. Sein Gehirn war nur noch ein Speicher von Erinnerungen, die ihm nie mehr zum Bewußtsein kommen würden. Wenn ein scharfer Antrieb wirkte, arbeiteten Nerven und Muskeln wohl genau, als ob sie auf vernunftgemäße Lebensäußerungen ansprächen, aber eine über die Erinnerung hinausgehende neue Notwendigkeit würde ihn völlig hilflos gefunden haben. Er war nur noch ein durch die Dschungel wandernder lebender Leichnam ohne Seele. Zeitweise wanderte er schweigend dahin, dann schwätzte er wieder kindisch auf spanisch oder er rezitierte auf englisch, ganze Seiten aus Shakespeare.

Wenn ihn Uhha hätte sehen können, würde selbst sie, die kleine Wilde, Gewissensbisse über ihr Werk bekommen haben, das um so schauerlicher wirkte, als dessen Opfer sich seines Zustandes gar nicht bewußt war. Aber Uhha war nicht mehr da, um ihr Werk zu betrachten, weder sie noch sonst jemand; und so zog denn der armselige Erdenkloß, der einst ein denkender Mann gewesen war, ziellos dahin durch die Dschungel, bald jagend und essend, wenn die richtigen Nerven gerade in Tätigkeit kamen, bald wieder schlafend, redend, wandernd, wie ein anderer Mensch.

*

Die Prinzessin Dschansara von Veltopis bekam keine Gelegenheit, Zoanthros Sklaven zu kaufen. Der König, ihr Vater, ließ es nicht zu, und so verließ sie denn in höchster Empörung das Gemach, das sie zur Besichtigung des Gefangenen betreten hatte. Als sie im nächsten Saal außer Sichtweite ihres königlichen Vaters war, drehte sie sich um und schnitt ihm eine Grimasse, über die ihre ganze Leibwache und die zwei Gesellschaftsdamen lachten.

Du Narr, flüsterte sie in der Richtung nach ihrem indessen sich gar nicht versehenden Vater: Und ich kriege den Sklaven doch, und wenn ich dazu Lust bekomme, dann töte ich ihn auch.

Die Krieger und die Mädchen nickten beifällig mit den Köpfen.

König Moelhago drin erhob sich derweil gelangweilt von seinem Sitze: Bringt ihn in die Steinbrüche, sagte er, mit einem Finger auf Tarzan deutend, aber sagt dem Oberbeamten dort ausdrücklich, es sei des Königs Wunsch, daß er weder überanstrengt noch irgendwie verletzt werde.

Darauf wurde der Affenmensch zur einen Türe hinausgeführt, während der König das Gemach durch die andere verließ. Die sechs Höflinge machten in der eigentümlichen Art der Minunier so lange Verbeugungen, bis er draußen war. Dann schritt einer von ihnen rasch auf den Fußspitzen nach dem Ausgang, durch den Moelhago gegangen war, drückte sich platt neben der Türöffnung gegen die Wand und lauschte einen Augenblick. Offensichtlich befriedigt reckte er dann den Hals, bis er mit einem Auge das Nebenzimmer übersehen konnte, und kehrte zu seinen Genossen zurück.

Der geistige Almosenempfänger ist fort, erklärte er in einem außerhalb des Gemachs kaum hörbaren Flüstertone, denn selbst in Minunien ist es bekannt, daß die Wände Ohren haben.

Hat man je ein Geschöpf mit solch unerhörter Eitelkeit gesehen? rief einer aus.

Er hält sich für klüger als alle anderen Menschen zusammen, meinte ein anderer: Manchmal überkommt mich das Gefühl, als ob ich seine Anmaßung einfach nicht mehr aushalten könnte.

Aber du kannst es, Gefasto, sagte Gofoloso: Herr der Heerscharen von Veltopis ist ein zu schöner Posten, als daß man ihn leichtfertig beiseite würfe.

Besonders da es gleichbedeutend wäre mit Selbstmord, fügte Torndali, der Vorsteher der Steinbrüche, hinzu.

Aber bedenkt einmal die ungeheuerliche Unverschämtheit dieses Menschen, sagte Makahago, der Vorsteher der öffentlichen Bauten: Er hat nicht mehr Anteil an Zoanthros Erfolg als ich, tut aber, als ob die ganzen Fortschritte nur auf ihn zurückzuführen wären, und Zoanthro allein für die Mißerfolge verantwortlich sei.

Seine Eigenliebe ist geradezu eine Gefahr für den Ruhm von Veltopis, behauptete der Ackerbauminister Throwaldo: Da sucht er uns sechs Prinzen als Ratgeber aus, uns, die ihr besonderes Arbeitsgebiet besser als andere kennen sollen, damit ihre vereinte Kenntnis der Verhältnisse, der Nöte und Staatsangelegenheiten von Veltopis durch gemeinsame Zusammenarbeit ein Bollwerk bilde gegen die herrlichen Schnitzer, die er dauernd begeht, aber er hört gar nicht auf unseren Rat. Wenn wir ihm nur einen Rat geben wollen, sieht er das schon als Eingriff in seine königlichen Vorrechte an; wollen wir ihm einen dringlicher nahelegen, hält er es fast für Hochverrat. Wozu sind wir denn Veltopis nütze? Was mag nur das Volk von uns denken?

Wir wissen gut genug, was sie von uns halten, fuhr Gofoloso auf: Die Rede geht, wir seien nicht erwählt wegen unserer Kenntnis, sondern wegen unserer Unkenntnis. Ich kann den Leuten nicht einmal unrecht geben. Ich, ein Diadetzüchter, Besitzer von zehntausend Sklaven, die das Land bestellen und die Hälfte der gesamten Ernährung für die Stadt sicherstellen, ich werde zum Kanzler, zum Fürst der Fürsten gemacht und muß ein Amt bekleiden, zu dem ich weder Lust spüre, noch Eignung besitze, während Throwaldo, der das Oberteil einer Pflanze nicht von der Wurzel unterscheiden kann, Ackerbauminister ist. Makahago, der hundert Monde lang die Steinbruchsklaven hat arbeiten lassen, wird Staatsoberbaumeister, Torndali dagegen, anerkannt, der größte Architekt unserer Zeit, wurde zum Vorstand der Steinbrüche gemacht. Gefasto und Vestako sind die einzigen, die in ihren Ämtern Bescheid wissen. Den Vestako hat der König schlauerweise als Hofmarschall gewählt, damit seine königliche Bequemlichkeit und Sicherheit keine Einbuße leidet, aber bei Gefasto hat er seinen größten Bock geschossen. Da nimmt er sich einen lebenslustigen, vergnügungssüchtigen jungen Mann, dem er den Oberbefehl über das Heer gibt, und muß in ihm zu seinem Leidwesen das größte militärische Genie entdecken, das Veltopis je hervorgebracht hat.

Gefasto quittierte diese anerkennende Feststellung mit einer höflichen Verbeugung.

Wäre Gefasto nicht gewesen, die Leute von Trohana hätten uns letzthin hübsch in der Falle gehabt, fuhr Gofoloso fort.

Ich riet dem König sogleich vom weiteren Angriff ab, als es feststand, daß uns die Überraschung mißlungen war; warf Gefasto ein: Wir hätten sofort zurückgehen sollen. Aber ich konnte ihn nur durch Vorrücken zum Angriff los werden, um Handelsfreiheit zu gewinnen, und dann habe ich ja, wie ihr wißt, rasch genug unsere Truppen zurückgenommen und die Loslösung vom Feinde unter so wenig Verlust an Leuten und gutem Rufe vollzogen, als nur möglich war.

Eine glorreiche Tat war es, Gefasto, sagte Torndali: Die Truppen beten dich geradezu an. Sie hätten gerne einen König, der ihnen wie du im Kampfe vorangeht.

Und sie wie in alten Zeiten ihren Wein trinken ließe, setzte Makahago hinzu.

Wir alle wären nicht ungerne Gefolge eines Königs, der uns das harmlose Vergnügen am Weine ließe, bemerkte Gofoloso: Was meinst du dazu, Vestako?

Der Hofmarschall, der die ganze Zeit über der Bekrittelung seines Herrn schweigend zugehört hatte, schüttelte den Kopf:

Ich halte es für unklug, hochverräterische Reden zu führen, sagte er mit Betonung.

Die anderen sahen ihn scharf an und wechselten rasch einen Blick.

Wer spricht denn hier von Verrat, Vestako? fragte Gofoloso.

Ihr alle habt mehr davon gesprochen, als für eure Sicherheit gut ist, sagte Vestako salbungsvoll. Er erhob seine Stimme bei diesen Worten, so daß er statt überhört zu werden, hoffen konnte, recht weit gehört zu werden. Moelhago ist uns mehr als gnädig gewesen. Mit Ehren und Reichtümern hat er uns überhäuft. Wir haben außerordentliche Macht verliehen bekommen. Er ist in der Tat ein weiser Herrscher. Wer wagt da, seine Handlungen in Frage zu stellen?

Die anderen schauten sich unbehaglich um. Gefoloso lachte nervös: Daß du auch nie einen Spaß verstehst, mein guter Vestako. Merkst du denn nicht, daß wir uns nur einen Scherz mit dir machten?

Nein, das merkte ich nicht, entgegnete der Hofmarschall: Aber der König hat mehr Verständnis für Humor als ich. Ich werde ihm euren Scherz erzählen. Wenn er darüber lacht, dann lache ich auch, denn dann weiß ich bestimmt, daß es ein Scherz war. Aber ich bin neugierig, mit wem er gemacht wird.

Oh, Vestako, tue das nicht, erzähle es nicht dem König. Vielleicht versteht er die Sache falsch. Wir sind doch gute Freunde und hatten nur unter Freunden gesprochen. Gofoloso war augenscheinlich bestürzt, er sprach hastig: Nebenbei, mein lieber Vestako, wenn ich mich recht erinnere, fandest du letzthin an einem meiner Sklaven Gefallen. Ich wollte ihn dir schon zum Geschenk machen. Wenn du ihn annehmen willst, ist er dein.

Hundert deiner Sklaven gefallen mir, sagte Vestako freundlich.

Du sollst sie haben, sagte Gofoloso. Komme mit und suche sie dir aus. Es ist mir ein Vergnügen, wenn ich meinem Freunde mit einem so geringen Geschenk Freude mache.

Vestako sah die anderen vier fest an. Diese standen kurze Zeit in unruhigem Schweigen, das der Ackerbauminister Throwaldo schließlich brach: Wenn Vestako auch hundert von meinen allerdings nur geringen Sklaven als Geschenk nehmen wollte, wäre ich entzückt, sagte er.

Ich hoffe, es sind Sklaven der weißen Jacke? fragte Vestako.

Selbstverständlich, versicherte Throwaldo.

Ich kann mich doch an Freigebigkeit nicht übertreffen lassen, sagte Torndali: du mußt auch von mir hundert Sklaven annehmen.

Und von mir nicht minder! rief der Oberbaumeister Makahago.

Wenn ihr sie zu meinem Obersklaven senden wollt, werde ich von Dankbarkeit erdrückt sein, bemerkte Vestako, der sich mit salbungsvollem Lächeln die Hände rieb. Dann wendete er Gefasto, dem Herrn der Heerscharen von Veltopis, rasch und vielsagend seinen Blick zu:

Ich kann meine Freundschaft für den edlen Vestako am besten dadurch beweisen, sagte Gefasto ohne jedes Lächeln, daß ich, wenn möglich, meine Soldaten davon abhalte, ihm einen Dolch in die Rippen zu rennen. Falls mir aber irgend etwas zustoßen sollte, kann ich für die Handlungen meiner Leute nicht verantwortlich gemacht werden, die mich, wie man mir sagt, lieben. Noch einen

Blick lang sah er Vestako gerade ins Auge, dann drehte er sich kurz auf der Ferse um und schritt aus dem Gemach.

Mit den Geschicken von Veltopis ist es weit genug gekommen, meinte er, als er mit Gofoloso den Flur der Krieger entlangschritt.

Woraus schließt du das? fragte der Fürst der Fürsten.

Aus Vestakos Schändlichkeit. Er kümmert sich weder um König noch Volk. Für Sklaven oder Gold verrät er jeden, und Vestako ist der typische Vertreter der Mehrzahl von uns. Nicht einmal die Freundschaft ist mehr heilig, denn selbst aus Throwaldo, den er doch zu seinen besten Freunden zählte, preßte er Schweigegeld heraus.

Aber was hat uns diese Zustände gebracht, Gefasto? fragte Gofoloso gedankenvoll: Manche schieben es diesem, andere jenem Grunde zu, und obgleich keiner so gut wie ich die Antwort auf diese Frage wissen sollte, muß ich doch gestehen, daß ich kein Ahnung habe.

Wenn mich einer fragt, Gofoloso, woher der Wirrwarr in Veltopis kommt, dann sage ich, von zuviel Frieden. Frieden hat Wohlstand im Gefolge – Wohlstand, und damit viel freie Zeit. In dieser freien Zeit suchte man nach Beschäftigung. Aber wer hätte Lust, sie zur Arbeit zu verwenden, sei es auch nur auf die Mühe, die Verteidigung des Friedens und des Wohlstandes zu sichern, während es doch so leicht ist, die Zeit mit Vergnügungen zu verbringen? Die materielle Wohlfahrt des Friedens gab uns die Mittel, jeder Laune nachzugeben. Wir sind übersättigt an Dingen, die wir noch gestern als einen Luxus betrachteten, den wir uns nur selten und nur bei feierlichen Gelegenheiten leisten konnten. Als Folge sind wir genötigt, neue Vergnügungen zu ersinnen, denen wir uns hingeben können, und du kannst dessen versichert sein, sie sind bereits so übertrieben und kostspielig in Form, und Inhalt geworden, daß selbst unser wundervoller Wohlstand ihren Anforderungen kaum noch genügt.

Verschwendung ist oberstes Gesetz. Sie ruht wie ein böser Alp auf dem König und seiner Regierung. Um ihre Anforderungen an den Staatsschatz gutzumachen, wird die Bürde vom Rücken der Verwaltung auf das Volk in Gestalt so unerhörter Steuern abgewälzt, daß sie kein Mensch ehrlich bezahlen kann, wenn er noch soviel übrig behalten will, um seinen Appetit zu befriedigen. Darum schiebt jeder die Steuern auf die eine oder andere Weise an den Nächsten ab, der weniger glücklich oder weniger gerissen ist.

Aber die schwerste Last liegt doch auf den Besitzenden, wandte Gofoloso ein.

In der Theorie, nicht in Wirklichkeit, erwiderte Gefasto. Es ist wahr, daß die Reichen den Löwenanteil an die königliche Schatzkammer zahlen, aber sie ziehen das Geld erst in Gestalt von höheren Preisen und auf sonstige Weise aus dem Volke heraus und nehmen sich zwei Dschetaks für einen, den sie an den Steuereinnehmer zahlen. Würde man die Unkosten der Steuererhebung mit dem Verlust an Weinsteuer seit dem Weinverbot und den Unkosten zusammenzählen, die man aufwenden muß, um die Gewissenlosen am heimlichen Erzeugen von Wein und am Schleichhandel damit zu verhindern, dann würde diese Ersparnis des Staatssäckels unsere Ausgaben derartig entlasten, daß die Steuern keinen mehr drücken dürften.

Doch komm, du mußt schleunigst deine hundert Sklaven an Vestako absenden, sonst erzählt er Moelhago unseren kleinen Scherz.

Gofoloso lächelte etwas schmerzlich. Eines schönen Tages wird er diese hundert Sklaven zu bezahlen haben, und der Preis dafür wird recht hoch sein.

Wenn sein Herr zu Fall kommt, sagte Gefasto.

Sobald sein Herr fällt, berichtigte Gofoloso.

Der Herr der Heerscharen zuckte die Achseln, lächelte aber zustimmend. Er lächelte auch noch, als sein Freund schon seiner Wege gegangen war.

Tief unter der Erde

Affentarzan ward vom königlichen Kuppelbau aus nach den Steinbrüchen von Veltopis gebracht, die etwa einen halben Kilometer von der Stadt entfernt liegen. Ein neuer Kuppelbau wurde eben errichtet, und zu ihm zog eine lange Reihe von schwer beladenen Sklaven, die am Eingang der Steinbrüche ihren Anfang nahm. An diesen Eingang führten sie Tarzan und lieferten ihn beim Offizier der Steinbruchwache ab, dem sie des Königs besondere Anweisungen betreffs seiner Person mitteilten.

Dein Name? fragte der Offizier, der ein großes, vor seinem Sitze liegendes Buch aufschlug.

Er ist so dumm wie ein Kolol, erklärte der Führer der kleinen Schar, die Tarzan gebracht hatte. Daher kann er keinen Namen angeben.

Nun, dann wollen wir ihn den »Riesen« nennen, sagte der Offizier, denn unter diesem Namen ist er seit seiner Gefangennahme bekannt. Damit schrieb er in sein Buch: »Zuanthrol, Eigner Zoanthro, Herkunft Stadt Trohana.« Sich zu einem der auf den Bänken herumlungernden Soldaten wendend, rief er: Bring ihn zum Zimmertrupp in die Verlängerung von Tunnel dreizehn auf der sechsunddreißigsten Sohle und sage dem Vental von der Aufsicht, er solle ihm leichte Arbeit geben und ja Sorge tragen, daß ihm kein Leid geschieht, der Befehl des Thagosto lautet so – fort! Aber halt, hier ist seine Nummer, stecke sie ihm an die Schulter.

Der Soldat nahm das kreisrunde Stück Zeug mit den hieroglyphenartigen schwarzen Zeichen und befestigte es mit einer Metallspange an der linken Schulter von Tarzans grüner Tunika; dann bedeutete er ihm, mitzukommen, und schritt voran.

Tarzan fand sich in einem kurzen dunklen Flur, der bald in einen breiteren, heller erleuchteten mündete, in dem unzählige Sklaven ohne Lasten sich in der gleichen Richtung bewegten, in der ihn sein Bewachungsmann führte. Er fand, daß der Korridor dauernd abwärts führte und nach rechts drehte, so daß er eine große, in die Erde hinabführende Spirale bildete. Wände und Decke waren mit Holz verzimmert, der Boden mit flachen Steinen gepflastert, die von den vielen Millionen der darübergegangenen Sandalentritte ganz glattgeschliffen waren. In genügend kurzen Abständen brannten links an der Wand in Nischen Kerzen, und von Zeit zu Zeit mündeten auf der gleichen Seite andere Flure ein. Über jedem der Eingänge fanden sich die eigenartigen Schriftzeichen der Minunier. Tarzan erfuhr später, daß diese Zeichen die Nummer der Sohle angaben, zu der die jeweils einmündenden Stollen rund um den Spiralweg führten. Luftschächte und Notausgänge, die von der Oberfläche bis zur untersten Sohle hinabführten, durchschnitten an verschiedenen Stellen diese Stollen.

Fast an jeder Sohle schwenkten einige Sklaven in diese gleichfalls erleuchteten Querstollen ab. Tarzan, der von Jugend auf daran gewöhnt war, alles zu beobachten, merkte sich genau die Anzahl der Stolleneingänge, an denen er vorüberkam. Aber welche Tiefe er erreichte, ließ sich nur annähernd schätzen. Er nahm den Höhenunterschied der einzelnen Stollen auf fünf Meter an, aber ehe sie die sechsunddreißigste Sohle erreicht hatten, war Tarzan überzeugt, daß seine Rechnung nicht stimmte, denn es war unmöglich, hundertachtzig Meter unter der Erde offenes Licht zu brennen und ohne Wetterführung auszukommen.

Der waagerechte Stollen, den sie nunmehr betraten, bog erst scharf nach rechts und dann nach links. Bald überquerte er einen großen kreisrunden Gang, in dem sich beladene und unbeladene Sklaven bewegten; die mit Steinblöcken gingen den Weg zurück, den Tarzan gekommen war, während die anderen mit Grubenholz beladen in der gleichen Richtung wie er zogen. In beiden Richtungen bewegten sich aber auch Reihen unbeladener Sklaven.

Sie gingen ein gutes Stück in diesem Gange entlang, bis sie endlich zum Arbeitstrupp gelangten, wo Tarzan dem Vental übergeben wurde, einem Soldaten, der in der Heereseinteilung der Minunier zehn Mann befehligte.

So, das ist der Riese! rief der Vental. Und wir sollen ihn nicht zu hart arbeiten lassen! Sein Ton war höhnisch und widerwärtig: Das ist mir ein schöner Riese. Der ist ja nicht größer als ich, und man hat auch noch Sorge, daß er zuviel arbeiten muß? Merkt euch, hier muß er arbeiten oder er bekommt die Peitsche. Bei Kaloban gibt's keine Faulenzer. Damit schlug er sich prahlerisch an die Brust.

Der Mann, der Tarzan hergeführt hatte, schien empört: Höre, Kaloban, sagte er, ehe er seines Weges ging: Du tätest besser, dem Befehl des Königs zu gehorchen. Ich möchte nicht in deinem Harnisch stecken, wenn diesem stummen Sklaven etwas zustieße. Seinetwegen sind alle Zungen von Veltopis in Bewegung, und Moelhago ist so eifersüchtig auf Zoanthro geworden, daß er ihm am liebsten einen Dolch zwischen die Rippen stieße; nur könnte er dann diesem großen Zauberer nicht länger seinen Ruhm stehlen.

Kaloban scheut sich vor keinem König, prahlte der Vental: Am wenigsten vor diesem traurigen Vertreter, der jetzt den Thron verunziert. Der kann höchstens sich selber zum Narren haben. Wir wissen alle, daß Zoanthro sein Hirn und Gefasto sein Schwert ist.

Gleichwohl, gib gut auf Zuanthrol acht, warnte der andere nochmals, ehe er ging.

Der Vental Kaloban setzte den neuen Sklaven beim Ausbau der Zimmerung des Stollens an, der durch die große Steinmoräne führt, die den Steinbruch bildete. Die Arbeit fiel dem Affenmenschen leicht genug, obgleich er immer noch an den Folgen seiner Wunden litt. Er fand dabei dauernd Gelegenheit, die Vorgänge in der Umgebung zu beobachten und neue Erfahrungen über das Volk zu sammeln, in dessen Gewalt er geraten war. In Kaloban erkannte er bald einen feigen Prahlhans, vor dcm man während des Tageswerks keine Furcht zu haben brauchte; aber man mußte sich vor ihm in acht nehmen, wenn er Gelegenheit suchte, vor einem Vorgesetzten sein Ansehen oder seine Tüchtigkeit zu zeigen.

Die Sklaven um ihn arbeiteten gleichmäßig, schienen aber nicht überanstrengt, während die Wachen, ein Soldat auf fünfzig Sklaven, sich wenigstens, soweit sie Tarzan beobachten konnte, keiner Grausamkeit schuldig machten.

Was Tarzan am meisten in Erstaunen setzte, war immer noch die Körpergröße dieser Leute. Sie waren keine Zwerge mehr, sondern ebenso groß wie Durchschnittseuropäer. Zwar erreichte keiner Tarzans Größe, aber viele waren kaum einen Fingerbreit kleiner als er. Er wußte, daß sie die Leute von Veltopis waren, die gleichen, mit denen er das Heer von Trohana hatte kämpfen sehen; sie sprachen davon, wie sie ihn gefangengenommen hatten und nannten ihn Zuanthrol, den Riesen. Aber dabei waren sie so groß wie er, und als sie ihn vom Königspalast nach den Steinbrüchen führten, hatte er doch ihre ungeheuren Domhäuser volle hundertfünfzig Meter hoch über seinen Kopf emporragen sehen. All das schien unwahr und unmöglich, und doch bezeugten ihm seine Sinne, daß es wahr sein müßte. Weiteres Nachdenken machte ihn nur noch verwirrter, darum gab er alle Versuche auf, dieses Geheimnis zu ergründen und suchte lieber soviel als möglich über seine Häscher und sein Gefängnis zu erkunden für den Tag, der ihm Gelegenheit zum Entkommen bieten würde.

Überall in Veltopis hörte er aus den Reden heraus, daß das Volk mit dem König und seiner Regierung unzufrieden war. Er wußte, daß bei der Unzufriedenheit im Volke die Arbeit lasch gehandhabt wurde und die Ordnung soweit untergraben war, daß er bei sorgfältiger Aufmerksamkeit eines Tages durch die Nachlässigkeit seiner Wächter die gesuchte Gelegenheit bekommen mußte. Zwar konnte er diesen günstigen Augenblick nicht schon auf heute oder morgen erhoffen, aber jetzt war die Zeit, um jene Beobachtungen anzustellen und Erfahrungen zu sammeln, die vielleicht den Weg zur Flucht wiesen.

Als der lange Arbeitstag schließlich zu Ende ging, wurden die Sklaven nach ihrer Unterkunft geführt, die sich, wie Tarzan herausfand, stets auf einer Sohle in möglichster Nähe der Arbeitsplätze befand. Mit mehreren anderen Sklaven zusammen wurde er zur fünfunddreißigsten Sohle in einen Stollen gebracht, dessen Ende zu einem großen Raume erweitert war. Der schmale Eingang war durch Steinblöcke so weit verengt, daß die Sklaven auf allen vieren durchkriechen mußten. Wenn der letzte durch war, wurde die Öffnung mit einem schweren Tore verschlossen und blieb die ganze Nacht hindurch von zwei Kriegern bewacht.

Als Tarzan durchgekrochen war und wieder aufrecht stand, fand er sich in einer Höhle, die wohl mindestens fünftausend Sklaven beiderlei Geschlechts faßte. Die Frauen kochten an kleinen Feuern, deren Rauch durch Öffnungen in der Decke abzog. Trotz der großen Zahl von Feuerchen war bemerkenswert wenig vom Rauche zu spüren. Dies ließ sich zwar aus der Art der Brennstoffe, guter harter Holzkohle, erklären; aber die freiwerdenden Gase hätten eigentlich alle ersticken müssen; auch das schien dem Affenmenschen unbegreiflich, daß man in dieser Tiefe offenes Feuer brennen konnte und so reine Luft vorfand. Rund herum an den Wänden brannten Kerzen, und mindestens ein halbes Dutzend besonders großer stand auf dem Flur.

Sklaven in allen Altersstufen, vom kleinsten Kind bis zu mittleren Jahren, fanden sich vor, aber keiner von wirklich ehrwürdigem Alter. Die Hautfarbe der Frauen und Kinder war weißer, als Tarzan je gesehen hatte. Aber als er erfuhr, daß viele der Frauen und alle Kinder noch nie die Sonne gesehen hatten, wunderte er sich nicht länger darüber. Die hier in der Tiefe geborenen Kinder mußten eines Tages ans Sonnenlicht gelangen, sobald sie nämlich zur Erziehung für den Dienst ihres Herrn geholt wurden, aber die aus anderen Städten geraubten Frauen mußten in der Tiefe bleiben, bis sie der Tod erlöste, falls sie nicht ein Krieger von Veltopis zur Gattin nahm. Doch dieser Fall trat selten ein, da die Krieger sich fast immer eine von den Sklavinnen der weißen Tunika erwählten, mit denen sie droben in den Domhäusern täglich in Berührung kamen.

Die Gesichter der Frauen trugen einen Ausdruck der Schwermut, der dem wilden Affenmenschen ins Herz schnitt. Noch nie hatte er solch verzweifelte Hoffnungslosigkeit gesehen.

Als er quer durch den Raum ging, sah er alle Blicke auf sich gerichtet, denn seine gebräunte Hautfarbe wies ihn als Neuankömmling aus. Aber auch seine ganze übrige Erscheinung unterschied ihn von den andern, und es dauerte gar nicht lange, da ging ein Flüstern durch die Reihen, denn die Sklaven, die mit ihm in den Raum gekommen waren, hatten erklärt, wer er sei, und selbst hier unten tief in den Eingeweiden der Erde hatten alle von dem wunderbaren Riesen gehört, den Zoanthro während des Kampfes mit dem Heer von Trohana gefangengenommen hatte.

Plötzlich fing er den Blick eines jungen Mädchens auf, das vor einem Kohlenbecken kniend eine Fleischschnitte briet und ihn zu sich winkte. Beim Näherkommen sah er, daß sie sehr schön war und daß die Weiße ihrer Haut noch durch das tiefe Blauschwarz ihres Haares hervorgehoben wurde.

Bist du der Riese? fragte sie.

Ich bin Zuanthrol, erwiderte er.

Er hat mir von dir erzählt, sagte das Mädchen: Ich werde für dich auch kochen. Für ihn koche ich schon. Falls du nicht – fügte sie mit einiger Verlegenheit hinzu – lieber eine andere für dich kochen lassen willst.

Keine hätte ich lieber zum Kochen als dich, antwortete Tarzan: Aber sage mir, wer bist du. Und wer ist *er*?

Ich heiße Talaskar, entgegnete sie. Aber von ihm weiß ich nur seine Nummer. Er sagt, solange er Sklave ist, hat er keinen Namen, sondern nur seine Nummer: 800^3+19. Du bist 800^3+21, wie ich sehe. Sie sah dabei auf das Abzeichen, das man Tarzan an die Schulter geheftet hatte. Hast du einen Namen?

Sie nennen mich hier Zuanthrol.

Oh, sagte sie, du bist zwar ein großer Mann, aber ich würde dich kaum einen Riesen nennen. Er ist auch von Trohana und wohl ebenso groß wie du. Ich hatte nie gehört, daß es in Minunien andere Riesen gebe als die Geschöpfe, die sie Kolols nennen.

Ich dachte, du wärest ein Kolol, sagte die Stimme eines Mannes in Tarzans Ohr.

Tarzan drehte sich um und sah einen der Sklaven vor sich stehen, der mit ihm gearbeitet hatte und ihn nun verschmitzt lächelnd ansah.

Ich bin ein Kolol nur für meine Herren, erwiderte er.

Der andere hob die Augenbrauen: Ich verstehe, vielleicht handelst du klug. Ich werde dich jedenfalls nicht verraten. Damit ging er weiter.

Was wollte er von dir? fragte das Mädchen.

Ich habe seit meiner Gefangennahme noch kein Wort gesprochen, erklärte Tarzan, deswegen glauben sie, ich sei stumm; obgleich ich sicher nicht wie ein Kolol aussehe, halten mich doch einige dafür.

Ich habe nie einen davon gesehen, meinte das Mädchen.

Dann sei froh, beschied sie Tarzan, sie sind weder gut anzusehen, noch ist die Begegnung mit ihnen angenehm.

Aber ich möchte sie gerne sehen, beharrte sie. Ich möchte gerne irgend etwas sehen, das anders ist als diese Sklaven hier, die ich Tag für Tag sehen muß.

Du brauchst die Hoffnung nicht aufzugeben, tröstete er sie: Vielleicht kommst du bald genug an die Oberfläche zurück.

Zurück? sagte sie. Ich bin noch nie dort gewesen.

Niemals an der Oberfläche gewesen? Du meinst wohl, seit du gefangengenommen wurdest?

Ich bin hier in diesem Räume geboren und noch nie hinausgekommen, erzählte sie ihm.

Aber warum bist du als Sklavin der zweiten Generation immer noch in den Steinbrüchen? Das verstehe ich nicht. In allen minunischen Städten gibt man doch den Sklaven der zweiten Generation die weiße Tunika und verhältnismäßig weitgehende Freiheit an der Erdoberfläche.

Das war nichts für mich. Meine Mutter ließ es nicht zu. Sie wollte lieber, ich solle sterben, als einen von Veltopis oder gar einen anderen Sklaven zum Manne nehmen, was ja doch mein Los wäre, sobald ich hinaufkäme.

Aber wie kannst du denn dem entgehen? Deine Herren überlassen doch sicher nicht die Entscheidung über solche Dinge ihren Sklaven.

Wo so viele sind, können eine oder zwei auf unberechenbare Zeit durchschlüpfen; besonders um häßliche Weiber kümmern sich unsere Herren nicht. Meine Geburt wurde niemals gemeldet, darum haben sie auch gar keine Kenntnis von mir. Meine Mutter nahm einer Sterbenden die Nummer für mich ab, und infolgedessen errege ich gar keine Aufmerksamkeit bei den wenigen Gelegenheiten, bei denen unsere Herren oder die Krieger unsern Raum betreten.

Aber du bist ja gar nicht häßlich; dein Gesicht muß trotz alledem die Aufmerksamkeit auf sich ziehen, gab Tarzan zu bedenken.

Sie wandte ihm einen Augenblick den Rücken zu, machte mit den Händen an Haar und Gesicht herum, und als sie sich dem Affenmenschen wieder zuwandte, sah dieser eine häßliche, runzlige Hexe vor sich, deren verzerrte Gesichtszüge kein Mann gerne ein zweites Mal ansah.

O Gott! rief Tarzan.

Langsam ließ das Mädchen sein Gesicht wieder in den normalen Zustand zurückkehren und ordnete mit wenigen Griffen ihr verwirrtes Haar. Dabei schlich doch etwas wie ein Lächeln über ihre Züge.

Das hat mich meine Mutter gelehrt, sagte sie. Wenn sie dann kamen und mich ansahen, wollten sie gleich nichts mehr von mir.

Aber wäre es für dich nicht besser, du heiratetest einen von ihnen und lebtest ein lebenswertes Dasein droben im Tageslicht, statt daß du ein schauerliches Leben hier in der Tiefe verbringst? fragte er. Die Kriegerkaste von Veltopis wird sich doch kaum von der deiner eigenen Heimat unterscheiden.

Sie schüttelte den Kopf. Für mich ist das ausgeschlossen, meinte sie: Mein Vater lebt im fernen Mandala. Meine Mutter wurde ihm wenige Monate vor meiner Geburt geraubt, und hier in dieser Schreckenskammer kam ich zur Welt, in der meine Mutter mir unaufhörlich von der freien Luft und dem Sonnenlicht erzählte.

Und was ist aus deiner Mutter geworden? fragte Tarzan. Ist sie hier?

Das Mädchen schüttelte betrübt den Kopf: Vor mehr als zwanzig Monden kamen sie und holten sie fort. Was aus ihr geworden ist, weiß ich nicht.

Aber verraten dich denn die andern nicht? forschte er. Niemals! Ein Sklave, der die andern verriete, würde von seinen Gefährten in Stücke gerissen. Doch komm, du mußt hungrig sein. Damit bot sie ihm von dem Fleisch an, das sie eben gebraten hatte.

Tarzan hätte sein Fleisch lieber roh verzehrt, aber um sie nicht zu verletzen, dankte er ihr und aß, was sie ihm anbot, während er ihr gegenüber am Kohlenfeuer hockte.

Es ist merkwürdig, daß Aoponato nicht kommt, bemerkte sie, wobei sie so den minunischen Begriff für 800^3+19 ausdrückte. Noch nie ist er so lange ausgeblieben.

Ein dunkelfarbiger Sklave, der sich ihr von hinterrücks näherte, blieb stehen und sah mit finsterer Miene auf Tarzan.

Vielleicht ist es der, sagte Tarzan und deutete auf den Mann.

Talaskar drehte sich mit einem fast glücklichen Ausdruck in den Augen um, aber als sie sah, wer hinter ihr stand, erhob sie sich rasch und wich mit ärgerlichem Gesicht zurück.

Nein, sagte sie, das ist er nicht.

Kochst du etwa für den da? fragte der Kerl, auf Tarzan weisend: Für mich wolltest du ja nicht kochen.

Es sind genug da, die für dich kochen können, Caraftap, entgegnete Talaskar. Und ich tue es eben nicht. Gehe zu einer anderen. Solange noch nicht zuviel Männer hier sind, dürfen wir uns die Männer auswählen, für die wir kochen müssen. Für dich will ich aber nicht kochen.

Ich gebe dir den guten Rat, koche für mich, brummte der Mann: Du wirst mich auch zum Manne nehmen. Ich habe das erste Recht darauf, denn ich habe dich vielmals darum gebeten, ehe diese anderen kamen. Ehe ich dich ihnen lasse, gehe ich lieber morgen zum Vental und melde ihm die Wahrheit über dich. Dann holt er dich fort. Hast du den Kaloban schon einmal gesehen? Das Mädchen schauderte.

Nun, dann will ich dafür sorgen, daß er dich einmal sieht, fuhr Caraftap fort. Sie werden dich dann nicht mehr hier lassen.

Ich würde lieber noch Kaloban nehmen als dich, höhnte das Mädchen, aber ihr sollt mich alle beide nicht haben. Sei dessen nicht zu sicher, schrie er, tat einen Schritt vorwärts und packte sie am Arme, ehe sie ihm ausweichen konnte. Dann zog er sie an sich und wollte sie küssen. Aber dazu kam er nicht. Ein paar stählerne Hände ergriffen seine Schultern, er fühlte sich grob von seinem Opfer weggerissen und rücksichtslos ein Dutzend Schritte fortgeschleudert. Dort stolperte er und stürzte zu Boden. Zwischen ihm und dem Mädchen stand der grauäugige Fremde mit dem schwarzen Haarschopf.

Fast brüllend vor Wut raffte sich der Sklave auf und griff Tarzan an, mit gesenktem Kopfe und blutunterlaufenen Augen wie ein toller Bulle stürzte er sich auf ihn.

Dich mache ich kalt! kreischte er.

Ein erstaunliches Wiedersehen

Waras Sohn stolzierte durch den Wald. Er trug seinen Speer und hatte sich Bogen und Köcher auf den Rücken gehängt. Hinter ihm folgten zehn andere männliche Vertreter seiner Rasse in gleicher Bewaffnung, und jeder trat auf, wie wenn ihm der ganze Wald gehöre. Ihnen kam auf der Fährte ein Weib ihrer Art entgegen. Auch sie trat furchtlos auf. Jetzt kniff sie die Augen zusammen, hielt an und lauschte mit gespitzten Ohren; dann witterte sie in der Luft. Männchen! Sie verstärkte ihren Schritt zu einem Trabe und nahm die Richtung nach ihnen. Sicher mußten es mehrere sein. Wenn sie plötzlich überraschend über sie herfiel, würden sie in Verwirrung geraten, und sie konnte zweifellos einen von ihnen packen, ehe er zur Flucht Zeit fand. Schlimmstenfalls mußte sie mit den Wurfsteinen ihres Gürtels einen aussuchen.

Männer waren seit einiger Zeit rar geworden. Viele Weiber ihres Stammes, die zum Männerfang in den Wald gezogen waren, kamen nicht wieder. Sie hatte selbst deren Leichen im Walde liegen sehen. Was mochte wohl die Ursache ihres Todes gewesen sein? Aber hier fand sie endlich einmal wieder Männer, die ersten, denen sie seit zwei Monden begegnete, und diesmal wollte sie nicht mit leeren Händen heimkommen. An einer scharfen Biegung des Urwaldpfades kamen die Männer in Sicht, aber zu ihrer Enttäuschung fand sie, daß sie noch ziemlich weit entfernt waren. Sie mußten ihr sicher entkommen, wenn sie sich nicht rechtzeitig versteckte. Da merkte sie aber, daß es bereits zu spät war, denn einer der Männer deutete auf sie. Sie riß ein Wurfgeschoß vom Gürtel, packte ihre Keule fester und stürzte sich in raschen plumpen Sprüngen auf die kleine Schar. Mit freudiger Überraschung bemerkte sie, daß jene gar keine Anstalten zur Flucht machten. Welche Angst mußten sie haben, daß sie so artig stehenblieben! Aber was war denn das? Sie kamen ihr sogar entgegen? Jetzt konnte sie auch den Ausdruck auf den Gesichtern erkennen, da zeigte sich keine Spur von Furcht, sondern Grimm und Drohung. Und was für merkwürdig geformte Gegenstände sie in den Händen hielten! Einer, der vorderste, sprang ihr entgegen, hielt an und schleuderte einen langen spitzen Stock nach ihr. Die Spitze war scharf und riß ihr die Schulter auf, daß Blut kam. Ein anderer blieb stehen, hielt ein kleines Stäbchen quer an einen anderen Stock, dessen Enden zurückbogen und mit einem Stück Darmsehne verbunden waren. Auf einmal ließ er den kleinen Stab los, der durch die Luft pfiff und ihr unter einem der Arme das weiche Fleisch durchbohrte. Und jetzt kamen noch weitere mit ähnlichen Waffen auf sie zu. Da erinnerte sie sich an die toten Weiber im Walde und an das Seltenwerden der Männer; obgleich sie etwas schwerfällig von Begriff war, besaß sie doch Überlegung und brachte diese Tatsache augenblicklich soweit mit einander in Verbindung, daß sie in plumpem Stolpern so schnell ihre Beine sie trugen wieder dahin lief, woher sie gekommen war. Sie hielt nicht eher in ihrer kopflosen Flucht an, als bis sie erschöpft in ihrer eigenen Höhle zu Boden sank. Die Männer machten keine Miene, sie zu verfolgen.

Vorläufig hatten sie noch nicht jene Stufe des Freiheitsgefühls erreicht, das ihnen genug Mut und Selbstvertrauen gab, um ihre ererbte Furcht vor den Weibern gänzlich zu überwinden. Es genügte, daß sie diese eine in die Flucht gejagt hatten. Sie verfolgen, hieß die Vorsehung versuchen.

Die anderen Weiber sahen ihre Genossin in ihre Höhle wanken. Als sie erkannten, daß jene durch Angst und die körperliche Anstrengung einer langen Flucht so erschöpft war, nahmen sie ihre Keulen und sprangen auf, um den mutmaßlichen Verfolger entgegenzutreten und ihn niederzuschlagen. Sie nahmen nämlich an, es müsse wenigstens ein Löwe sein. Aber da kein Löwe sich blicken ließ, gingen einige zu dem keuchend auf seiner Schwelle liegenden Weibe.

Wovor bist du davongelaufen? forschten sie in ihrer einfachen Zeichensprache.

Männchen! erwiderte sie.

Verachtung malte sich deutlich auf den Gesichtern aller anderen. Eine gab ihr einen Fußtritt, eine andere bespie sie.

Aber es waren eine Menge, machte sie den anderen klar. Sie wollten mich mit fliegenden Stöcken töten. Schaut! Sie zeigte ihnen die Speerwunde und den Pfeil, der ihr immer noch unter dem Arme im Fleisch stak. Sie dachten gar nicht an Flucht, sie kamen mir entgegen und griffen mich an. So sind alle unsere Gefährtinnen umgekommen, deren Leichen wir in den letzten Monden im Walde gefunden haben.

Diese Erklärung gab den anderen doch zu denken. Sie ließen ab, das auf dem Boden liegende Weib zu mißhandeln. Die wildeste von ihnen tanzte, wütende Fratzen schneidend, hin und her, bis sie auf einmal anhielt und durch Zeichen die anderen aufforderte: Kommt mit! Wir wollen zusammen ausziehen, diese Männer suchen, sie zurückbringen und bestrafen. Sie schwang die Keule über dem Kopfe und grinste schauerlich.

Die übrigen begannen mitzutanzen und die Fratzen nachzuahmen, bis sie schließlich hinter der Anführerin nach dem Walde auszogen, alle bis auf die eine, die immer noch keuchend auf der gleichen Stelle lag. Die hatte vom Manne ein für allemal genug.

*

Dafür stirbst du, kreischte Caraftap, der sich in der Sklavenunterkunft auf Affentarzan stürzte.

Der Affenmensch wich flink zur Seite und stellte dem Angreifer ein Bein, so daß dieser mit ausgebreiteten Gliedern platt aufs Gesicht stürzte. Ehe sich Caraftap wieder erhob, sah er sich nach einer Waffe um und griff nach dem heißen Kohlenbecken, auf das sein Blick zunächst fiel. Ein Gemurmel der Mißbilligung erhob sich unter den herumstehenden Sklaven, die den Beginn des Streites mit angesehen hatten.

Keine Waffen! rief einer. Das gibt's nicht unter uns. Kämpfe mit den bloßen Händen oder laß es ganz.

Aber Caraftap war von Haß und Eifersucht zu sinnlos, um zu hören oder hören zu wollen. Er ergriff das Kohlenbecken und erhob es, um es Tarzan an den Kopf zu werfen. Doch diesmal stellte ihm ein anderer ein Bein, und zwei weitere Sklaven warfen sich auf ihn und rissen ihm das Becken aus den Händen: Kämpfe mit Anstand, ermahnten sie ihn noch, als sie ihn auf die Füße stellten.

Tarzan hatte mit gleichgültigem Lächeln zugesehen, denn es machte ihm Spaß, wenn andere mehr Wut zeigten, als die Umstände begründeten. Nunmehr wartete er auf Caraftap, den das Lächeln des Affenmenschen derart sinnlos machte, daß er ihm mordlustig an die Kehle sprang. Aber Tarzan begegnete seinem als gewalttätig bekannten Gegner mit der überraschendsten Verteidigung, die jener je erlebt hatte. Eine geballte Faust am Ende eines lang ausgestreckten Armes erteilte Caraftap einen Stoß an die Kinnspitze, der ihn glatt auf den Rücken legte. Die Sklaven, deren sich inzwischen eine beträchtliche Anzahl als Zuschauer des Kampfes gesammelt hatte, bekundeten ihren Beifall mit dem schrillen, bei ihnen üblichen: Jjah-Jjah!

Schwindelig und halb betäubt raffte sich Caraftap noch einmal auf blickte mit gesenktem Kopfe um sich, als ob er seinen Gegner suche. Das Mädchen Talaskar war an Tarzans Seite getreten, dem sie ins Antlitz sah.

Wie stark du bist! sagte sie, aber der Ausdruck ihrer Augen bedeutete noch mehr oder wenigstens schien es Caraftap so. Ihm kam es vor, wie wenn dieser Blick von Liebe spräche, während darin doch nur die Bewunderung zum Ausdruck kam, die ein natürliches Weib immer fühlt, wenn körperliche Kraft in Verteidigung einer gerechten Sache gezeigt wird.

Caraftap brachte einen Ton hervor, der sich anhörte wie das Quieken eines ärgerlichen Ferkels, und stürzte sich noch einmal auf den Affenmenschen. Hinter dieser Szene wurden eben wieder ein paar Sklaven in den Raum gelassen, und einer der Krieger draußen bückte sich und sah durch die Öffnung. Er konnte zwar nicht viel sehen, aber was er sah, war genug. Ein hochgewachsener Sklave mit einem schwarzen Haarschopf hob einen anderen gleichfalls großen Sklaven hoch über seinen Kopf und schleuderte ihn auf den harten Boden. Der Krieger schob die Sklaven beiseite, kroch durch den Eingang und lief auf die Gruppe in der Mitte des Raumes zu. Ehe Tarzan und Talaskar es merkten, stand er vor ihnen. Es war Kaloban.

Was soll das hier? schrie er laut; dann sagte er: Aha! Ich sehe schon. Der Riese ist es. Du willst wohl den anderen Sklaven zeigen, wie stark du bist, he? Da erblickte er Caraftap, der wieder auf die Füße zu gelangen suchte, und sein Gesicht wurde finster, denn Caraftap war sein Günstling. So etwas gibt es hier nicht, du Bursche! schrie er, hielt dem Affenmenschen die Faust vors Gesicht und vergaß im Zorne, daß der neue Sklave taub und stumm war. Aber er erinnerte sich dessen gleich wieder und gab Tarzan ein Zeichen, ihm zu folgen: Hundert Peitschenhiebe werden es ihm schon beibringen, daß er hier keinen Streit anzufangen hat, sagte er laut, ohne sich an irgend jemand besonders zu richten, aber er sah dabei Talaskar an.

Strafe ihn nicht! rief das Mädchen, das sich ganz vergessen hatte: Es war alles einzig und allein Caraftaps Schuld. Zuanthrol handelte nur in Selbstverteidigung. Kaloban konnte den Blick nicht vom Gesicht des Mädchens wenden, das sich plötzlich der Gefahr bewußt wurde und errötete, aber immer noch bei dem Affenmenschen aushielt und sich für ihn ins Mittel legen wollte. Ein schiefes Lächeln verzog des Ventals Mund, als er ihr vertraulich die Hand auf die Schulter legte. Wie alt bist du? fragte er sie.

Sie sagte es mit Schaudern.

Ich werde mit deinem Herrn sprechen und dich von ihm kaufen, beschied er sie. Du darfst dir also jetzt keinen Gatten nehmen.

Tarzan sah Talaskar an, und sie schien ihm zu welken wie eine Blume in giftiger Luft, als sich Kaloban an ihn wendete: Du verstehst mich ja nicht, du dummes Vieh, sagte er. Aber das sage ich dir und die Umstehenden können zuhören und dich vielleicht von Torheiten abhalten: Diesmal lasse ich dich noch laufen, aber das nächstemal bekommst du hundert Peitschenhiebe, vielleicht noch mehr. Und wenn ich höre, daß du mit diesen Mädchen etwas zu tun hast, das ich mir kaufen und mit nach oben nehmen will, dann geht es dir noch schlimmer. Mit diesen Worten schritt er zum Eingang und kroch auf den Stollen hinaus.

Sobald nach Abgang des Vental die Öffnung von draußen verschlossen war, legte jemand Tarzan von hinten die Hand auf die Schulter, und eine Männerstimme sagte: Tarzan! Der Name klang eigenartig in seine Ohren, hier unten in dieser Gruft tief unter der Erde unter lauter Fremden, die nie seinen Namen gehört haben konnten. Aber als er sich herumdrehte und den Mann besah, der ihn mit einem Erkennungsblick begrüßte, zog ein vergnügtes Lächeln über seine Züge.

Flor... begann er, aber der andere legte einen Finger an den Mund: Nicht hier, hier bin ich Ponato.

Aber deine Gestalt! Du bist ja so groß wie ich! Das geht über meine Begriffe! Was ist geschehen, daß die Rasse der Minunier zu für euch so riesigen Abmessungen gewachsen ist?

Florensal lächelte: Die menschliche Eitelkeit gestattet dir nicht, diese Veränderung der umgekehrten Ursache zuzuschreiben.

Tarzan runzelte die Brauen und richtete einen langen nachdenklichen Blick auf seinen königlichen Freund. Ein Ausdruck gemischt aus Zweifel und Scherz zog über sein Gesicht.

Willst du damit sagen, daß ich so klein gemacht worden bin wie ein Minunier?

Florensal nickte bejahend: Das ist ebenso leicht zu glauben wie der Gedanke, daß ein ganzes Volk mit all seinem Lande, seinen Städten und den Steinen, aus denen sie gebaut sind, samt Waffen und Diadets auf deine Größe gebracht ist.

Aber ich sage dir, das ist unmöglich, rief der Affenmensch.

Genau das gleiche hätte ich vor wenigen Monden gesagt, erwiderte der Fürst. Selbst als ich gerüchtweise hörte, daß sie dich kleiner gemacht hätten, glaubte ich es lange Zeit nicht, und blieb immer noch mißtrauisch, bis ich diesen Raum betrat und mich mit eigenen Augen davon überzeugte.

Aber wie hat man das denn zuwegegebracht? rief der Affenmensch.

In Veltopis, vielleicht in ganz Minunien ist das größte Genie Zoanthro, erklärte ihm Florensal. Seit vielen Monden wußten wir das, denn während jener kurzen Zeiträume, in denen wir mit Veltopis in Frieden leben, besteht zwischen unseren Städten ein gewisser Gedankenaustausch so gut wie ein Handelsverkehr. Auf diesem Wege erfuhren wir von den vierlerlei Wundern, die man diesem größten aller Walmaks zuschreibt.

Die Bezeichnung Walmak bedeutet Zauberer, aber die Übersetzung wundertätiger Gelehrter wäre vielleicht genauer.

Zonathro hat dich gefangengenommen, fuhr Ponato fort, nachdem er dich durch gleichermaßen wissenschaftliche wie wunderbare Maßnahmen zu Fall gebracht hatte. Nach deinem Sturz versetzte er dich in Bewußtlosigkeit und schleppte dich dann auf einer von einem Dutzend Diadets gezogenen Schleife aus kleinen Baumstämmen hierher. Sobald sie dich sicher in Veltopis hatten, machte er sich daran, dich mit Hilfe eines von ihm selbst gebauten Apparats kleiner werden zu lassen. Ich hörte, wie sie darüber sprachen und meinten, der Vorgang werde nicht viel Zeit in Anspruch nehmen. Ich hoffe, Zoanthro kann mich wieder in meinen alten Zustand zurückversetzen, sagte der Affenmensch.

Man sagt, das sei zweifelhaft. Bisher ist er noch nicht imstande gewesen, ein Geschöpf größer zu machen, obgleich er in zahlreichen Versuchen die Größe niederer Tiergattungen reduziert hat. Tatsache ist, daß er nach einer Methode sucht, die Leute von Veltopis so weit zu vergrößern, daß sie alle anderen Völker von Minunien besiegen können, aber vorläufig hat er erst eine Methode entdeckt, die gerade das Gegenteil ergibt. Da er also andere nicht größer machen kann, wird er es wohl auch bei dir nicht können.

Dann werde ich aber den Gegnern meiner eigenen Welt gegenüber ziemlich hilflos sein, meinte Tarzan niedergeschlagen.

Lieber Freund, sagte der Prinz mitfühlend, darüber brauchst du dir nun keine Sorge mehr zu machen.

Wieso? fragte der Affenmensch.

Weil du wenig Aussicht hast, jemals wieder deine andere Welt zu erreichen, erwiderte Florensal etwas trübe. Ich habe keine Hoffnung, Trohana wieder zu erblicken. Nur die gänzliche Niederwerfung von Veltopis durch meines Vaters Heer könnte mir helfen, denn nichts anderes würde die Steinbruchswache zur Übergabe zwingen. Bei unseren Angriffen auf fremde Städte nehmen wir häufig genug Sklaven der weißen Jacke gefangen, aber nur selten fällt einer der Grünen in unsere Hände. Nur wenn ein Überfall am hellen Tage gelingt, kann man ein paar der grünen Sklaven von unter Tag fassen. Aber solche Fälle kommen nur alle Menschenalter einmal vor.

Glaubst du denn, daß wir den Rest unseres Lebens in diesem unterirdischen Loche zubringen müssen? fragte Tarzan.

Sicher, falls wir nicht gelegentlich einmal zu Arbeiten am Tage an der Erdoberfläche beschäftigt werden, meinte der Prinz von Trohana mit schmerzlichem Lächeln.

Der Affenmensch zuckte die Achseln. Das wollen wir erst einmal sehen, sagte er dann.

Nach Kalobans Weggang hatte sich Caraftap hinkend mit unheildrohendem Gesicht nach dem anderen Ende des Raumes zurückgezogen.

Ich fürchte, er wird dir Ungelegenheiten machen, sagte Talaskar zu Tarzan, nach dem Murrenden deutend: Es tut mir leid, daß ich die Ursache bin.

Wieso denn du? fragte Florensal.

Caraftap bedrohte mich, als sich Pontando dazwischenlegte und ihn züchtigte.

Pontando? fragte der Prinz.

Das ist meine Nummer, erklärte Tarzan.

So hast du Talaskars wegen gekämpft. Ich danke dir, mein Freund. Es tut mir leid, daß ich nicht hier war, um sie zu beschützen. Talaskar kocht für mich. Sie ist ein gutes Kind. Er sah das Mädchen dabei an, und Tarzan beobachtete, daß die Kleine die Augen niederschlug und leicht errötete. Da fiel ihm etwas ein, und er lächelte.

So, so, das ist Ponato, von dem du mir erzähltest? sprach er zu Talaskar.

Ja, das ist er.

Ich bedauere, daß er gefangengenommen wurde, aber es ist mir angenehm, hier einen Freund zu finden, sagte der Affenmensch. Wir drei sollten doch imstande sein, irgendeinen Fluchtplan auszuhecken. Aber die anderen schüttelten nur betrübt die Köpfe.

Nach dem Essen saßen sie noch eine Weile beisammen, und Tarzan fand bald viele Freunde, da er den unbeliebten Caraftap gezüchtigt hatte. Sie hätten die ganze Nacht verplaudert, hätte nicht der Affenmensch gefragt, wo die Schlafgelegenheit der Sklaven sei.

Florensal lachte und deutete auf die überall im Raume auf der harten Erde herumliegenden Gestalten, Männer, Weiber, Kinder, die meist da schliefen, wo sie ihr Mahl eingenommen hatten.

Die grünen Sklaven werden nicht verwöhnt, bedeutete er. Ich kann überall schlafen, antwortete Tarzan, aber ich schlafe lieber im Dunkeln. Ich werde warten, bis man die Lichter auslöscht.

Darauf müßtest du ewig warten, sagte der Prinz.

Werden denn die Lichter nie gelöscht? fragte der Affenmensch.

Wir wären alle bald genug Leichen, wenn man das tun würde, erwiderte sein Gefährte. Diese Flammen dienen einem doppelten Zwecke. Sie erhellen das Dunkel, und sie verzehren die giftigen Gase, die uns andernfalls rasch ersticken würden. Anders als die gewöhnliche Flamme, die den Sauerstoff verbrennt, erzeugen diese Kerzen, die auf Grund von Entdeckungen und Erfindungen der alten Minunier hergestellt werden, freien Sauerstoff und verzehren die tödlichen Gase. Mehr noch aus diesem Grunde als des Lichtes wegen verwendet man in ganz Minunien ausschließlich sie. Selbst unsere Domhäuser wären finstere, übelriechende und ungesunde Stätten ohne diese Kerzen, während man die Steinbrüche ohne sie gar nicht ausbeuten könnte. Dann werde ich also nicht warten, bis sie ausgelöscht werden, sagte Tarzan, streckte sich der Länge nach auf den schmutzigen Boden und winkte Talaskar und Florensal kurz ein Tuano – das minunische »Gute Nacht« – zu.

Als Talaskar am nächsten Morgen das Frühmahl bereitete, bemerkte Florensal, er wäre gerne bei der gleichen Arbeit wie Tarzan angesetzt, damit sie stets beisammen bleiben könnten. Falls wir jemals die Aussicht auf Entkommen finden, auf die du wartest, ist es gut, wenn wir zusammen sind.

Wenn wir uns davonmachen, müssen wir Talaskar mitnehmen, entgegnete Tarzan.

Florensal warf dem Affenmenschen einen raschen Blick zu, sagte aber kein Wort.

Ihr wollt mich mitnehmen? rief Talaskar. Ach, wenn sich dieser Traum doch verwirklichen könnte. Ich wollte gerne mit euch nach Trohana gehen und eure Sklavin sein, denn ich weiß, daß ihr mir kein Leid antun würdet. Aber ach, das muß ein angenehmer Traum bleiben, der nur kurze Zeit dauert. Kaloban hat mich verlangt, und zweifellos wird mein Herr mich ihm bereitwillig verkaufen, denn ich höre von den anderen Sklaven, daß er jedes Jahr welche verkauft, damit er seine Steuern bezahlen kann.

Wir werden unser möglichstes tun, Talaskar, sagte Tarzan. Wenn Ponato und ich einen Weg zur Flucht finden, nehmen wir dich mit. Aber erst müssen wir ein Mittel suchen, um zusammenzubleiben.

Ich weiß einen Weg, meinte Florensal. Sie glauben hier, du sprichst und verstehst unsere Sprache nicht. Einen Sklaven zu verwenden, mit dem man sich nicht verständigen kann, ist für wissenschaftliche Untersuchungen zum mindesten unbequem. Ich werde angeben, daß ich mit dir sprechen kann, dann werden sie mich wohl in einen Arbeitstrupp mit dir stecken.

Aber wie willst du dich mit mir unterhalten, wenn du nicht Minunisch sprichst? fragte der Affenmensch.

Laß das meine Sorge sein, erwiderte Florensal. Bis sie auf andere Weise herausfinden, daß du unsere Sprache verstehst, kann ich sie schon täuschen.

Der Vorteil von Florensals Plan zeigte sich alsbald. Die Wachen hatten die Sklaven abgeholt, und die verschiedenen Trupps waren aus dem Schlafraum abgerückt, um sich draußen den vielen Tausenden beizugesellen, die zu ihrem täglichen Frondienst wanderten. Der Affenmensch begab sich nach dem Tunnel dreizehn auf der sechsunddreißigsten Sohle, wo er wiederum an der eintönigen Arbeit der Stollenauszimmerung mit einem Eifer teilnahm, der sogar das Lob des säuerlichen Kaloban erhielt, obgleich Caraftap, der unmittelbar vor Tarzan Felsstücke wegräumte, dem Gegner von gestern oftmals giftige Blicke zuwarf.

Etwa zwei oder drei Stunden waren vergangen, als zwei Soldaten durch den Stollen kamen und neben Kaloban stehen blieben. Sie brachten einen Sklaven in der grünen Tunika, dem Tarzan nicht mehr Aufmerksamkeit schenkte als den Kriegern, bis er ein paar Brocken ihres Gesprächs mit dem Vental auffing. Dann warf er einen raschen Blick nach ihnen und erkannte Florensal, Prinz von

Trohana, in den Steinbrüchen von Veltopis nur bekannt als Sklave Ponato oder Nummer 800^3+19. Tarzans Nummer Pontando dagegen bedeutete 800^3+21.

Als Tarzan aufsah, fing Florensal seinen Blick auf und gab ihm ein Zeichen, worauf Kaloban den Affenmenschen heranwinkte, der über den Arbeitsplatz schritt und vor ihn trat.

Laß uns hören, wie du mit ihm sprichst, rief Kaloban. Ich glaube es noch nicht, daß er dich versteht. Wie sollte er auch, da er doch uns nicht versteht. Der Vental konnte sich nämlich in seiner Beschränktheit nicht denken, daß es eine andere Sprache gab als seine eigene.

Ich werde ihn in seiner eigenen Sprache fragen, ob er mich versteht, sagte Florensal, und du wirst sehen, wie er bejahend mit dem Knopf nickt.

Gut denn, rief der Vental. Frage ihn.

Florensal wandte sich zu Tarzan und ließ ein Dutzend Silben eines sinnlosen Geschnatters hören. Als er damit fertig war, nickte Tarzan mit dem Kopfe.

Siehst du, bedeutete Florensal.

Kaloban kratzte sich hinterm Ohr: Es ist wahrhaftig so, wie er sagt, gab er etwas betreten zu. Der Kolol hat in der Tat eine Sprache.

Tarzan unterdrückte ein aufkommendes Lächeln über die geschickte Weise, in der sein Genosse den Wächtern vortäuschte, daß er sich mit Tarzan in einer fremden Sprache unterhalten habe. Solange es ihm gelang, alle Mitteilungen so einzurichten, daß man sie mit ja oder nein beantworten konnte, ließ sich diese Täuschung leicht aufrechterhalten. Aber wenn das nicht mehr ging, waren Unannehmlichkeiten zu erwarten, und er fragte sich verwundert, wie sein erfindungsreicher Freund ihnen begegnen wollte.

Teile ihm mit, sagte einer der Krieger zu Florensal, daß sein Herr Zoanthro nach ihm gesandt hat, und frage ihn, ob er versteht, daß er ein Sklave ist und daß seine Lage völlig von seiner guten Führung abhängt, auch sein Leben hängt davon ab, denn Zoanthro hat ihm gegenüber so gut das Recht über Leben und Tod wie die königliche Familie. Wenn er sich bei seinem Herrn gelehrig erweist und gehorcht, wird es ihm nicht übel ergehen. Aber wenn er faul und unverschämt ist oder gar droht, bekommt er die Degenspitze eines Freisassen zu kosten.

Antworte ihnen, sagte Tarzan auf englisch, das natürlich keiner verstand, daß ich diesem Herrn bei erster Gelegenheit das Genick brechen werde, daß es nur noch geringer Reizung bedarf, und ich packe eines dieser Hölzer da und schlage Kaloban und seinen paar Leuten den Schädel ein. Bei der ersten sich bietenden Gelegenheit aber werde ich davonlaufen und dich und Talaskar mitnehmen.

Florensal lauschte aufmerksam, bis Tarzan seine Rede schloß, dann wandte er sich zu den beiden Kriegern, die ihn hergeführt hatten.

Zuanthrol erklärt, daß er sich über seine Lage völlig klar ist und sich freut, dem edlen und ruhmreichen Zoanthro dienen zu dürfen, von dem er sich aber eine Gunst erbittet.

So lautete die freilich etwas freie Übersetzung des Prinzen.

Was für eine Gunst? fragte einer der Krieger.

Er bittet, daß mir gestattet werde, ihn zu begleiten, damit er die Befehle seines Herrn besser erfüllen kann, denn ohne mich hat er ja keine Ahnung, was man von ihm verlangt, erklärte Ponato.

Jetzt verstand Tarzan, wie Florensal etwa auftretende Schwierigkeiten überwinden konnte, und fühlte sich an der Hand seines scharfsinnigen, schlagfertigen Freundes so lange sicher, als er gänzliche Unkenntnis des Minunischen vorgab.

Wir dachten selbst schon daran, Sklave, als wir hörten, einer von euch könne sich mit diesem Burschen verständigen, erwiderte der Krieger, an den sich Florensal mit diesem Anliegen gewendet hatte. Ihr sollt beide zu Zoanthro gebracht werden, der zweifellos seine Entscheidung trifft, ohne daß er dich oder einen anderen Sklaven erst lange um Rat fragt. Du, Vental Kaloban, wir übernehmen die Verantwortung für den Sklaven Zuanthrol. Mit diesen Worten behändigte er dem Vental einen Streifen Papier, der mit einigen merkwürdigen Zeichen bedeckt war.

Dann zogen die beiden ihre Degen und bedeuteten Florensal und Tarzan, ihnen durch den Stollen voranzugehen. Die Geschichte, wie Tarzan mit Caraftap umgegangen war, war selbst der Steinbruchswache schon zu Ohren gekommen, darum hielten es die beiden Soldaten für besser, keinerlei Risiko auf sich zu nehmen. Sie gingen erst den langen Stollen entlang und stiegen dann durch den Spiraltunnel an die Erdoberfläche hinauf, wo Tarzan das Sonnenlicht und die frische Luft fast mit einem Schluchzen der Dankbarkeit begrüßte. Ihrer auch nur einen Tag lang beraubt zu sein, war für den Affenmenschen eine grausame Strafe. Hier sah er wieder die endlos langen Züge von Sklaven mit ihren schweren Lasten, während aufgeputzte Kriegsmannen in hochmütiger Haltung auf beiden Seiten der sich abmühenden Knechte mitgingen; da waren auch die pomphaft aufgeputzten Edlen der höheren Kasten und die unzähligen Sklaven in der weißen Tunika, die im Dienste ihrer Herren hierhin und dorthin eilten, oder ihrem eigenen Geschäft oder Vergnügen nachgingen, denn viele von ihnen besaßen eine gewisse Freiheit und Unabhängigkeit, die ihnen fast die Stellung Freigelassener verlieh. Zwar gehörten diese Sklaven in der weißen Tunika immer noch einem Herrn, aber besonders wenn es sich um geschickte Handwerker handelte, bestand ihre Abhängigkeit nur in der Verpflichtung, ihrem Herrn einen bestimmten Teil ihres Einkommens abzuliefern. Sie stellten den Mittelstand und die höhere Kaste des Dienerstandes in Minunien dar. Bei ihnen war auch keine Bewachung nötig, um ihr Entkommen zu hindern, denn es hatte für sie keinen Zweck, eine Flucht zu versuchen; in keiner anderen Stadt von Minunien konnten sie ihre Lage verbessern. Im Gegenteil, überall außer in der Stadt ihrer Geburt wären sie als fremde Gefangene angesehen, alsbald in die grüne Tunika gesteckt und zu lebenslänglicher Schwerarbeit verurteilt worden.

Tarzan und Florensal wurden nach dem Königsdom gebracht, aber nicht etwa zum Haupteingang hereingelassen, vor dessen Toren das Weiß und Gold der königlichen Standarte flatterte. Statt dessen wurden sie nach dem Kriegertor geschafft, das auf der Westseite lag. Ganz anders als Trohana besaß die Stadt Veltopis auf den Zwischenräumen zwischen den Kuppelbauten schöne Anlagen mit Blumen, Sträuchern und Bäumen, durch die Kieswege sich wanden und breite Straßen führten.

Auf dem Wege nach dem Tore machte Tarzan eine bewundernde Bemerkung über die schönen Parkanlagen, als ihm der Prinz antwortete: Auch ich bewundere sie, besonders an der Stadt unserer Feinde. Wie leicht wäre es für das Heer von Trohana, sich während der Nacht unter der Deckung dieser schönen Bäume und Sträucher, die aus Veltopis fast einen Forst machen, bis unmittelbar vor die Tore der Dome zu schleichen. Darum haben wir im Innern der Stadt Trohana keine Anlagen, obgleich wir Bäume und Blumen ebenso lieben.

Einer der Wächter, der sich ihnen rasch von rückwärts' genähert hatte, berührte in diesem Augenblick Florensal auf der Schulter. Du sagst, Zuanthrol verstehe unsere Sprache nicht? Warum redest du denn in ihr zu ihm, wenn er sie doch nicht versteht? fragte er.

Florensal wußte nicht, wieviel der Soldat von ihrem Gespräch belauscht hatte. Falls er Tarzan hatte auf minunisch sprechen hören, ließ sich der Mann wohl kaum einreden, daß der Riese diese Sprache nicht verstehe. Er versuchte es daher mit der Annahme, daß man ihn allein gehört hatte.

Er will unsere Sprache lernen, und ich versuche es, sie ihm beizubringen, entgegnete Florensal.

Kann er schon etwas? fragte der Krieger.

Nein, erwiderte der Prinz, er ist recht dumm.

Nach diesem Zwischenfall verfolgten sie ihren Weg schweigend weiter, erstiegen langgestreckte, sanfte Steigungen und kletterten die einfachen Leitern hinauf, die bei den Minuniern die Treppen nach den oberen Stockwerken vertreten.

Der Königsdom von Moelhago besaß ungeheure Abmessungen. Seine höchste Stelle hätte nach gewöhnlichem menschlichem Maßstab geschätzt und gebaut etwa hundertfünfzig Meter hoch sein müssen. Tarzan mußte steigen, bis er sich ebenso hoch über dem Erdboden befand wie vorher darunter, als er in den Steinbrüchen war. Die Flure der unteren Geschosse hatten von Menschen gewimmelt, aber die oberen, durch die sie nun kamen, waren fast öde. Gelegentlich kamen sie wohl an einem bewohnten Gemach vorbei, aber meist dienten die Räume nur als Speicher, besonders für Lebensmittel, die sauber konserviert, verpackt und aufgestapelt viele weite Räume bis zur Decke füllten. Im großen ganzen war die Ausschmückung der Wände geringer und die Flure waren enger als in den tiefer gelegenen Geschossen. Gleichwohl passierten sie viele geräumige Hallen, die prunkend geschmückt und mit Leuten beiderlei Geschlechts und jeglichen Alters besetzt waren, die sich mit den verschiedenartigsten häuslichen Verrichtungen oder einem Handwerk dieser oder jener Art befaßten.

Hier fertigte ein Silberarbeiter ein wundervolles Armband in zartester Filigranarbeit, dort schnitt ein anderer schöne Arabesken in Leder. Da fanden sich Töpfer, Tuchweber, Gürtler, Maler, Kerzenzieher und andere. Besonders die Kerzenmacher waren zahlreich, denn in der Tat war für dieses Volk die Kerze das Licht des Lebens.

Schließlich erreichten sie hoch über dem Erdboden das oberste Stockwerk, dessen Räume dem Tageslicht viel näher lagen, aber selbst hier fanden sich die unvermeidlichen Kerzen. Plötzlich zeigten die Wände prachtvolle Ausschmückung, die Zahl der Kerzen nahm zu, und Tarzan merkte, daß sie sich der Behausung eines reichen oder mächtigen Edlen näherten. Sie machten halt, denn vor ihnen stand eine Wache, der der eine der beiden Krieger eine Meldung machte.

Melde dem Zertol Zoanthro, daß wir Zuanthrol hergebracht haben und dazu einen anderen Sklaven, der sich mit ihm verständigen kann.

Der Posten schlug mit seinem Speere an einen großen Gong, worauf aus dem Innern der Wohnung ein Mann erschien, dem der Wachtposten die Meldung des Führers wiederholte.

Laß sie eintreten, sagte dieser, ein Sklave der weißen Tunika: Mein ruhmreicher Herr wartet bereits auf seinen Sklaven Zuanthrol. Folgt mir.

Sie gingen ihm durch mehrere Räume nach, bis sie sich bei einem kostbar gekleideten Krieger befanden, der hinter einem Tische saß, welcher mit eigenartigen Instrumenten, dicken Folianten, Streifen Schreibpapier und Schreibzeug bedeckt war. Als sie eintraten, sah der Mann auf.

Hier ist dein Sklave Zuanthrol, o Zertol, meldete der Bursche, der sie hereingeführt hatte.

Und der andere? Der Prinz Zoanthro deutete auf Florensal.

Er spricht die fremde Zunge von Zuanthrol und wurde hergeführt, für den Fall, daß es dein Wunsch ist, mit Zuanthrol zu sprechen.

Zoanthro nickte. Zunächst wandte er sich an Florensal: Frage ihn, ob er sich irgendwie unbehaglich fühlt, seit ich seine Größe geändert habe.

Als Florensal seinem Kameraden diese Frage in dem erfundenen Kauderwelsch vorlegte, das ihre Sprache bedeuten sollte, schüttelte Tarzan den Kopf und erwiderte ein paar Worte auf englisch.

Er sagt nein, erhabener Fürst, übersetzte Florensal in freier Erfindung, aber er fragt, wann du ihm seine alte Größe wiedergeben und ihn nach seiner Heimat entlassen wirst, die weit von Minunien ist.

Als Minunier sollte er doch wissen, erwiderte der Zertol, daß er dazu nimmermehr die Erlaubnis erhält – er bekommt Trohana nicht mehr zu sehen.

Aber er stammt nicht von Trohana und ist überhaupt kein Minunier, erklärte Florensal: Er kam zu uns, und wir machten keinen Sklaven aus ihm, sondern behandelten ihn als Freund, weil er aus einem Lande stammt, mit dem wir nie in Krieg gelegen haben.

Was ist das für ein Land? fragte Zoanthro.

Das wissen wir nicht. Aber er hat uns erklärt, daß jenseits der Dornen ein ungeheures Land liegt, wo Millionen Leute seiner Größe wohnen. Er behauptet, sein Volk sei dem unsrigen nicht feindlich gesinnt, deswegen hatten wir keinen Grund, ihn zum Sklaven zu machen, sondern behandelten ihn als Gast.

Zoanthro lächelte: Du mußt doch ein recht einfältiger Bursche sein, du Mann von Trohana, daß du das glaubst. Wir wissen alle, daß jenseits von Minunien nichts mehr kommt als Dornen, die bis zu der unendlichen blauen Kuppel reichen, unter der wir wohnen. Ich kann es wohl glauben, daß dieser Bursche nicht von Trohana stammt, aber er ist ganz sicher ein Minunier, da allerlei Wesen jeder Art in Minunien leben. Zweifellos gehört er zu einer Sonderrasse der Kolols in irgendwelchen fernen Bergfesten, die wir bisher noch nicht entdeckt haben. Aber wie dem auch sein mag, niemals wird er+...

In diesem Augenblick unterbrach den Fürsten der Schlag des großen Gongs am äußeren Eingang seiner Wohnung. Er zählte die Anzahl der Schläge, und als der Gong nach fünf Schlägen verstummte, drehte er sich zu den Kriegern um, die Tarzan und Florensal hergeführt hatten.

Schafft die Sklaven in jene Kammer, befahl er und deutete auf ein Portal im Hintergrund seines Empfangszimmers. Wenn der König wieder fort ist, werde ich sie wieder holen lassen.

Während sie nach dem bezeichneten Tore gingen, trat ein Krieger unter den Haupteingang des Raumes und meldete: Moelhago, Thagosto von Veltopis, der Beherrscher aller Menschen und Meister aller Geschöpfe, der Allmutige, der Allweise, der Allruhmreiche! In den Staub vor dem Thagosto.

Tarzan warf noch einen Blick zurück und konnte sehen, wie Zoanthro und die anderen im Saale auf die Knie fielen und sich mit hocherhobenen Armen weit nach hinten überlehnten, während Moelhago unter dem Schutze einer zwölf Mann starken, überreichlich aufgeputzten Leibwache eintrat. Er mußte diesen Herrscher mit dem einfachen würdigen Soldaten vergleichen, der über Trohana herrschte, sich in seiner Stadt ohne jeden Pomp zeigte und oft nur mit einem einzigen Sklaven als Begleiter durch die Stadt ging. Vor jenem Herrscher brauchte niemand das Knie zu beugen, aber ihm brachte jeder ein Höchstmaß an Ehrfurcht und Verehrung entgegen.

Moelhago hatte gesehen, wie die Sklaven und ihre Bewachung vor ihm den Raum verlassen hatten. Er erwiderte die Ehrenbezeigungen Zoanthros und seiner Leute mit einer kurzen Handbewegung und gebot ihnen, sich zu erheben.

Wer verließ bei meinem Eintreten das Gemach? fragte er mit einem mißtrauischen Blick auf den Zertol.

Der Sklave Zuanthrol und ein anderer, der mir seine unbekannte Sprache verdolmetscht, erklärte Zoanthro. Laß sie zurückholen, befahl der Thagosto. Ich wollte gerade betreffs Zuanthrol mit dir sprechen.

Zoanthro wies einen seiner Sklaven entsprechend an, und während der paar Augenblicke, die nun vergingen, nahm sich Moelhago den Sitz hinter dem Tische, den sein Wirt bis dahin innegehabt hatte. Die Wachen brachten Tarzan und Florensal bis auf einige Schritte vor den Tisch, an dem der König saß, und bedeuteten ihnen, niederzuknien und vor dem Thagosto die übliche Ehrenbezeigung zu machen.

Florensal von Trohana war von Kindheit an mit jedem Herkommen der Sklaverei vertraut. Mit einer Art Fatalismus hatte er die Umstände des Geschicks hingenommen, das ihn die Knechtschaft brachte, und so ließ er sich denn ohne Zaudern auf ein Knie nieder, um dem fremden König diesen unterwürfigen Gruß zu erweisen. Anders Affentarzan, der sich an Drohahkis erinnerte, vor dem er kein Knie gebeugt hatte. Er dachte gar nicht daran, dem Moelhago eine größere Ehre zu erweisen als dem König von Trohana. Moelhago starrte ihn an: Der Bursche kniet ja nicht! flüsterte er Zoanthro zu, der sich so weit zurückgelehnt hatte, daß er die Achtungsverletzung seines Sklaven gar nicht bemerkte.

Der Zertol blickte jetzt nach Tarzan hin und rief: Nieder, du Hund! Dann erinnerte er sich daran, daß jener kein Minuerisch verstand und befahl Florensal, ihm den Befehl zu übermitteln. Doch als der Zertolosto von Trohana so tat, als ob er Tarzan die Weisung übersetzte, schüttelte dieser nur den Kopf.

Moelhago gab den anderen ein Zeichen, sich zu erheben. Wir wollen es für diesmal dahingehen lassen, sagte er gnädig, denn irgend etwas in der Haltung des Sklaven sagte ihm, daß dieser Zuanthrol niemals knien werde, und da der Gefangene als Hauptperson für das Experiment wichtig und unentbehrlich war, verzichtete der König lieber auf seinen Stolz, als daß er die Möglichkeit zuließ, den Sklaven töten zu lassen, um ihn auf die Knie zu bringen. Er ist eben nur ein unwissender Kolol, sagte er: Seht zu, daß er anständige Erziehung erhält, ehe er mir wieder vor Augen kommt.

Ein Experiment

An die fünfzig Alaliweiber zogen in den Wald, um die widerspenstigen Männchen zu züchtigen. Sie trugen ihre wuchtigen Keulen und nahmen viele Wurfsteine mit, aber ihre gefährlichste Waffe war ihr schrecklicher Grimm. Nie, soweit sie zurückdenken konnten, hatte einer der Männer sich unterstanden, ihr Vorrecht, ihre Autorität anzutasten, nie hatte einer davon gewagt, etwas anderes als Furcht zu zeigen, und jetzt auf einmal, statt bei der Annäherung von Weibern davonzuschleichen, nahmen sich jene heraus, ihnen zu trotzen, ja sie anzugreifen und zu erschlagen? Aber solch eine Tatsache war zu unglaublich und unnatürlich, um sich damit abzufinden. Das durfte nicht so bleiben. Wenn diese Weiber die Gabe der Sprache besessen hätten, hätten sie sicher so und noch ähnlich gesprochen. Den Männern sollte es aber schlecht gehen, die Weiber waren gerade in der richtigen Stimmung dazu. Doch was konnte man schließlich anderes von ihnen erwarten, von Weibern, denen die Sprache fehlte?

In ihrem grimmigen Zorn stießen sie auf die Männer. Die Empörer hatten auf einer weiten Lichtung ein Feuer angezündet und brieten das Fleisch von ein paar Antilopen. Noch nie zuvor hatten die Weiber ihre Männer so gut in Form gesehen. Sonst waren sie immer dürr bis zur Auszehrung, denn früher war es ihnen nie so gut gegangen wie seit jenem Tage, da Affentarzan seinem Schützling Waffen gegeben hatte. Früher mußten sie ihr Leben in steter Furcht auf der Flucht vor dem schrecklichen Weibergeschlecht verbringen und hatten kaum Zeit, sich etwas Nahrung zu suchen; weder Ruhe noch Rast hatten sie gekannt. Aber jetzt verschafften ihnen ihre Waffen Fleisch, das sie sonst höchstens einmal im Jahre zu kosten bekamen. Von Raupen- und Käfermahlzeiten waren sie bis auf Antilopenfleisch als ständige Verpflegung gekommen.

Doch dem guten körperlichen Aussehen der Männer schenkten die Weiber wenig Beachtung. Sie hatten sie. Das war die Hauptsache. Schon krochen sie näher, als einer der Männer aufsah und sie erspähte, und so stark ist die Macht der Gewohnheit, daß er völlig seine neuerrungene Unabhängigkeit vergaß, aufsprang und nach dem nächsten Baum rannte. Die anderen ließen sich kaum Zeit, nach dem Grunde seiner Überstürzung zu forschen, so schnell folgten sie ihm auf dem Fuße. Die Weiber stürzten auf die Lichtung heraus, während die Männer auf der anderen Seite unter den Bäumen verschwanden. Die Weiber wußten aber genau, was die Männer danach tun würden. Einmal im Walde, würden sie hinter dem nächsten Baume haltmachen und sich umsehen, ob die Verfolgerinnen hinter ihnen herkamen. Diese törichte Angewohnheit war schuld, daß die Männchen so leicht den viel schwerfälligeren Weibern in die Hände fielen.

Aber nicht alle Männer waren geflohen. Einer von ihnen war gleichfalls ein paar Schritte weit in der sinnlosen Panik mitgelaufen, doch er machte wieder halt, drehte sich um und sah den ankommenden Weibern entgegen. Es war Waras Sohn, dem Tarzan etwas mehr als den Gebrauch der Waffen beigebracht hatte. Er hatte vom Herrn der Dschungel, für den er eine hündische Verehrung hegte, auch die ersten Begriffe von Mut gelernt. Als seine schüchternen Genossen hinter den Bäumen wieder anhielten und zurückblickten, sahen sie ihn allein dem Grimm der fünfzig anstürmenden Weiber die Stirn bieten. Sie beobachteten, wie er einen Pfeil auf seinen Bogen legte – auch die Weiber sahen das, aber sie verstanden es nicht, wenigstens jetzt noch nicht – dann tönte die Bogensehne, und das vorderste Weib stürzte mit einem Pfeil im Herzen nieder. Gleichwohl hielten die übrigen nicht an, denn das erste Ereignis vollzog sich so schnell, daß sie seine Bedeutung in ihren dicken Köpfen gar nicht erfaßten. Tarzans Zögling legte einen neuen Pfeil auf seinen Bogen und schoß abermals. Ein zweites Weib stürzte und wälzte sich hin und her. Da begannen die anderen zu zögern, und damit war ihr Geschick besiegelt. Die entstehende kurze Pause gab den hinter den Bäumen hervorspähenden Männern den fehlenden Mut. Wenn einer von ihnen fünfzig Weibern standhalten und sie zum Stehen bringen konnte, wozu mußten dann erst elf imstande sein? Mit Speer und Bogen warfen sie sich in den Kampf, eben als die Weiber ihren Angriff wieder aufnahmen. Die gefiederten Wurfsteine flogen hageldicht und weit, aber weiter und besser gezielt flogen die gefiederten Pfeile der Männer. Die vordersten der Weiber stürzten sich mutig ins Handgemenge, wo sie von ihren schweren Keulen Gebrauch machen und die Männer mit ihren mächtigen Armen niederringen konnten; aber da mußten sie erfahren, daß Speere bessere Waffen sind als Keulen, und das Ergebnis war, daß sich der Rest von ihnen, der nicht tot oder verwundet zu Boden fiel, zur Flucht wandte.

In diesem Augenblick entwickelte der Sohn Waras jenen Funken von wirklicher Führergabe, der den Ausgang des Tages endgültig entschied und damit für alle Zeit die Entwicklung der Kolols in neue Bahnen lenkte. Statt sich mit dem Abschlagen des Angriffs zu begnügen, statt auf den ruhmreich errungenen Lorbeeren auszuruhen, warf er den Erbfeind völlig nieder und vollzog den Umsturz, indem er sich an die Verfolgung der geschlagenen Weiber machte. Er gab seinen Genossen das Zeichen, ihm zu folgen, und als diese erst die Weiber auf der Flucht sahen, waren sie über den Umschwung uralter Gepflogenheiten so begeistert, daß sie ihm unbedenklich folgten und flink die Verfolgung begannen.

Sie meinten erst, ihr Führer wolle den Feind bis auf das letzte Weib ausrotten, darum waren sie baß erstaunt, als sie sahen, wie er ein hübsches junges Weib, das er überholte, beim Haar packte und entwaffnete. So bemerkenswert schien es ihnen, daß einer aus ihrer Mitte ein in seine Gewalt geratenes Weib nicht tötete, daß sie bei ihm stehenblieben, sich um ihn scharten und in ihrer eigenartigen Zeichensprache sich nach dem Grunde erkundigten.

Warum hältst du sie fest? Warum tötest du sie nicht? Hast du nicht Furcht, daß sie dich töten wird? Das waren einige der vielen Fragen, die sie ihm stellten.

Ich will sie behalten, erwiderte der neue Held seines Volkes: Ich habe keine Lust mehr, selbst zu kochen. Sie soll jetzt für mich kochen. Wenn sie sich weigert, steche ich sie mit diesem da – er stieß dem jungen Weibe seinen Speerschaft in die Rippen, worauf sie zusammenschrak und voll Furcht auf ein Knie fiel.

Die Männer sprangen vor Freude, als sie den Vorteil seines Planes erkannten. Die augenscheinliche Angst dieses Weibes vor dem Manne leuchtete ihnen ein.

Wo sind die anderen Weiber geblieben? fragten sie einander in der Zeichensprache. Aber die waren bereits verschwunden.

Da brach einer in der Richtung nach den Flüchtenden auf. Ich gehe, gab er zu verstehen, und komme mit einem Weibe für mich wieder, die mein Essen kochen soll. Da folgten ihm die andern mit grimmigem Eifer und ließen ihren Führer mit seiner Beute allein. Er wandte sich ihr zu.

Wirst du für mich kochen? fragte er sie.

Sie beantwortete seine Zeichen mit einer wilden, mürrischen Grimasse. Ihr Besieger hob nun seinen Speer und schlug sie mit einem Hiebe über den Kopf zu

Boden. Dann stellte er sich mit bösem Gesicht über sie und bedrohte sie mit weiteren Schlägen, während sie sich voll Furcht am Boden zusammenkauerte. Er versetzte ihr einen Stoß in die Seite.

Steh auf! befahl er ihr.

Langsam erhob sie sich auf die Knie, umfaßte die seinen und starrte ihm mit einem Ausdruck hündischer Anbetung und Ergebenheit ins Gesicht.

Wirst du für mich kochen? fragte er wieder.

Immer! erwiderte sie in der Zeichensprache ihres Volkes.

*

Tarzan blieb nur kurze Zeit in dem kleinen Nebenraum, in den ihn Zoanthro bei Moelhagos Eintritt verwiesen hatte, dann wurde er allein wiedergeholt. Sein Herr bedeutete ihm, vor den Tisch zu treten, hinter dem die beiden Männer saßen. Niemand sonst war im Räume; selbst die Krieger waren hinausgeschickt worden.

Weißt du ganz bestimmt, daß er nichts von unserer Sprache versteht? fragte der König.

Seit seiner Gefangenschaft hat er kein Wort gesprochen, entgegnete Zoanthro. Wir hatten ihn für eine bisher unbekannte Art von Kolol gehalten, bis sich herausstellte, daß er eine Sprache spricht, durch die er sich mit einem anderen Sklaven von Trohana verständigen kann. Du kannst ohne Gefahr vor ihm sprechen, o Allweiser.

Moelhago warf einen raschen, mißtrauischen Blick auf den andern. Es wäre ihm lieber gewesen, wenn ihn gerade dieser als Allruhmreicher angeredet hätte, das war weniger anzüglich. Der König konnte andere und schließlich wohl auch sich selbst über die eigene Weisheit täuschen, aber er wußte bestimmt, daß er nicht Zoanthro damit zum Narren halten konnte.

Wir haben eigentlich bisher noch nie richtig über die Einzelheiten dieses Experimentes gesprochen, sagte der König. Deswegen kam ich heute einmal in dein Laboratorium herauf. Jetzt, da wir dessen Gegenstand hier vor uns haben, wollen wir die Sache gründlich untersuchen und die weiteren Schritte besprechen.

Jawohl, Allweiser, erwiderte Zoanthro.

Nenne mich Thagosto, fuhr ihn Moelhago an.

Jawohl, Thagosto, sagte der Fürst und gebrauchte von nun an die minunische Bezeichnung für königlicher Herr oder König, wie Moelhago verlangte: Laß uns die Angelegenheit besprechen. Sie bietet deinem Throne Möglichkeiten von weittragendster Bedeutung. Der Zertol wußte genau, daß der König unter »besprechen« nur soviel verstand, daß er, Zoanthro, ihm eine genaue Erklärung dafür gab, wie er den Sklaven Zuanthrol auf ein Bruchteil seiner ursprünglichen Größe verkleinert hatte. Aber er wollte, wenn möglich, für seine Erklärungen eine Gegenleistung, denn er wußte gut genug, daß der König die Angaben für seinen eigenen Ruhm ausmünzen und ihm nicht die mindeste Anerkennung zukommen lassen würde.

Bevor wir in die Besprechung eintreten, o Thagosto, sagte er, bitte ich dich um Gewährung einer Gunst, nach der ich lange strebte, die du mir aber bisher verweigert hast, da ich die Anerkennung ja nicht verdiene, die ich für meine kärglichen Talente und geringwertigen Arbeiten im Dienste deiner erhabenen und durch Gerechtigkeit ausgezeichneten Regierung erbitte. Wonach begehrst du? fragte Moelhago abweisend. Im Innern fürchtete er diesen weisesten aller seiner Untertanen, und wie es bei einem Feigling wie ihm nicht anders zu erwarten war, zur Furcht gesellte sich Haß. Wenn er Zoanthro hätte verderben können, würde er es mit Vergnügen getan haben. Doch das durfte er sich nicht leisten, denn von diesem größten aller Walmaks stammte all das bißchen Wissen, das der König aufweisen konnte, und außerdem verdankte er ihm auch alle jene bemerkenswerten Einrichtungen, die der Sicherung seiner königlichen Person galten.

Ich möchte einen Sitz im Königlichen Rat haben, erklärte Zoanthro schlicht.

Der König wurde zappelig. Von allen Edlen von Veltopis war dieser der letzte, den er im Königlichen Rate haben wollte, dessen sämtliche Angehörige gerade mit besonderer Rücksicht auf ihre Beschränktheit ausgewählt waren.

Es sind keine Sitze mehr frei, wandte er schließlich ein. Der Beherrscher aller Menschen könnte leicht eine freie Stelle schaffen, deutete Zoanthro an, oder er könnte eine neue einführen, zum Beispiel »Stellvertretender Fürst der Fürsten«. Dann könnte ich in Gofolosos Abwesenheit ihn vertreten. Bei anderen Gelegenheiten brauchte ich aber gar nicht an den Sitzungen deines Rates teilzunehmen und könnte meine Zeit dem Ausbau unserer Entdeckungen und Erfindungen widmen.

Hier bot sich eine Gelegenheit zum Ausweg, die Moelhago sofort benützte. Gegen Zoanthros Ernennung zum Königlichen Rat hatte er nichts einzuwenden. Jener sparte damit seine Steuern, denn die Räte, die die Steuergesetze erlassen hatten, sahen wohl darauf, daß sie nicht selbst unter ihnen zu leiden hatten. Wahrscheinlich wünschte Zoanthro nur aus diesem Grunde Rat zu werden. Nein, der König hatte keineswegs etwas gegen diese Ernennung einzuwenden, vorausgesetzt, daß der neue Minister an keiner Sitzung teilnahm, denn selbst der rücksichtslose Moelhago hätte sich doch etwas geschämt, all die großen Entdeckungen Zoanthros in dessen Gegenwart als seine eigenen auszugeben.

Nun gut, sagte der König, du sollst heute noch deine Bestallung haben – wenn ich deiner bei der Sitzung bedarf, werde ich nach dir senden.

Zoanthro verbeugte sich. So laß uns denn, sagte er, an die Besprechung unserer Experimente gehen. Wir hoffen, eine Methode zu finden, die uns gestattet, den Wuchs unserer Krieger vor dem Auszug zum Kampfe zu vergrößern und ihn nach der Rückkehr wieder auf das Normalmaß zurückzubringen.

Ich hasse die bloße Erwähnung von Krieg, rief der König mit Schaudern.

Gleichwohl müssen wir darauf bedacht sein, einen uns aufgezwungenen Krieg zu gewinnen, meinte Zoanthro. Ich weiß es wohl, stimmte der König bei, aber wenn unser Verfahren einmal auf der Höhe ist, brauchen wir nur noch wenige Krieger. Der Rest kann sich friedlichen und nützlichen Beschäftigungen zuwenden. Doch fahre fort mit der Besprechung.

Zoanthro unterdrückte ein Lächeln. Er erhob sich und trat auf die andere Seite des Tisches zu dem Affenmenschen. Einen Finger an Tarzans Schädelbasis legend, sagte er: Hier befindet sich, wie du weißt, ein kleiner rötlichgrauer Körper, der ein Serum enthält, das das Wachstum der Organe und Gewebe beeinflußt. Vor langer Zeit schon kam ich zu dem Schlusse, daß ein Ändern der normalen Funktion dieser Drüse das Wachstum oder den Wuchs seines Besitzers ändern könne. Ich machte Versuche mit kleinen Nagetieren und gelangte zu bemerkenswerten Ergebnissen; nur mein eigentliches Ziel, die Vergrößerung eines Menschen, konnte ich bisher noch nicht erreichen. Aber ich habe unzählige Methoden bereits angewendet und eines Tages wird mir auch das gelingen. Ich glaube, jetzt auf dem richtigen Wege zu sein, so daß das Weitere nur noch eine Frage von Versuchen ist. Wie du weißt, läßt sich durch das Streicheln des Gesichts mit einem glatten Steine eine angenehme Empfindung hervorrufen; drückt man aber stärker auf, dann erreicht man das

Gegenteil. So bin ich auch der Lösung meiner Aufgabe nahe. Ich habe noch nicht ganz die genaue Lösung, oder besser gesagt deren richtige Anwendung. Ich kann Geschöpfe kleiner, aber nicht größer machen, und obgleich ich die Verkleinerung mit Leichtigkeit vollziehe, kann ich die Periode oder die Dauer des Verbleibens im neuen Zustand nicht angeben. In einigen Fällen erreichten meine Versuchstiere ihre normale Größe erst in neununddreißig Monden wieder, in anderen Fällen genügten dazu drei. Ich hatte auch Fälle, in denen die normale Größe in stetigem Wuchse in sieben Sonnen erreicht wurde, in einigen anderen aber wuchs sich das Objekt schon im Zeitraum von hundert Herzschlägen von der Verkleinerung mit einem Male wieder aus. Dieser letzte Fall war aber dann stets von Ohnmachtsanfall und Bewußtlosigkeit begleitet, wenn er während des Wachseins eintrat.

Ganz natürlich, bemerkte Moelhago. Laß uns einmal sehen. Ich glaube, die Sache ist einfacher als du denkst. Du sagst, um dieses Geschöpf kleiner zu machen, sei es nur nötig, ihn mit einem Steinbrocken an die Schädelbasis zu schlagen. Dann ist doch die einfachste und wissenschaftlich einleuchtendste Methode, um ihn größer werden zu lassen, wenn man ihm mit dem Steine einen ähnlichen Schlag auf die Stirn gibt. Hole doch einmal einen Stein her, und wir werden die Richtigkeit deiner Theorie erproben.

Zoanthro wußte im ersten Augenblick nicht, wie er am besten das törichte Vorhaben des Königs verhindern konnte, ohne dessen Stolz zu demütigen und damit Ärger zu erregen. Aber Moelhagos Höflinge waren daran gewöhnt, in solchen Notfällen rasch einen Ausweg zu finden, und Zoanthro wußte sich zu helfen.

Deine Weisheit ist der Stolz deines Volkes, o Thagosto, und der glanzvolle Schwung deiner Ausdrucksweise stellt deine Höflinge in den Schatten. In überaus treffender Weise zeigst du den Weg zum Gelingen. Durch Umkehrung des Verfahrens müßten wir eine Vergrößerung erreichen. Aber leider, leider ist mir ein Versuch dieser Art fehlgeschlagen. Doch halt, laß uns das Experiment genau in der Weise wiederholen, in der es ursprünglich angestellt wurde. Vielleicht sind wir dann beim Umkehren ins Gegenteil imstande festzustellen, worauf mein damaliger Mißerfolg zurückzuführen ist. Er schritt rasch durch den Raum zu einer Reihe von Wandschränkchen, öffnete eines davon und nahm einen Käfig mit einer Anzahl Nagetiere heraus. Er wählte eines von ihnen aus und brachte es mit an den Tisch, wo er es mit Holzpflöcken und Stücken Schnur fest auf ein flaches Brett band, so daß es alle viere ausbreitete und flach auf dem

Bauche lag, während der Unterkiefer fest auf einer kleinen Metallplatte ruhte, die mit dem Rande des Brettes bündig angebracht war. Dann holte er einen Holzkasten mit einer großen Metallscheibe, die sich zwischen zwei senkrechten Stützen mit Hilfe einer Kurbel in rasche Drehung versetzen ließ. Auf der gleichen Achswelle wie die große saß eine kleinere feststehende Scheibe, die aus sieben Kreisausschnitten aus sieben verschiedenen Stoffen zusammengesetzt war. Jeder der Kreisausschnitte berührte mit einer Bürste oder einem Schleifkontakt leicht die umlaufende Scheibe.

Alle sieben Scheibenteile der festen Scheibe trugen auf der Rückseite Drähte, die Zoanthro nunmehr mit sieben Kontaktstiften auf dem Deckel des Holzkastens verband. Ein einzelner Draht, der von einem Stift an der Seite des Kastens ausging, endete in ein kleines gebogenes Metallblech, das an der Innenseite eines Lederkragens saß, den Zoanthro jetzt dem Nagetier so um den Hals legte, daß die Metallplatte mit dem Fell über der Schädelbasis in Berührung kam und so nahe wie möglich an der Schwelldrüse saß.

Danach wandte er wieder dem Holzkasten seine Aufmerksamkeit zu. Auf dessen Deckel befand sich außer den sieben Kontakten noch ein rundes Instrument mit einem Zifferblatt, dessen Rand eine Reihe Hieroglyphen trug. Aus der Mitte standen sieben konzentrische Röhrchen mit je einem Zeiger heraus; unter dem Zifferblatt saßen sieben kleine Metallscheiben, die so eingelegt waren, daß sich jeder Zeiger auf jede Scheibe einstellen ließ. Die sieben Scheiben lagen im Kreise, so daß ein beweglicher Zeiger von der Mitte des Zifferblattes sie alle bestrich.

Als Zoanthro alle Verbindungen hergestellt hatte, drehte er den freien Zeiger langsam von einer Metallscheibe zur anderen, wobei er seine Aufmerksamkeit angespannt auf das Zifferblatt richtete, dessen sieben Zeiger sich beim Verschieben des Stellzeigers in ganz verschiedener Weise bewegten.

Moelhago spielte den aufmerksamen, wenn auch etwas begriffsstutzigen Beobachter, und der Sklave Zuanthrol rückte unvermerkt immer näher an den Tisch, um das Experiment besser beobachten zu können, das für ihn so große Bedeutung besaß.

Zoanthro stellte immer noch weiter an seinem Zeiger, und die anderen Zeiger rückten da hin und dort hin und hüpften von einem Zahlenzeichen zum andern, bis der Walmak schließlich befriedigt schien.

Es ist nicht immer ganz einfach, das Instrument auf die Schwingungszahl des zu behandelnden Organs abzustimmen, erklärte er. Alle Gegenstände, selbst so unkörperlich erscheinende Dinge wie Gedanken, entsenden Körperchen, die so unendlich klein sind, daß ich sie selbst mit meinen empfindlichsten Instrumenten kaum nachweisen kann. Diese Körperchen bilden aber die grundlegenden Bausteine von allem, seien es belebte oder unbelebte Dinge, körperlicher oder nichtkörperlicher Art. Frequenz, Quanten und Rhythmus der Entsendung bestimmen die Natur des Stoffes. Jetzt habe ich die Zeiger auf den Koeffizienten eingestellt, der der Drüse des Objekts hier entspricht. Will ich nun in die Tätigkeit dieses Organs so eingreifen, daß das Wachstum des Tieres nicht nur angehalten, sondern ins Gegenteil verkehrt wird, dann muß ich die Frequenz herabsetzen, aber die Quanten und den Rhythmus der Ausstrahlung verstärken. Machen wir einmal praktisch den Versuch damit.

Der Fürst drückte einige Schaltknöpfe an der Seite des Kastens, ergriff die Kurbel der beweglichen Metallscheibe und begann sie rasch zu drehen.

Die sofort bemerkbare Wirkung war geradezu traumhaft. Der König Moelhago und der Sklave Zuanthrol sahen mit eigenen Augen, wie das Nagetier rasch immer kleiner wurde, ohne daß sich dabei das Verhältnis der Körperteile zueinander geändert hätte. Tarzan, der sich jedes Wort des Walmak und jeden seiner Griffe gemerkt hatte, beugte sich weit vor, um genau die Anordnung zu betrachten. Moelhago sah auf und bemerkte sein Interesse.

Wir brauchen diesen Burschen doch jetzt nicht, sagte er zu Zoanthro. Schicke ihn fort.

Wohl, o Thagosto, erwiderte dieser. Dann rief er einen Krieger und befahl ihm, Tarzan mit Florensal in einen gesicherten Raum zu sperren, bis er sie wieder nötig hätte.

Tarzan bricht aus

Man führte die beiden durch mehrere Räume und Gänge bis nach der Mitte der Kuppel, wo man sie in eine kleine Kammer stieß, die sich auf gleicher Höhe mit dem eben verlassenen Saale befand. Die schwere Türe wurde hinter ihnen ins Schloß geworfen und der Riegel vorgeschoben.

Im Räume befand sich keine Kerze, aber ein schwaches Licht milderte die Dunkelheit, so daß das Innere des Raumes erkennbar war. Die Kammer enthielt zwei Bänke und einen Tisch, weiter nichts. Das Licht, das durch eine schmale Fensteröffnung mit schweren Gitterstäben eindrang, war aber offenbar Tageslicht.

Wir sind allein, flüsterte Florensal, und können endlich miteinander sprechen, müssen aber gleichwohl vorsichtig sein.

Wo sind wir eigentlich? fragte Tarzan. Du kennst minunische Bauten besser als ich.

Auf dem obersten Geschoß des Königsdomes, antwortete der Prinz. In keinem anderen Gebäude würde Moelhago mit so wenig Förmlichkeit Besuch machen. Wir befinden uns in einer der innersten Kammern, unmittelbar am Mittelschacht, der vom untersten Stockwerk bis oben zum Scheitel der Kuppel hinaufreicht. Deswegen brauchen wir hier keine Kerze, um am Leben zu bleiben. Wir bekommen nämlich Luft genug durch die Fensteröffnung. Aber erzähle mir, was sich im Saale mit Zoanthro und Moelhago zugetragen hat.

Ich habe herausgefunden, wie sie mich zum Zwerg gemacht haben, erzählte ihm Tarzan, aber ich habe dabei auch noch erlauscht, daß ich jeden Augenblick damit rechnen muß, meine volle Größe wiederzuerlangen. Der Zeitpunkt dafür kann in drei bis zu neununddreißig Monaten eintreten, vom Tage meiner Verkleinerung an gerechnet.

Hoffentlich tritt dieses Ereignis nicht ein, solange wir hier in diesem kleinen Raum sind, rief Florensal. Das Hinauskommen dürfte mir dann verzweifelt schwer werden, stimmte Tarzan bei. Du würdest nie mehr hinauskommen, bemerkte sein Freund. Ehe sie dich kleiner machten, hättest du dich vielleicht durch die Flure der unteren Stockwerke durchquetschen können, aber die Gänge auf den Obergeschossen sind viel kleiner, um die Wölbung besser abzustützen.

Dann muß ich also so rasch wie möglich suchen, hier hinauszukommen, meinte Tarzan.

Florensal schüttelte den Kopf. Hoffnung ist wunderschön, mein Freund, aber wenn du ein Minunier wärest, dann wüßtest du, daß sie in unserer Lage einfach Vergeudung von Denkarbeit ist. Sieh dir diese Gitterstäbe an: Er ging zum Fenster und rüttelte an den schweren Eisenstangen: Glaubst du etwa, mit denen fertig werden zu können?

Das habe ich noch nicht untersucht, entgegnete der Affenmensch. Aber ich werde niemals die Hoffnung auf Entkommen aufgeben. Daß ihr das tut, ist der Hauptgrund, warum ihr ewig in der Knechtschaft bleibt. Du bist zu sehr Fatalist, Florensal.

Tarzan war bei seinen Worten neben den Prinzen an das Fenster getreten und faßte einen der Gitterstäbe. Die scheinen nicht allzu schwer zu sein, meinte er. Er legte sich dagegen und übte einen Druck auf sie aus. Sie bogen sich. Jetzt bekam Tarzan Interesse, Florensal desgleichen. Der Affenmensch wendete seine ganze Kraft an und hielt schließlich zwei völlig krummgebogene Stäbe in der Hand.

Florensal starrte ihn verwundert an. Zoanthro hat wohl deine Gestalt zum Schwinden gebracht, aber deine Kraft hast du in vollem Umfang behalten, rief er. Ich kann es mir auch nicht anders erklären, antwortete Tarzan, der inzwischen die übrigen Gitterstäbe einen nach dem anderen aus dem Fenster riß. Einen der kürzeren bog er wieder gerade und reichte ihn Florensal. Sie geben gute Waffen ab, meinte er, falls wir um unsere Freiheit kämpfen müssen. Damit bog er sich selbst einen anderen Stab zurecht.

Der andere sah voll Staunen auf ihn: Denkst du wirklich, einer Stadt von vierhundertundachtzigtausend Einwohnern Trotz zu bieten, mit nur einem Eisenstab als Waffe?

Und mit meinem Witz dazu, ergänzte Tarzan.

Den wirst du brauchen, meinte der Prinz.

Das will ich auch, versicherte ihm sein Freund.

Wann soll's denn losgehen? spöttelte der Minunier.

Heute nacht, morgen, nächsten Monat – was weiß ich? entgegnete der Affenmensch. Man muß die Gelegenheit reif werden lassen. Ich bin schon die ganze Zeit auf der Hut und warte darauf. Meine Flucht hat in gewissem Sinne in dem Augenblick begonnen, in dem ich wieder zum Bewußtsein kam und feststellte, daß ich Gefangener war.

Florensal schüttelte nur den Kopf.

Du hast scheint's kein Vertrauen zu mir? fragte Tarzan. Doch, gerade das habe ich, erwiderte der Prinz. Mein nüchternes Urteil sagt mir, daß du nie Erfolg haben kannst, und gleichwohl mache ich dein Geschick zu meinem, weil ich auf einen glücklichen Ausgang hoffe, ja, weil ich daran glaube. Wenn das kein Vertrauen ist, dann weiß ich nicht.

Der Affenmensch lächelte. Ein lautes Lachen ließ er selten oder nie hören. Dann ans Werk, sagte er. Erst müssen wir diese Stäbe wieder so einsetzen, daß man von der Tür aus keine Veränderung bemerkt, denn ich nehme an, daß wir Besuch bekommen werden. Irgend jemand muß uns doch schließlich etwas zu essen bringen, und der darf keinen Verdacht schöpfen.

Sie brachten das Gitter wieder so an, daß es sich rasch abnehmen und wieder anbringen ließ. Inzwischen wurde es dunkel, und sie waren eben mit dieser Arbeit fertig, als die Türe aufging und zwei Krieger mit Kerzen erschienen, denen ein Sklave mit ein paar eimerartigen Eßgefäßen und Wasserkrügen aus glasiertem Ton folgte.

Sie stellten das Essen und das Wasser eben in die Türe und schickten sich an, wieder mit ihren Kerzen zu gehen, als Florensal sich an sie wandte. Wir sind ohne Kerze, o Krieger, sagte er zu dem nächsten. Kannst du uns nicht eine der eurigen dalassen?

In diesem Raume braucht ihr keine Kerze, beschied ihn der Mann. Eine Nacht im Dunkeln wird euch ganz gesund sein, und morgen kommt ihr wieder in die Steinbrüche zurück. Zoanthro ist fertig mit euch. Im Steinbruch habt ihr dann Kerzen genug. Damit ging er und schloß das Tor hinter sich.

Die beiden Sklaven hörten, wie der schwere Riegel auf der Außenseite vorgeschoben wurde. Es war jetzt so dunkel, daß sie nur mit Mühe die Eßgefäße und Wasserkrüge fanden.

Nun? fragte Florensal, der sich über eines der Eßgefäße hermachte. Hältst du die Sache immer noch für so einfach, wenn du morgen schon wieder im Steinbruch bist, gute fünfhundert Huals tief unter der Erde?

Da werde ich nicht sein, erwiderte Tarzan, und du so wenig wie ich.

Wieso denn? fragte der andere.

Sie denken uns morgen wieder in die Steinbrüche zu bringen, also müssen wir eben heute nacht ausbrechen, erklärte ihm Tarzan.

Florensal lachte nur.

Tarzan aß sich erst satt, dann ging er ans Fenster, nahm das Gitter weg, suchte sich den einen für seine Zwecke zurechtgebogenen Stab heraus und kroch damit durch den Gang, der zum anderen Ende des Fensterdurchbruchs führte, denn selbst hier war die Wand zehn Huals dick, und ein Hual würde auf unsern menschlichen Maßstab vergrößert etwa einem Fuß entsprechen. Tarzan mußte dabei auf allen vieren kriechen. Am Ende konnte er über sich den schwarzen Himmel mit einigen Sternen sehen. Rund um den Schacht deuteten ab und zu hellere Flecken den Widerschein beleuchteter Räume an. Bis zum Scheitel der Kuppel war nur eine geringe Entfernung, aber nach unten fiel der Schacht gute vierhundert Huals ab. Sobald Tarzan alles erkundet hatte, was sich vom Fensterrand aus sehen ließ, schob er sich in die Kammer zurück.

Wie weit ist es wohl von der Schwelle dieses Fensters bis zum Scheitel der Kuppel? fragte er.

Etwa zwölf Huals, meinte Florensal.

Tarzan nahm den längsten Gitterstab und maß ihn, so gut er konnte. Zu weit! sagte er.

Was ist zu weit? fragte der Prinz.

Das Dach, erwiderte Tarzan.

Aber was kümmert es dich, wo das Dach ist? Du wirst doch nicht außen über die Kuppel entkommen wollen? Sicher hätte ich das getan, wenn es möglich gewesen wäre, entgegnete der Affenmensch. Aber jetzt müssen wir durch den Schacht nach unten, und das bedeutet, daß wir das ganze Gebäude nach dem Ausgang zu durchqueren müssen. Der andere Weg hätte viel weniger Entdeckungsgefahr in sich geschlossen.

Florensal lachte laut: Anscheinend glaubst du, bei der Flucht aus einer minunischen Stadt brauche man nur hinauszugehen? So einfach ist das nicht. Da sind Wachtposten im Innern und die Streifen draußen. Du wärest entdeckt, ehe du nur halbwegs außen über die Kuppel hinabkämest. Außerdem hättest du dich schon vorher zu Tode gefallen.

Dann ist vielleicht doch der Weg durch den Schacht sicherer, meinte Tarzan. Es besteht weniger Gefahr, vor der Erreichung des Bodens unten entdeckt zu werden.

Willst du etwa gar im Schacht hinabklettern? rief Florensal. Du bist toll. Nicht bis zum nächsten Stockwerk kann man hinabklettern, ohne abzustürzen, und von hier bis zum Boden unten müssen reichlich vierhundert Huals sein.

Warte ab, beschied ihn Tarzan.

Florensal hörte, wie sein Gefährte sich im Gemach umhertastete, vernahm das Kratzen von Metall auf Stein und bald auch ein dumpfes Klopfen.

Was machst du da? fragte er.

Warte ab, sagte Tarzan.

Florensal wartete voll Bewunderung, bis Tarzan wieder sprach.

Kannst du den Raum finden, in dem Talaskar in den Steinbrüchen festgehalten wird? fragte er.

Warum? erkundigte sich der Prinz.

Weil wir sie holen müssen, bemerkte Tarzan. Wir haben ihr versprochen, nicht ohne sie davonzugehen.

Ich kann ihn finden, sagte Florensal, aber seine Antwort kam Tarzan etwas mürrisch vor.

Einige Zeit lang arbeitete Tarzan schweigend weiter, und man hörte nichts als das gedämpfte Klopfen und das Kratzen von Eisen auf Stein und von Eisen auf Eisen.

Kennst du alle Bewohner von Trohana? fragte Tarzan unvermittelt.

Unmöglich, erwiderte der Prinz. Wir sind einschließlich der Sklaven eine Million Seelen. Wie soll ich die alle kennen?

Kennst du denn wenigstens von Ansehen die Bewohner des Königsbaus? fragte der Affenmensch weiter.

Auch die nicht, antwortete der andere, wenn ich auch die Edlen und die Angehörigen der Kriegerkaste wohl meist von Ansehen, wenn auch nicht mit Namen kenne.

Tut das sonst jemand? erkundigte sich Tarzan.

Ich glaube kaum.

Dann ist's recht, rief Tarzan.

Wieder entstand eine Pause, bis der Affenmensch fragte: Kann ein Krieger in einem Dome seiner eigenen Stadt überallhin, ohne Rede stehen zu müssen?

Unter gewöhnlichen Verhältnissen tagsüber wohl, aber nicht im Königsdom.

Bei Nacht darf man das also nicht? fragte Tarzan.

Nein, beschied ihn sein Gefährte.

Kann ein Krieger bei Tage in den Steinbrüchen nach Belieben kommen und gehen?

Wenn er anscheinend eine Besorgung hat, wird ihn für gewöhnlich niemand fragen.

Tarzan schwieg und arbeitete noch eine Weile weiter. Komm, sagte er plötzlich. Wir sind so weit.

Ich will mit dir gehen, sagte Florensal, denn ich habe dich lieb und denke, es ist besser, zu sterben, als Sklave zu bleiben. Wenigstens wird uns der Rest unseres Lebens noch etwas wert sein, auch wenn es nicht mehr lange dauert.

Ich denke freilich, daß es uns noch etwas wert sein wird, entgegnete Zuanthrol. Vielleicht mißlingt unsere Flucht, aber gleich dir will ich lieber sterben, als mein Leben lang Sklave bleiben. Heute nacht müssen wir den ersten Schritt zur Freiheit tun, denn wenn wir erst wieder in den Steinbrüchen sind, haben wir keine Gelegenheit mehr zu einem erfolgreichen Fluchtversuch, und diese Nacht ist die einzige, in der wir noch auf der Erdoberfläche gelassen werden.

Wie denkst du aus der Kammer zu kommen?

Wir müssen durch den Mittelschacht, erwiderte Tarzan. Aber erst sage mir noch, kann ein Sklave in der weißen Tunika die Steinbrüche am Tage ungehindert betreten?

Florensal fragte sich verwundert, was alle diese anscheinend unzusammenhängenden Fragen mit ihrer Flucht zu tun hatten, antwortete aber geduldig:

Nein, die weiße Tunika kommt nie in die Steinbrüche.

Hast du die Eisenstange, die ich für dich geradegebogen habe?

Ja.

Dann folge mir durch die Fensteröffnung und bringe die noch übrigen Stangen mit. Die meisten habe ich schon. Komm.

Florensal hörte das Klirren der Eisen, als Tarzan durch die Fensterhöhlung kroch. Dann folgte er ihm. Am Eingang der Fensterscharte fand er vier Stäbe, die ihm Tarzan übriggelassen hatte. Die Enden der Eisen waren zu Haken umgebogen, das war die Arbeit, mit der sich Tarzan im Dunkeln befaßt hatte. Florensal fragte sich erstaunt, wozu sie wohl dienen sollten, als er beim weiteren Vorkriechen an Tarzan stieß.

Nur noch einen Augenblick, sagte der Affenmensch. Ich mache eben ein Loch in den Fenstersims. Wenn das fertig ist, dann sind wir so weit. Gleich darauf drehte er sich zu seinem Gefährten um: Gib mir die Stangen her.

Florensal reichte dem andern die Eisenstäbe und hörte ihn leise arbeiten. Dann schob der Affenmensch sich in der Scharte herum, und auf einmal fand sich der Prinz Tarzans Gesicht gegenüber.

Ich gehe voran, Florensal, sagte der Affenmensch. Komm an den Rand der Fensteröffnung, und wenn du mich einmal pfeifen hörst, dann folge.

Wohin? fragte der Prinz.

Den Schacht hinab nach der nächsten Fensterbrüstung, die uns Halt gewährt. Hoffentlich findet sich eine innerhalb der nächsten achtzehn Huals. Ich habe die Haken aneinandergehängt und das oberste Ende in das Loch im Sims eingehakt. Das untere hängt achtzehn Hual tiefer.

Lebe wohl, mein Freund, sagte Florensal.

Tarzan schwang sich lächelnd über die Kante des Fensters. In einer Hand hielt er die Eisenstange, die er als Waffe trug, mit der anderen Hand hielt er sich am Sims, unter ihm achtzehn Hual weit reichend baumelte die unsichere Leiter aus eisernen Haken, und darunter erstreckte sich als pechschwarzer Abgrund der Schacht vierhundert Hual tief. Jetzt erfaßte er mit der Hand, in der er auch die Eisenstange hielt, den oberen Hakenstab. Dann griff seine andere Hand herunter und faßte etwas tiefer. Auf diese Weise ließ er sich ganz langsam immer nur einige Fingerbreit auf einmal hinab. Er hatte zwei Gründe zur Vorsicht. Jeder plötzliche Ruck in den Haken konnte sie geradebiegen und ihn in den Abgrund stürzen lassen. Außerdem mußte aber auch jedes Geräusch vermieden werden. Die gänzliche Dunkelheit war eher ein Vorteil, denn sie entzog ihn dem Blick zufälliger Zuschauer, die etwa auf der anderen Seite des Schachtes durch eine Fensteröffnung sehen konnten. Beim Hinabsteigen fühlte er mit den Füßen rechts und links nach Fenstern in der Mauer, aber er war schon ziemlich am Ende seiner Kettenleiter, als er merkte, daß dieses in einer Fensteröffnung hin und her pendelte. Er ließ sich noch etwas tiefer, bis er durch das Fenster sehen konnte. Es war dunkel, schien also in einen unbewohnten Raum zu führen.

Hoffentlich war das andere Ende der Fensterscharte nicht vergittert oder das Tor auf der Außenseite verschlossen.

Er pfiff einmal leise und merkte gleich darauf an den Bewegungen der Kette, daß sein Gefährte den Abstieg begonnen hatte. Die Fensteröffnung hier unten war so hoch, daß er aufrecht darin, stehen konnte. Bald stand der andere neben ihm.

Puh, sagte der Prinz flüsternd. Bei Tage möchte ich diese Kletterei mit dem Blick in den Abgrund nicht machen. Aber was jetzt? Wir sind schon weiter, als ich zu träumen gewagt hatte. Nunmehr fange ich doch an, unser Entkommen für möglich zu halten.

Vorläufig haben wir noch gar nicht damit angefangen, aber jetzt geht es los, versicherte Tarzan: Vorwärts.

Sie packten ihre rohen Waffen, schlichen durch die Scharte, die sie unvergittert fanden, und stiegen in die Kammer dahinter hinein. Tarzan, der stets vorsichtig mit Hand und Fuß um sich tastete, ehe er einen Schritt weitertat, fand den Raum mit Fässern und Flaschen in Kisten und Körben angefüllt. Florensal kam gleich hinter ihm her.

Wir befinden uns in einem der Räume, in denen die mit Überwachung des Weinverbots beauftragten Edlen die beschlagnahmten Getränke aufheben, flüsterte der Prinz. Seit meiner Gefangennahme habe ich schon allerlei darüber reden hören. Die Krieger und selbst die Sklaven reden den ganzen Tag von nichts anderem als davon und von den hohen Steuern. Wahrscheinlich ist die Türe stark verschlossen. Sie hüten diese verbotenen Getränke besser als Gold und Edelsteine.

Ich habe den Flur nach dem Tore gefunden, flüsterte Tarzan, und ich kann an der Schwelle Licht sehen.

Verstohlen schlichen sie den Gang entlang und packten krampfhaft ihre Waffen, als Tarzan leise auf die Klinke drückte. Das Tor gab nach! Vorsichtig stieß der Affenmensch den Türflügel auf, bis man durch einen schmalen Schlitz einen Teil des Raumes übersehen konnte. Der Fußboden war mit prachtvollen dicken, weichen Teppichen belegt. Die sichtbare Wandseite war mit kostbaren Geweben in bunten Farben und fremd anmutenden Mustern behängt. Gerade vor sich sah er einen Mann flach zu Boden gestreckt auf dem Gesicht liegen und eine rote Lache befleckte das weiße Fell unter seinem Kopfe.

Tarzan öffnete die Tür noch etwas weiter und entdeckte die Gestalten von drei weiteren Männern. Zwei lagen auf dem Boden, der dritte lag auf einem niedrigen Diwan. Der Anblick dieser tragischen Szene hielt die Augen des Affenmenschen einen Augenblick gefesselt, dann aber stieß er das Tor ganz auf und stand mit hocherhobener Waffe mitten im Raume, um keinem etwa hinter der Türe lauernden Gegner Gelegenheit zu geben, ihn von dort aus beim Hineinschleichen niederzuschlagen. Ein kurzer Blick durch den Raum enthüllte die Körper von sechs weiteren Männern, die auf einem Haufen in der Ecke lagen.

Nacht und Tag im Königsdom

Florensal stand schon an Tarzans Seite, um sein Teil am Kampfe auf sich zu nehmen, falls ein solcher nötig würde, aber auf einmal ließ er seine Eisenstange sanken und ein breites Lachen überzog sein Gesicht. Tarzan sah ihn erstaunt an. Was ist das hier? Warum hat man sie getötet?

Die sind nicht tot, Freund, erwiderte Florensal. Diese Edlen, deren Pflicht es ist, das Weintrinken zu verhindern, sind nicht tot, sondern – betrunken. Aber einer, der da vor meinen Füßen, liegt doch in seinem Blute! sagte Tarzan.

Oh, das ist Rotwein, aber kein Blut, versicherte sein Gefährte. Da mußte Tarzan selbst lachen.

Einen besseren Abend konnten sie für ihre Schwelgerei gar nicht wählen, meinte er. Wären sie nüchtern geblieben, dann hätten wir die Türe vom Lagerraum hierherein sicher nicht offen gefunden.

Bestimmt nicht. Dafür hätten wir es aber mit einer Wache von nüchternen Kriegern statt mit betrunkenen Edelleuten zu tun bekommen. Wir haben wirklich Glück, Zuanthrol.

Der Prinz hatte kaum ausgesprochen, als eine Tür auf der anderen Seite des Zimmers aufging und zwei Krieger eintraten. Sie blickten erst auf die zwei ihnen gegenüberstehenden Gestalten.

Was habt denn ihr Sklaven hier zu suchen? fragte einer der Ankömmlinge.

St! warnte Tarzan mit einem Finger an den Lippen. Kommt herein und schließt die Türe, damit keiner lauscht.

Da ist keiner zum Lauschen, fuhr ihn der eine an, aber trotzdem traten sie ein und schlossen die Türe hinter sich. Was soll das heißen?

Daß ihr meine Gefangenen seid, rief der Affenmensch, der sich mit hocherhobener Eisenstange zwischen sie und die Türe stellte.

Mit einem höhnischen Lächeln zogen die zwei Krieger ihre Degen und warfen sich, ohne dem anderen Sklaven Beachtung zu schenken, auf den Affenmenschen, während der Prinz die Gelegenheit benützte, seine Eisenstange beiseitezuwerfen und einem der trunkenen Edlen den Degen von der Seite zu reißen. Mit dieser Waffe war Florensal für jeden ein gefährlicher Gegner geworden, denn selbst unter allen Kriegern von Trohana, die als Fechter gefürchtet waren, fand sich keiner, der es mit ihm hätte aufnehmen können.

Tarzan mit seiner Eisenstange befand sich den zwei geübten Fechtern gegenüber in solchem Nachteil, daß es um ihn geschehen gewesen wäre, hätte nicht Florensal, nunmehr mit einem Degen bewaffnet, durch einen Sprung einen der zwei Krieger auf sich gelenkt. Aber auch der andere allein machte Tarzan zu schaffen.

Dein Gefangener bin ich, he, du Sklave? höhnte er, während er einen Ausfall machte. Sein Gegner war vielleicht kein so guter Fechter, aber der Herr der Dschungel hatte nicht umsonst Bolgani und Numa gegenübergestanden. Seine Bewegungen waren wie der Blitz und seine Stärke nicht geringer als zu der Zeit, bevor ihn Zoanthro klein gemacht hatte. Beim ersten Angriff des Kriegers wollte er dem Stoß des Degens durch einen Seitensprung ausweichen, fand sich aber zu seinem eigenen Erstaunen so gut wie zu dem der anderen statt einen Schritt daneben gleich am anderen Ende des Zimmers. Dann drang der Soldat wieder auf ihn ein; dessen Gefährte fand sich aber in der Zwischenzeit von dem Zertalosto von Trohana voll in Anspruch genommen.

Zweimal hatte Tarzan schon Hiebe mit seiner schwerfälligen Eisenstange pariert, dann ging ein Stich nur haarbreit vorbei. Ein gefährlicher Augenblick war es für Tarzan, denn der Gegner hatte ihm nach dem Unterleib gezielt gehabt, aber für den anderen bedeutete er den Tod, denn der Affenmensch ließ seinen Stab auf das nunmehr ungedeckte Haupt des Kriegers niedersausen, der mit bis aufs Nasenbein gespaltenem Schädel röchelnd zu Boden fiel.

Dann wollte Tarzan Florensal zu Hilfe kommen, aber der Sohn von Drohahkis bedurfte keines Beistands mehr. Er hatte seinen Gegner an die Wand gedrängt und rannte ihm eben den Degen durchs Herz. Florensal drehte sich rasch um und sah den Affenmenschen stehen. Nur mit einer Eisenstange bewaffnet hast du einen minunischen Degenfechter besiegt! rief er. Das hätte ich nie für möglich gehalten. Ich beeilte mich soviel wie möglich, um dir zu Hilfe kommen zu können, ehe es zu spät war.

Tarzan erklärte lachend: Gerade dasselbe wollte ich. Und wenn ich nicht diesen Degen gefunden hätte, dürftest du wohl auch dazu Gelegenheit gehabt haben.

Doch was weiter? Wir haben schon viel mehr erreicht als möglich schien. Jetzt staune ich über nichts mehr.

Wir werden mit diesen zwei unglücklichen Herrchen da die Kleider wechseln, sagte Tarzan, der bereits seine grüne Tunika auszog.

Florensal folgte vergnügt dem Beispiel seines Gefährten. Ich merke, daß es andere Völker gibt, die ebenso hoch stehen wie die Minunier, erklärte er. Ehe ich dich kennenlernte, hätte ich das nicht geglaubt.

Gleich darauf standen die beiden in der Kleidung von Kriegern von Veltopis da, und Tarzan zog seinem gefallenen Gegner seine eigene grüne Tunika über.

Wozu tust du das? fragte der Prinz.

Mache es mit dem anderen Toten ebenso, und du sollst es gleich sehen, erwiderte Tarzan.

Florensal tat, wie ihm geheißen war, und der Affenmensch nahm eine Leiche auf die Schulter und trug sie in den Lagerraum, wohin ihm der Prinz mit der anderen folgte. Tarzan nahm seine Bürde mit durch die Fensteröffnung, schleuderte sie den Schacht hinab, ließ sich dann von seinem Gefährten die andere geben und warf sie hinterher.

Falls sie nicht zu genau nachsehen, meinte er, nehmen sie vielleicht an, daß wir beim Fluchtversuch auf diese Art unser Ende gefunden haben. Mit diesen Worten hängte er zwei Haken von der Kettenleiter ab und ließ sie hinunterfallen. Das verleiht der Sache noch mehr Wahrscheinlichkeit, setzte er erklärend hinzu.

Die beiden begaben sich jetzt nach dem Raum mit den betrunkenen Edelleuten zurück, deren wohlgefüllte Taschen Florensal zunächst ausleerte. Wir müssen nehmen, soviel wir kriegen können, sagte er, falls wir einige Zeit lang Krieger von Veltopis spielen wollen. Ich kenne den Ruf der hiesigen

Bevölkerung. Mit Gold kann man hier allerlei machen, Wachtposten blenden, Beamte freundlich machen und so weiter, vorausgesetzt, daß sie nicht die Wahrheit über uns ahnen.

Das ist deine Aufgabe, sagte Tarzan, denn ich kenne die Lebensgewohnheiten eurer Völker nicht. Aber hier dürfen wir nicht bleiben. Diese wackeren Leute hier sind uns durch ihre Trunkenheit recht dienlich gewesen, aber sich selbst auch, denn sie sind noch am Leben, während jene anderen zwei, die sich in Nüchternheit auf dem Pfade der Pflicht hielten, dahinfuhren.

Das Schicksal geht seine eigenen Wege, bemerkte dazu weise Florensal.

In Minunien wie in der ganzen Welt, pflichtete ihm Tarzan bei, der jetzt zur Türe hinaustrat und sich auf einem Flur fand.

Schweigend gingen sie den Gang entlang, der um diese frühe Morgenstunde völlig leer war. Sie kamen an erleuchteten Räumen vorbei, in denen Männer und Frauen friedlich im Scheine vieler Kerzen schliefen. Auch einen eingeschlafenen Wachtposten vor dem Eingang zur Wohnung eines Vornehmen trafen sie auf ihrem Wege. Niemand sah sie, und so wanderten sie eine Reihe von Rampenwegen hinab und durch endlose Flure, bis sie weit ab waren von jenem Teile des Königsdomes, in dem man sie eingekerkert hatte und naturgemäß nach ihnen suchen würde, falls man die beiden Leichen im Schacht nicht alsbald fand oder falls man feststellte, daß man in ihnen nicht die zwei Entsprungenen vor sich hatte.

Jetzt kam ihnen, ohne sie zu beachten, ein Sklave in der weißen Jacke entgegen, dem bald weitere folgten, und die beiden merkten, daß der Tag herannahte und daß sich die Flure bald mit den Bewohnern des Gebäudes füllen würden.

Das Richtige ist, meinte Florensal, wir suchen ein Versteck, bis mehr Leute unterwegs sind. Im Menschengewühl fallen wir weniger auf als unter wenigen Leuten.

Fast alle Räume, an denen sie vorbeikamen, waren aber von Familien bewohnt und die leeren waren ohne Kerzen ein zu gefährlicher Aufenthalt auf längere Zeit. Aber Florensal nahm bald Tarzan am Arme und deutete auf ein Schriftzeichen neben einer Türe.

Das ist das Richtige für uns, sagte er.

Was gibt's denn dort? fragte Tarzan. Doch als sie an das Tor kamen meinte er: Aber das geht doch nicht! Dieser Raum ist voller Menschen! Wir werden beim Erwachen entdeckt werden –

– aber nicht erkannt, bedeutete ihm der andere. Wenigstens sind die Aussichten dazu gering. Dies ist ein öffentlicher Raum, in dem sich jeder sein Unterkommen für die Nacht kaufen kann. Zweifellos sind hier drin auch Gäste von anderen Domen, so daß Fremde nicht besonders auffallen werden.

Tarzan folgte seinem Freunde in den Raum. Ein Sklave in der weißen Jacke trat auf sie zu.

Kerzen für zwei, befahl Florensal und gab dem Sklaven ein kleineres von den Goldstücken, um die er die Taschen der schlafenden Edlen erleichtert hatte.

Der Bursche führte sie in eine entfernte Ecke des Raumes, wo genug Platz auf dem Boden war, zündete zwei Kerzen an und verließ sie. Einen Augenblick später streckten sich beide lang auf den Boden, kehrten das Gesicht als Schutz gegen etwaige Erkennung nach der Wand und fielen in Schlaf.

Als Tarzan erwachte, fand er sich mit seinem Freunde allein im Raume. Die anderen waren alle schon gegangen. Er weckte seinen Gefährten, denn er glaubte, sie dürften nichts tun, was irgendwie Aufmerksamkeit erregte. Man brachte ihnen Wasser, und sie wuschen sich.

Danach gingen Tarzan und Florensal auf den Flur hinaus. Eine breite Straße führte quer durch die Domstadt, auf der jetzt zwei dicht gedrängte Reihen von Menschen in entgegengesetzter Richtung ihres Weges gingen. Gerade das Gedränge bot ihnen den besten Schutz gegen Entdeckung. In kurzen Abständen aufgestellte Kerzen verbreiteten helles Licht und reinigten die Luft. Offene Türen zeigten alle Arten von Läden, in denen Männer und Frauen handelten, und hier gewann Tarzan erst einen richtigen Einblick in das wirkliche Leben von Veltopis. Alle Läden wurden von Sklaven in der weißen Jacke gehalten, aber unter den Kunden waren Sklaven so gut wie Krieger mit anderen Kunden beiderlei Geschlechts aus jeder Kaste vertreten. Hier hatte Tarzan zum ersten Male Gelegenheit, die Frauen der Kriegerkaste auf der Straße zu sehen. Er hatte zwar die Prinzessin Dschansara in der königlichen Behausung gesehen und durch die Tore in verschiedenen Teilen des Palastdomes allerlei Frauen bei verschiedenen Verrichtungen erblicken können; aber hier sah er sie zum ersten Male richtig im alltäglichen Leben. Sie hatten das Gesicht zinnoberrot und die Augen blau gemalt, und ihre Kleidung war so angeordnet, daß der linke Arm und das linke Bein unverhüllt blieben. Aber sobald sich nur eine Spur des rechten Handgelenks oder Fußknöchels zeigte, deckten sie mit augenscheinlicher Verlegenheit und Scham wieder die Kleidung darüber. Die Vorderseiten der Läden waren mit leuchtenden Bildern bemalt, meist Darstellungen der zum Verkauf ausgestellten Waren, zusammen mit Hieroglyphen, die den Preis der Waren und den Namen des Inhabers ankündigten. Eine dieser Angaben zog schließlich die Aufmerksamkeit des Prinzen auf sich, der Tarzans Arm berührte.

Ein Platz, an dem man zu essen bekommt. Laß uns eintreten.

Ich wüßte nicht, was ich lieber täte, sagte Tarzan. Ich bin halb verhungert. So traten sie denn in den kleinen Laden, in dem bereits mehrere Gäste dicht hinter kleinen Bänken auf dem Boden hockten, während die Mahlzeiten in Holztellern auf die Bänke vor sie gestellt wurden. Florensal suchte einen Platz im hinteren Teile des Raumes, in dessen Nähe ein Gang nach einem Laden anderer Art führte, denn nicht alle Geschäftsräume hatten ihren eigenen Eingang, zu manchen konnte man nur durch andere gelangen.

Sie hockten sich nieder, zogen eine Bank vor sich und sahen sich um. Augenscheinlich waren sie in ein Lokal für die niederen Klassen, für Sklaven und ärmere Krieger, geraten, von denen ein paar in den Winkeln herumsaßen. An ihren abgetragenen Kleidern und Ausrüstungsstücken konnte man leicht ihre Armut erkennen. Im Nebenladen waren einige dieser armen Teufel damit beschäftigt, ihre Kleider selbst mit Zeug auszubessern, das sie an dieser armseligen Verkaufsstelle erstanden hatten.

Ein Sklave in einer Tunika aus billigem weißen Stoff trug ihnen ihr Mahl auf und war höchlich erstaunt, als er für Mahl und Bedienung Bezahlung in Gold bekam. Das kommt selten vor, meinte er, daß die Krieger, die in unserer armseligen Gaststätte einkehren, Gold besitzen. Stücke Eisen oder Blei und viel Holzgeld gelangt in meine Truhe, aber Gold bekomme ich nur recht selten zu sehen. Früher war das anders. Damals gehörten die Reichsten der Stadt zu meinen Gästen. Aber betrachtet euch jenen hochgewachsenen Mann mit dem runzligen Gesicht. Einst war er reich, der reichste Krieger hier im Dome. Seht ihn euch heute an! Und schaut in den Nebenraum, da leisten Leute Handarbeiten, die einst so reich waren, daß sie selbst für ihre besseren Sklaven noch andere hielten, um ihnen die gewöhnlicheren Arbeiten abzunehmen. Alle miteinander sind sie der Steuer zum Opfer gefallen, die Moelhago auf das Handwerk gelegt hat.

Arm sein, fuhr er fort, ist heute besser als reich sein. Der Arme braucht keine Steuern zu zahlen, während einer, der tüchtig schafft und Vermögen anhäuft, nur seine Mühe davon hat, weil ihm die Regierung alles andere wieder abnimmt.

Da drüben sitzt ein Mann, der einst sehr reich war. Sein ganzes Leben lang hatte er hart gearbeitet und sich ein Vermögen gemacht. Einige Jahre lang nach Moelhagos neuer Steuerauflage arbeitete er mit grimmigem Eifer, um wenigstens so viel zu verdienen, daß er davon leben und seine Steuern bezahlen konnte. Aber er fand bald, daß das unmöglich war. Er hatte einen Feind, der ihm einst bitter Unrecht getan hatte. Diesem Manne, der arm war, schenkte er den Rest seines großen Vermögens und seiner Güter. Damit nahm er furchtbare Rache. Aus einem zufriedenen Menschen ist jenes Opfer von Feindeslaune jetzt zu einer ausgemergelten Ruine geworden, die sich achtzehn Stunden täglich plagt im müßigen Bestreben, ein Einkommen zu sichern, das die Steuer wieder wegnimmt.

Als die zwei Flüchtlinge ihr Mahl beendet hatten, kehrten sie auf den Flur zurück und setzten ihren Weg durch den Dombau fort, um auf den untersten Flur hinabzugelangen, wobei sie, um der Entdeckung zu entgehen, nach Möglichkeit die Flure mit dichtem Verkehr benutzten. Sie begegneten immer häufiger Reitern, die so schnell und rücksichtslos durch die dichtgedrängten, engen Gänge jagten, daß die Fußgänger nur mit Mühe der Gefahr entgingen, niedergeritten zu werden. Tarzan fand es geradezu wunderbar, daß überhaupt jemand ohne Schaden davonkam. Schließlich gelangten sie aber doch bis zur ebenen Erde hinab und suchten nach einem der zu den vier Hauptausgängen führenden Flure, als sie ihren Weg durch ein Gedränge am Schnittpunkt zweier Straßenkorridore völlig versperrt fanden. Die in den hinteren Reihen reckten die Hälse, um zu sehen, was in der Mitte des Menschenhaufens vor sich ging. Alles fragte durcheinander, aber anscheinend wußte noch niemand am Rande des Haufens außen so recht, was los war, bis schließlich einige Worte durchdrangen. Tarzan und Florensal wagten keine Fragen zu stellen, paßten aber gut auf und fanden sich bald dafür belohnt, denn über den Grund der Verkehrsstockung sickerte etwas durch. Ein Bursche, der sich mit dem Ellenbogen einen Weg aus dem Getümmel bahnte, erklärte auf die Frage eines Außenstehenden, daß man in der Mitte die Überreste von zwei Sklaven habe, die beim Fluchtversuch umgekommen seien.

Sie waren in einer von Zoanthros Sklavenzellen auf dem obersten Stockwerk eingeschlossen, berichtete er, und versuchten, an einer behelfsmäßigen Leiter im Mittelschacht hinabzuklettern. Die Leiter brach, und sie stürzten hinab auf das Dach des Thronsaals, wo sie in schrecklich zerschmettertem Zustand eben aufgefunden wurden. Jetzt bringt man die Leichen hinaus zu den wilden Tieren. Der Tod des einen ist für Zoanthro ein großer Verlust, denn er war der Sklave Zoanthros, an dem er seine Versuche machte.

Ah, rief einer der Zuhörer, ich sah die beiden gestern noch.

Heute würdest du sie wohl nicht wiedererkennen, entgegnete der Erzähler, so greulich sind ihre Gesichter entstellt.

Als das Gedränge nachließ, setzten Tarzan und Florensal ihren Weg fort. Sie fanden, daß der Flur der Sklaven gerade vor ihnen lag und daß man die Opfer der vergangenen Nacht dort hinaustrug.

Was wollte er mit der Nachricht sagen, fragte der Affenmensch, daß man die Leichen zu den Tieren hinausbringt?

Das machen wir immer so mit den Leichen der Sklaven, erklärte sein Gefährte. Sie werden an den Rand der Dschungel geworfen, wo sie von den wilden Tieren verzehrt werden. Wir haben auch bei Trohana alte zahnlose Löwen, die ausschließlich von Sklavenfleisch leben. Sie sind unsere Leichenbesorger und an diese Art Fütterung so gewöhnt, daß sie oft den Trupps, die die Leichen hinausbringen, entgegenkommen und sie brüllend und knurrend bis zu dem Fleck begleiten, an dem die Leichen niedergelegt werden.

Geht ihr denn mit allen euren Toten so um?

Nur mit den Sklaven. Krieger und Edle werden verbrannt.

Dann besteht also in kurzer Zeit keine Gefahr mehr, schloß Tarzan, daß man je die Persönlichkeit der zwei richtig feststellen wird. Er deutete mit dem Finger nach der Gruppe, wo man die Leichen auf die Rücken von ein paar Diadets verlud und festband.

Ein verzweifeltes Wagnis

Was nun? fragte Florensal, als die beiden aus dem Sklaventor heraustraten und einen Augenblick im glänzenden Sonnenschein standen.

Geh voran nach den Steinbrüchen, wo wir Gefangene waren, und nach dem Räume, in dem wir schliefen.

Du scheinst der kurzen Freiheit schon müde zu sein, bemerkte der Prinz.

Wir müssen Talaskar holen, wie ich es ihr versprach, erinnerte ihn Tarzan.

Ich weiß es, sagte der Zertolosto, und ich bewundere deine Charakterstärke und deinen Mut, aber ich beklage deinen Mangel an Urteilskraft. Es ist unmöglich, Talaskar zu retten. Andernfalls wäre ich der erste, der ihr zu Hilfe eilt. Aber ich weiß so gut wie das Mädchen selbst, daß für sie die Lage hoffnungslos ist. Wir aber werden auf diese Art nur unseren Herren wieder in die Hände fallen.

Hoffentlich nicht, entgegnete Tarzan. Aber wenn du so sicher bist, daß unser Versuch fehlschlägt und daß wir nur wieder eingefangen werden, dann begleite mich lieber nicht. Nur zu dem Raume, in dem Talaskar steckt, mußt du mich führen. Das ist alles, was ich verlange.

Denkst du, ich scheue die Gefahr? fragte der Prinz. Nein, wo du hingehst, gehe ich mit. Fangen sie dich, dann sollen sie auch mich fangen. Mögen wir ins Verderben gehen, aber laß uns beisammen bleiben.

Gut denn, sagte Tarzan, dann zeige mir den Weg in die Steinbrüche und laß uns deine Kenntnis des minunischen Lebens und unsere Klugheit benützen, um ohne viel Reden Zugang zu finden.

Ohne angehalten zu werden, gingen sie durch die schattigen Alleen zwischen den Dombauten von Veltopis, bis sie draußen auf die langen Reihen von Sklaven mit ihren Begleitmannschaften trafen, die den Weg zu den Steinbrüchen bezeichneten. Sie reihten sich in die Reihen der auf der Seite mitgehenden Wachmannschaften ein und gelangten so zum Eingang.

Dort wurden die Nummern der Sklaven kontrolliert und in ein Buch eingetragen, aber auf die Bewachung gab zu Tarzans Erleichterung niemand acht. Sie zogen neben ihren Trupps mit ins Innere hinab, ohne kontrolliert oder auch nur gezählt zu werden, und mit ihnen zogen Florensal, Kronprinz von Trohana, und Affentarzan.

Als sie erst einmal im Steinbruch waren und die Wache hinter sich hatten, blieben sie immer mehr zurück, so daß sie gerade an der Sohle, auf die sie wollten, abschwenken konnten, ohne Aufmerksamkeit zu erregen. Als sie die fünfunddreißigste Sohle erreichten und den Tunnel nach dem gesuchten Raume betraten, fanden sie sich allein, denn mit Ausnahme von morgens und abends beim Aus- und Einrücken hielt sich niemand in den Stollen nach den Sklavenunterkünften auf.

Vor der Eingangsöffnung fanden sie einen einzigen Krieger auf Posten. Er hockte auf dem Boden und lehnte sich mit dem Rücken an die Wand, aber als sie näherkamen, erhob er sich und rief sie an.

Florensal, der voranging, blieb vor ihm stehen und sagte: Wir sollen die Sklavin Talaskar holen.

Tarzan, der dicht hinter seinem Freunde stand, sah einen Blitz im Auge des Soldaten aufleuchten. Ob er sie erkannte?

Wer schickt euch? fragte der Krieger.

Ihr Herr, Zoanthro, erwiderte der Prinz.

Das Gesicht des Soldaten nahm einen verschmitzten Ausdruck an: Geht hinein und holt sie, sagte er, das Tor öffnend.

Florensal ließ sich auf Hände und Knie nieder und kroch durch den niedrigen Einlaß, aber Tarzan blieb, wo er war.

Geh hinein! sagte der Posten zu ihm.

Ich bleibe hier, antwortete der Affenmensch. Um ein einzelnes Sklavenmädchen zu holen, sind doch nicht zwei nötig.

Der Krieger zögerte einen Augenblick, dann schloß er hastig den Eingang und schob die Riegel vor. Als er sich nach Tarzan umdrehte, der ihm nunmehr allein im Gange gegenüberstand, hielt er den gezückten Degen in der Hand, aber Zuanthrol erwartete ihn bereits mit dem seinen.

Ergib dich! rief der Soldat. Ich habe euch beide sofort erkannt.

Das dachte ich mir, sagte Zuanthrol, du bist klug, nur hast du deine Augen nicht in der Gewalt. Sie haben dich verraten.

Aber mein Schwert ist kein Verräter, fuhr der Soldat los und führte einen tückischen Stoß nach der Brust des Affenmenschen.

Leutnant Paul d'Arnot war bekannt als einer der besten Fechter in der französischen Marine und hatte seinem Freunde Greystoke in den vielen Stunden, die sie mit den Rapieren verbrachten, einen guten Teil der eigenen Kunst beigebracht. Heute widmete Tarzan dem fernen Freunde ein Dankgebet für die gründliche Schulung, denn er merkte bald, daß ihm sein Gegner, obgleich ein guter Fechter, doch nicht über war, so daß er durch größere Kraft und Gewandtheit Sieger bleiben mußte.

Sie hatten ein oder zwei Minuten gefochten, als der Krieger gewahr wurde, daß er es mit keinem gewöhnlichen Feind zu tun hatte. Er befand sich Tarzans Angriffen gegenüber schon dadurch im Nachteil, daß er vor dessen Ausfällen nicht zurückweichen konnte, weil er an der Wand stand, während seinem Gegner die ganze Länge des Stollens zum Vor- und Zurückgehen zur Verfügung stand. Er suchte Tarzan zurückzudrängen und erhielt dafür einen Stich in die Schulter. Darauf begann er um Hilfe zu rufen, und der Affenmensch sagte sich, es sei Zeit, ihn rasch zum Schweigen zu bringen. Eine Finte verlockte den Soldaten zu einem wilden Ausfall, Tarzan wich aus, trat vor und stieß dem andern die Klinge ins Herz. Er zog seinen Degen zurück, schob die Riegel des Eingangs zurück und öffnete die Türe. Florensal kauerte mit bleichem Gesicht dahinter, aber als er Tarzan und den toten Wachtposten erblickte, kam er lächelnd durch die Öffnung herausgekrochen.

Was war hier los? fragte er.

Der Mann hatte uns erkannt. Aber wo ist Talaskar?

Sie ist nicht mehr hier. Kaloban hat sie von Zoanthro gekauft und mitgenommen.

Tarzan drehte sich kurz um: Schließ den Eingang und dann fort von hier.

Florensal schloß und verriegelte die Türe. Wohin jetzt? fragte er.

Kalobans Wohnung suchen, antwortete der Affenmensch.

Der Prinz zuckte die Achseln und folgte seinem Freunde. Sie stiegen ohne Zwischenfall wieder bis zur sechzehnten Sohle empor, als sich aus einer Reihe der Sklaven plötzlich ein Gesicht nach ihnen umdrehte. Nur einen Augenblick sahen sich der Sklave und Tarzan in die Augen, dann verschwand der Bursche in einem Querstollen.

Wir müssen uns beeilen, flüsterte Tarzan seinem Gefährten zu.

Warum denn jetzt mehr als vorher? fragte Florensal.

Bemerktest du den Burschen, der sich eben noch einmal nach uns umsah?

Nein, wer war das?

Caraftap, erwiderte Tarzan.

Hat er dich erkannt?

Das kann ich nicht sagen. Aber meine Erscheinung schien ihm bekannt vorzukommen. Hoffentlich hat er uns nicht genau gesehen. Aber ich fürchte, es wird doch der Fall sein.

Dann müssen wir sobald als möglich suchen, hier und auch aus Veltopis hinauszukommen.

Sie eilten vorwärts.

Wo ist Kalobans Wohnung? fragte Tarzan.

Ich weiß nicht. In Trohana machen die Krieger immer nur kurze Zeit Dienst im Steinbruch und bleiben während dieser Zeit unten bei den Sklaven. Ich weiß nicht, wie es hier ist. Vielleicht ist Kalobans Kommando im Steinbruch schon zu Ende. Möglich aber auch, daß die Kommandos hier sehr lange dauern, und daß er auf dem obersten Geschoß der Steinbrüche wohnt. Wir müssen eben fragen.

Bald danach trat Tarzan zu einem Krieger, der mit ihm und Florensal in gleicher Richtung ging. Wo finde ich den Vental Kaloban? fragte er.

Wenn dich das etwas angeht, dann frage im Wachraum danach, entgegnete der Gefragte nach einem raschen Blick auf die zwei Flüchtlinge. Ich weiß es nicht.

Nach dieser Auskunft beeilten sie ihre Schritte, um diesem Burschen aus dem Gesicht zu kommen, denn sie hegten bereits beim geringsten ungewöhnlichen Umstand Verdacht und suchten so rasch wie möglich aus dem Steinbruch herauszukommen. Nahe am Eingang trafen sie wieder auf eine Reihe von Sklaven, die ihre schweren Lasten von Steinblöcken hinausschafften, und gingen mit ihnen zu der Wachtstube, wo die Sklaven auf der Liste ausgetragen wurden. Der Offizier und seine Leute kontrollierten ganz mechanisch und es schien schon, als sei es ebenso leicht, aus dem Steinbruch heraus wie in ihn hineinzukommen, da runzelte der Offizier plötzlich die Stirn und begann zu zählen.

Wieviel Sklaven stark ist dieser Trupp? fragte er.

Hundert, erwiderte einer der Begleitleute.

Wozu denn dann vier Wächter? fragte der Offizier.

Wir sind nur zwei, entgegnete der Krieger.

Wir gehören nicht dazu, erklärte Florensal.

Was wollt ihr denn dann hier? fragte der Offizier.

Wenn wir mit dir allein sprechen können, kann ich dir das rasch erklären, erwiderte der Prinz.

Der Offizier gab dem Sklaventrupp das Zeichen zum Abrücken, gab Florensal und Tarzan einen Wink, ihm zu folgen, und führte sie in einen kleinen Nebenraum, der ihm als Schlafzimmer diente.

Zeigt mir jetzt eure Pässe, sagte er dann.

Wir haben keine, sagte Florensal.

Keine Pässe? Das ist aber schwer zu verstehen!

Oh, aber nicht für jemand von deinem Scharfsinn, erwiderte der Prinz, der mit den Goldstücken in seiner Tasche zu klimpern begann. Wir suchen nach Kaloban. Wie wir erfahren haben, besitzt er einen Sklaven, den wir kaufen wollen. In der kurzen verfügbaren Zeit konnten wir uns keinen Paß besorgen und wagten es, in einer so unbedeutenden Angelegenheit ohne solchen in den Steinbruch zu kommen. Kannst du uns nicht sagen, wo wir Kaloban finden? Damit klimperte der Prinz wieder mit seinen Goldstücken.

Mit Vergnügen tue ich das, erwiderte der Offizier. Er wohnt im fünften Geschoß des Königsdomes auf dem Mittelflur, etwa halbwegs zwischen dem Königsflur und dem Kriegerflur. Da er heute früh im Steinbruch abgelöst wurde, werdet ihr ihn ohne Zweifel zu Hause finden.

Wir danken dir, sagte Florensal, der sich nach minunischer Sitte nach rückwärts beugte. Dann fügte er wie infolge eines nachträglichen Einfalls hinzu: Wir wären mit Dankbarkeit erfüllt, wenn wir dies geringe Zeichen unserer Verpflichtung hier lassen dürften. Damit zog er ein großes Goldstück aus der Tasche und hielt es dem Offizier hin.

Um nicht undankbar zu erscheinen, erwiderte der Offizier, will ich deine freundliche Gabe annehmen, um damit die Leiden der Armen zu lindern. Möge nie der Schatten eines Unheils über deinen Weg fallen.

Alle drei verbeugten sich erneut, und Tarzan und Florensal befanden sich im nächsten Augenblick wieder in der frischen freien Luft an der Erdoberfläche.

Also sogar in Minunien! seufzte Tarzan.

Was willst du damit sagen? fragte sein Freund.

Ich dachte eben an meine einfache, ehrenhafte Dschungel und an Gottes Geschöpfe, die die Menschen Tiere nennen.

Wie sollten wir sie denn nennen?

Nach dem Maßstab, den die Menschen aufstellen und dann nicht gelten lassen, müßten die Tiere Halbgötter sein, bemerkte der Affenmensch.

Ich glaube, ich verstehe dich, entgegnete der andere, aber nimm einmal an, ein Löwe hätte den Ausgang des Steinbruchs bewacht. Den hättest du nicht mit einem Goldstück veranlassen können, uns gehen zu lassen. Die Schwächen der Menschen haben auch ihre Vorteile. Diesmal halfen sie dem Rechte zum Sieg über das Unrecht, und die Bestechung trug das Gewand der Tugend.

Sie kehrten zum Königsbau zurück, um den sie auf der Ostseite herumgingen, bis sie zum Nordeingang kamen, an dem in jedem Dom der Sklavenflur ausmündet. Sie hatten den Bau durch den Kriegerflur verlassen und fürchteten die Gefahr der Entdeckung zu vergrößern, wenn sie zu oft die gleichen Wege benützten. Jemand, der sie vielleicht beim ersten Male nur halb gesehen hatte, konnte sie beim zweiten oder dritten Male richtig erkennen.

Schon nach wenigen Minuten hatten sie das fünfte Geschoß erreicht. In kühner Haltung nahmen sie ihren Weg nach jener Stelle im Mittelflur, wo sie der Angabe nach Kaloban finden mußten. Aber gleichwohl waren sie dauernd auf dem Sprunge, denn sie wußten, daß ihre größte Gefahr in der Möglichkeit lag, Kaloban könne sie wiedererkennen. Und da er sie oder wenigstens Tarzan von allen Leuten von Veltopis am eingehendsten zu Gesicht bekommen hatte, war stark damit zu rechnen.

Sie waren etwa bis in die Mitte zwischen dem Sklaven- und dem Kriegerflur gekommen, als Florensal eine junge Sklavin anhielt und nach Kalobans Wohnung fragte.

Um zu ihm zu kommen, mußt du erst durch Hamalbans Wohnung. Dort der dritte Eingang ist es.

Tarzan fragte Florensal, ob er es für schwierig halte, in Kalobans Wohnung zu kommen.

Nein, erwiderte dieser. Die Schwierigkeit beginnt erst, wenn wir drin sind und nicht wissen, was wir tun sollen.

Aber wir wissen doch, wozu wir hergekommen sind, meinte der Affenmensch. Wir brauchen doch nur unsere Absicht durchzuführen und dabei etwa auftretende Hindernisse aus dem Wege zu räumen.

Das ist freilich einfach! lachte der Prinz.

Tarzan mußte selbst lächeln. Ich gebe zu, ich habe nicht die mindeste Ahnung, was wir beginnen werden, wenn wir erst drin sind, oder wie wir wieder mit Talaskar heraus- und fortkommen sollen. Aber das ist kein Wunder, da ich von all den Umständen, denen ich in dieser wunderbaren fremden Welt begegne, nicht das mindeste weiß. Doch wir können nur unser möglichstes tun. Bisher ist die Sache viel einfacher gegangen, als ich dachte, vielleicht bringen wir alles mit ebensowenig Reibungsflächen zu Ende. Vielleicht ist auch alles nach dem nächsten Dutzend Schritten für immer vorbei.

Sie machten vor dem dritten Eingang halt und sahen hinein. Mehrere Frauen hockten drin auf dem Boden. Zwei davon gehörten der Kriegerkaste an, die anderen waren Sklavinnen der weißen Tunika. Florensal trat kühn ein.

Ist das hier Hamalbans Wohnung? fragte er.

Das ist sie, erwiderte eine der Frauen.

Wohnt dahinter Kaloban?

Ja.

Wer kommt hinter Kaloban? fragte der Mann von Trohana weiter.

Ein langer Gang führt nach dem äußeren Umlauf. An diesem Gang liegen viele Räume, in denen Hunderte von Leuten wohnen. Ich kenne nicht alle. Wen suchst du denn?

Pastokar, antwortete der Prinz, der den ersten ihm einfallenden Namen nannte.

Den Namen kenne ich nicht, sagte die Frau nachdenklich.

Ich werde ihn schon finden, besten Dank, erklärte Florensal. Man wies mich an, durch die Behausung von Hamalban und Kaloban durchzugehen, dann würde ich auf einen Gang kommen, auf den die Räume Pastokars hinausführen. Aber vielleicht ist Kaloban daheim, dann kann er mir genauer Bescheid geben.

Kaloban ist mit Hamalban ausgegangen, sagte die Frau. Aber wenn ihr warten wollt, sie müssen gleich wiederkommen.

Nein, danke, sagte Florensal hastig. Wir werden Pastokar schon finden. Möchten deine Kerzen hell und lange brennen! Ohne weitere Umstände schritt er durch den Raum und betrat Kalobans Räume. Affentarzan folgte ihm auf den Fersen.

Ich glaube, wir müssen uns beeilen, sagte der Prinz.

Tarzan sah sich rasch im ersten Zimmer um. Es war leer, aber mehrere andere Zimmer waren damit verbunden, deren Türen sämtlich verschlossen oder verhängt waren. Der Affenmensch stieß die nächste Tür auf. Der Raum dahinter war finster.

Hol' eine Kerze, Florensal, sagte er.

Der Prinz brachte ein paar aus einer Nische herbei.

Ein Lagerraum, sagte er, ins Dunkel hineinleuchtend. Nahrungsmittel, Kerzen, Bekleidungsstücke. Kaloban ist kein Bettler. Ihn hat der Steuereinnehmer scheint's noch nicht zugrunde gerichtet.

Tarzan stand in der Tür des Speichers dicht hinter seinem Freunde und drehte sich plötzlich um. Er hatte draußen in Hamalbans Wohnung Männerstimmen gehört. Gleich darauf erkannte er die Stimme des Vental. Komm! brüllte dessen rauhe Kehle. Komm mit mir in mein Quartier, Hamalban, ich will dir meine neue Sklavin zeigen.

Tarzan schob den Prinzen in den Lagerraum, folgte ihm und schloß hinter sich die Türe. Hast du es gehört? flüsterte er.

Ja, es war Kaloban.

Der Lagerraum besaß ein mit Stoff verhängtes Gitterfenster, das den beiden einen Ausblick auf den Raum draußen gewährte. Außerdem konnten sie alles hören, was die zwei Männer, die jetzt durch Hamalbans Wohnung eintraten, einander erzählten.

Ich sage dir, sie ist das beste Geschäft, das ich je gemacht habe, rief Kaloban. Aber warte, ich werde sie holen. Er trat zu einer Türe, die er mit einem Schlüssel öffnete. Komm heraus! brüllte er dann, den Türflügel aufreißend.

In der hochmütigen Haltung einer Königin trat Talaskar ins Zimmer heraus, ohne die mindeste Unterwürfigkeit zu zeigen. Sie blickte fast mit Verachtung auf den Vental. Und sie war wirklich eine Schönheit. Florensal hatte nie zuvor mit solcher Überzeugung die Schönheit des kleinen Sklavenmädchens empfunden, als sie noch für ihn kochte. Kaloban hatte ihr eine weiße Tunika aus grobem Stoff gegeben, die die Olivenfarbe ihrer Haut und die Schwärze ihres vollen Haares wirkungsvoller hervorhob als das billige grüne Zeug ihrer früheren Bekleidung.

Sie gehörte Zoanthro, erklärte Kaloban seinem Freunde. Aber er kann sie unmöglich je gesehen haben, sonst hätte er sie mir nicht für die armselige Summe abgelassen, die ich für sie bezahlt habe.

Willst du sie zum Weibe nehmen und in deine Kaste erheben? fragte Hamalban.

Nein, erwiderte der andere. Dann wäre sie kein Sklave mehr und ich könnte sie nicht wieder verkaufen. Weiber sind viel zu teuer. Ich werde sie einige Zeit behalten und dann weiterverkaufen, solange sie noch viel Geld wert ist. Ich denke, mit ihr ein gutes Geschäft zu machen.

Tarzan krümmte seine Finger, als ob sie sich um den Hals eines Gegners schlössen, und Florensals Hand fuhr nach dem Degengriff.

Ein Weib kam von Hamalbans Wohnung und blieb unter der Türe stehen.

Zwei Wachen aus den Steinbrüchen mit einem grünen Sklaven wollen Kaloban sprechen, sagte sie.

Laß sie herein, befahl der Vental.

Die drei traten ins Gemach; der Sklave war Caraftap.

Ah, rief Kaloban. Mein braver Sklave Caraftap, der wackerste Mann im Steinbruch! Warum bringt ihr ihn hierher?

Er behauptet, eine Mitteilung von höchster Wichtigkeit zu haben, will sie aber keinem als dir anvertrauen. Er verbürgt sich mit seinem Leben für den Wert seiner Angabe, und der Novand der Wache hat ihn daraufhin zu dir bringen lassen.

Was hat der zu melden? fragte Kaloban.

Einen Umstand von größter Wichtigkeit, rief der Sklave. Der edle Zoanthro, ja sogar der König wird dafür dankbar sein. Aber wenn ich meine Aussage mache und doch wieder in die Steinbrüche zurück muß, werden mich die anderen Sklaven umbringen. Du warst stets gütig gegen mich, o Vental Kaloban, darum bat ich, man möge mich zu dir bringen, denn ich weiß, wenn du mir versprichst, daß ich mit der weißen Tunika belohnt werde, falls mein Dienst, den ich euch jetzt leiste, mich dessen würdig macht, dann fühle ich mich sicher.

Du weißt, daß das nicht in meiner Macht steht, antwortete Kaloban.

Aber der König kann es, und wenn du dich dafür verwendest, wird er es tun.

Ich kann dir soviel versprechen, daß ich mich beim König für dich verwenden werde, wenn deine Meldung wirklich von Wert ist, das ist aber alles, was ich tun kann.

Das genügt mir, aber du mußt es mir auch versprechen, sagte Caraftap.

Nun gut denn, ich verspreche es dir. Was ist das für eine Nachricht, die dem König so wichtig sein wird?

Neuigkeiten verbreiten sich in Veltopis äußerst schnell, sagte Caraftap. So hörten wir denn in den Steinbrüchen bereits vom Tode der beiden Sklaven Ponato und Zuanthrol, kurz nachdem ihre Leichen gefunden worden waren. Beide waren Sklaven von Zoanthro und mit mir zusammen in der gleichen Unterbringung; daher kannte ich sie beide genau. Denke dir aber meine Überraschung, als ich vorhin im Hauptspiralweg den beiden, Zuanthrol und Ponato, begegnete, die als Krieger gekleidet an die Oberfläche hinaufstiegen.

Wie sahen die zwei aus? fragte plötzlich einer der beiden Begleiter Caraftaps.

Der Sklave beschrieb sie, so gut er konnte.

Sie waren es! rief der Krieger. Eben diese zwei hielten mich auf der Spirale an und fragten nach Kalobans Wohnung.

Eine Anzahl Weiber und Männer hatten sich inzwischen, durch die Anwesenheit eines grünen Sklaven mit seinen Wachmannschaften angezogen, vor Kalobans Türe gesammelt. Eine junge Sklavin war dabei, die jetzt rief: Mich haben sie auch danach gefragt, und vor gar nicht langer Zeit.

Nun stieß eines von Hamalbans Weibern einen Ruf der Überraschung aus. Eben vor einem Augenblick sind sie hier durch die Wohnung gekommen und nach Kalobans Quartier gegangen. Sie fragten nach einem Namen, der mir entfallen ist.

Pastokar, erinnerte sie eine andere.

Ja, ja, Pastokar, und sie sagten, er habe seine Wohnung auf dem Gange, der von Kalobans Behausung nach dem Außenflur führe.

Im ganzen Königsdom gibt es keinen dieses Namens, sagte Kaloban. Das war nur ein Vorwand, um in meine Wohnung zu kommen.

Oder hindurchzugelangen, mutmaßte der eine von der Steinbruchswache.

Wir müssen ihnen gleich nachsetzen, meinte der andere.

Kaloban, sagte der erste, behalte du solange Caraftap hier, bis wir wiederkommen, und suche inzwischen deine eigene Wohnung und deren Nachbarschaft gründlich durch. Er bedeutete dem anderen Soldaten durch eine Handbewegung, ihm zu folgen. Sie schritten durch den Raum, gingen in den Gang nach dem Außenflur hinaus und Hamalban und alle anderen Leute, die ins Zimmer eingedrungen waren, folgten ihnen, bis sich Kaloban und Caraftap mit den Weibern in des Ventals Quartier allein fanden.

Der Lohn des Verräters

Kaloban wollte sich alsbald an die Durchsuchung seiner Wohnung machen, aber Caraftap legte ihm warnend die Hand auf den Arm.

Warte doch, Vental, bat er. Wäre es nicht besser, für den Fall, daß sie hier sein sollten, ihre Festnahme dadurch zu sichern, daß wir erst alle zu deiner Wohnung führenden Türen schließen?

Ein guter Gedanke, Caraftap, meinte beistimmend Kaloban. Dann können wir uns auch bei der Durchsuchung mehr Zeit lassen. Hinaus mit euch, ihr Weibsvolk, rief er, die Frauen nach Hamalbans Quartier zurücktreibend. Einen Augenblick später waren die beiden Ausgänge nach Hamalbans Wohnung und dem Gang geschlossen und verriegelt.

Und jetzt, Herr, empfahl Caraftap, wäre es wohl am besten, du versähst mich mit einer Waffe.

Kaloban warf sich in die Brust. Ich nehme es mit einem Dutzend dieser Kerle allein auf, rief er, aber deiner eigenen Sicherheit wegen kannst du dir ja dahinten aus dem Raume einen Degen holen, während ich erst einmal diese stolze Katze da wieder in ihre Zelle sperre.

Kaloban führte Talaskar wieder in den Raum, in dem er sie eingesperrt gehabt hatte, und Caraftap ging zur Türe des Lagerraumes, um sich eine Waffe zu holen.

Der Vental kam dicht hinter Talaskar an die Türe und hielt das Mädchen am Arme an.

Nicht so flink, mein Täubchen, rief er, erst einen Kuß, ehe du mich verläßt. Aber gräme dich nicht. Sobald ich weiß, daß diese elenden Sklaven nicht hier sind, komme ich wieder zu dir. Also sehne dich nicht zu sehr nach deinem Kaloban.

Talaskar fuhr herum und schlug den Vental ins Gesicht. Berühre mich nicht mit deinen Schmutzhänden, du Bestie, rief sie und suchte sich von ihm loszumachen.

Oh, die Katze! Nicht doch! rief der Mann, ohne sie loszulassen, und rang mit ihr, während beide im Gemach verschwanden. Der Sklave Caraftap öffnete derweil die Tür zum Speicher und trat ein. Da faßten ein paar stahlharte Hände aus der Finsternis und umklammerten seinen Hals. Er wollte vor Angst schreien, aber die Kehle war ihm so zugedrückt, daß er keinen Laut von sich geben konnte. Er rang mit der Erscheinung, schlug nach ihr und glaubte es nicht, mit einem Menschen zu tun zu haben, denn ein Mensch konnte nicht so riesenstark sein, bis eine leise, kaltes Entsetzen einflößende Stimme ihm ins Ohr flüsterte:

Caraftap, du stirbst. Nimm das verdiente Schicksal, vor dem du dich mit Recht fürchtetest, als du nicht wieder in den Steinbruch zu Zoanthros Sklaven zurück wolltest, nachdem du zwei von ihnen verraten hattest. Stirb, Caraftap! Aber du sollst es vorher wissen, daß dich gerade der tötet, den du verraten hast. Du hast nach Zuanthrol gefahndet und – hier ist er. Mit dem letzten Worte krümmten sich die furchtbaren Finger um den Hals des Opfers.

Tarzan warf den Körper beiseite, sprang in den Mittelraum – hinaus und lief nach der Türe von Talaskars Zelle. Florensal war keinen Schritt hinter ihm. Die beiden im Innern des kleinen Gemachs hatten beim Ringen die Tür ins Schloß gedrückt und als Tarzan sie aufstieß, sah er das Mädchen in der Gewalt des plumpen Vental, der infolge ihres Sträubens seine gute Laune völlig verloren hatte und nach ihrem Gesicht schlug, während sich die Kleine durch Kratzen nach seinen Armen und Händen zu schützen suchte.

Eine schwere Hand legte sich dem Vental auf die Schulter und eine leise Stimme flüsterte in sein Ohr: Du suchst uns, hier sind wir.

Kaloban ließ das Mädchen los, fuhr herum und griff nach seinem Degen. Da sah er die zwei bewaffneten Sklaven vor sich stehen. Aber nur Ponato hatte die

Klinge entblößt. Zuanthrol hielt ihn fest, ohne zu ziehen. Mit einem Dutzend von uns nimmt es Kaloban allein auf, wiederholte Tarzan. Hier sind wir, du Prahlhans, nur zwei! Aber wir können leider nicht warten, bis du uns zeigst, was du kannst. Hättest du dich nicht an diesem Mädchen vergriffen, dann hätte ich dich nur in deiner Wohnung eingesperrt und du wärest bald wieder befreit gewesen. Aber für deine Roheit gibts nur eine Strafe – Tod.

Caraftap! kreischte Kaloban. Er war nicht länger der selbstgefällige Polterer mit tiefer Baßstimme. Seine Stimme klang schrill vor Angst und er zitterte unter den Händen des Affenmenschen. Caraftap, schrie er, zu Hilfe!

Caraftap ist tot, sagte Tarzan. *Er* starb für den Verrat an seinen Genossen. *Du* stirbst, weil du roh warst gegen ein schutzloses Sklavenmädchen. Stoß ihn nieder, Florensal, wir haben keine Zeit zu verlieren.

Als der andere seinen Degen aus dem zu Boden rollenden Körper zog, warf sich Talaskar dem Affenmenschen zu Füßen.

Zuanthrol und Ponato! rief sie. Ich hätte nie geglaubt, euch wiederzusehen. Was ist geschehen? Warum seid ihr hier? Ihr habt mich gerettet, aber jetzt seid ihr selbst verloren. Flieht – ich weiß zwar nicht wohin – aber flieht; nur fort, fort von hier. Laßt euch von ihnen nicht mehr hier finden. Ich verstehe nicht, was ihr hier wollt.

Wir suchen zu entkommen, erklärte ihr Florensal, und Zuanthrol wollte nicht ohne dich gehen. Wir suchten erst in den Steinbrüchen und jetzt im Königsdom nach dir. Er hat das Unmöglichste angestellt, aber er hat dich gefunden.

Weshalb tust du das für mich, fragte Talaskar, die Tarzan einen bewundernden Blick zuwarf.

Weil du einst gütig zu mir warst, als ich in Zoanthros Sklavenverließ gebracht wurde, erwiderte der Affenmensch. Damals versprach ich dir, daß wir alle zusammen gehen würden, wenn die Zeit zur Flucht gekommen sei.

Er hob sie auf und führte sie in den Mittelraum. Florensal stand mit niedergeschlagenen Augen beiseite. Tarzan betrachtete ihn einen Augenblick mit Erstaunen, aber was er sich auch denken mochte, er gab sich nicht weiter damit ab, denn es gab eben jetzt dringendere Dinge zu tun.

Florensal, du wirst am besten wissen, welcher Weg zur Flucht die meisten Aussichten bietet. Sollen wir durch Hamalbans Quartier oder durch den erwähnten Gang hinaus? Ich kann diese Frage nicht befriedigend beantworten. Aber schau! Da ist ja noch eine Öffnung in der Decke. Wo mag die hinführen?

Überall oder nirgends hin, das läßt sich nicht so sagen, entgegnete der Prinz. Viele Räume haben solche Deckenöffnungen. Manche führen nur in kleine Gelasse, die mit sonst keinem Raume in Verbindung stehen, andere wieder führen in geheime Verließe oder selbst zu Fluren auf anderen Stockwerken.

Ans Tor zu Hamalbans Quartier wurde heftig gepocht und eine Weiberstimme rief laut: Kaloban, aufmachen! Hier ist ein ganzes Ental der Steinbruchswache auf der Suche nach Caraftap. Der Posten am Eingang von Zoanthros Sklavenkerker wurde ermordet gefunden und sie wollen Caraftap verhören, weil sie glauben, daß unter den Sklaven eine Empörung im Gange ist.

Wir müssen durch den Gang fort, flüsterte Florensal und ging rasch nach der Türe dorthin, aber ehe er sie noch erreichte, drückte bereits jemand von außen auf die Klinke und suchte zu öffnen.

Kaloban, rief jemand von draußen. Die Sklaven können nicht hier heraus sein. Laß uns ein, so öffne doch.

Affentarzan sah rasch nach allen Seiten. Sein Gesicht zeigte wieder einmal den Ausdruck des in die Enge getriebenen Raubtiers. Er schätzte mit den Augen die Entfernung vom Boden bis zur Öffnung in der Decke, nahm einen kleinen Anlauf und sprang in die Höhe. Dabei hatte er aber vergessen, daß die Verringerung seiner Körpergröße sich nicht in gleichem Maße auf seine Gewandtheit und Kraft erstreckt hatte. Er hatte geglaubt, eben die Hand auf den oberen Rand der Öffnung legen zu können, statt dessen schoß er mit dem ganzen Körper durch und landete droben im Dunkeln auf seinen Füßen. Er drehte sich um und sah zu seinen Freunden hinab, auf deren Gesichtern sich deutlich die Bestürzung abmalte. Aber das wunderte ihn nicht weiter. Er war selbst fast ebenso überrascht.

Ist es für euch zu hoch zum Springen? fragte er.

Viel zu hoch, erwiderten sie.

Tarzan hängte sich nun mit dem Kopfe nach unten so von der Öffnung hinab, daß er sich mit den Kniekehlen auf der Randleiste festklemmte. Das Pochen am Gangtor wurde immer dringender und an Hamalbans Türe hatte eine Männerstimme die des Weibes abgelöst. Der Bursche forderte in wütendem Tone Einlaß.

Aufgemacht, rief er, im Namen des Königs, aufgemacht!

Mach doch selber auf! schrie der andere, der am gegenüberliegenden Tor herumpolterte. Er dachte nämlich, daß die Aufforderung zum Öffnen aus dem Raume herausschallte, in den er hinein wollte.

Wie kann ich denn öffnen, rief der erste zurück, wenn das Tor auf deiner Seite verschlossen ist!

Auf meiner Seite? Auf deiner ist es verschlossen!

Du lügst, schrie wieder der in Hamalbans Quartier: Das soll dich teuer zu stehen kommen, wenn es dem König gemeldet wird.

Tarzan hing inzwischen mit dem Kopfe nach unten ins Zimmer und streckte seinen Gefährten die Hände entgegen. Hebe mir Talaskar herauf, wies er Florensal an. Der andere tat es und Tarzan ergriff das Mädchen erst an den Handgelenken, hob sie hoch, daß sie sich an seinem Koller anhalten konnte, faßte dann nach, schob sie höher und noch einmal höher, bis sie in den oberen Raum klettern konnte.

Die zornigen Soldaten unten machten sich jetzt offenbar daran, die Türen einzuschlagen. Schwere Schläge erschütterten die Türfüllungen, die jeden Augenblick zu brechen drohten.

Fülle deine Taschen mit Kerzen, Florensal, sagte Tarzan, und dann springe nach meinen Händen.

Ich nahm schon soviel Kerzen, als ich tragen kann, während wir im Speicher waren, erwiderte der andere. Halte dich bereit. Ich springe.

Ein Türpaneel splitterte und Holzteile flogen von der Gangtür bis in die Mitte des Zimmers, gerade als Tarzan die ausgestreckten Hände Florensals ergriff. Gleich darauf knieten die beiden Männer oben im Dunkel des Gelasses und spähten in den Raum unten hinab. Da flog die andere Tür auf und herein stürzte ein Vental, dem sein aus zehn Mann bestehendes Ental auf dem Fuße folgte.

Einen Moment sahen sich die Eindringlinge baß erstaunt um, dann zog das Donnern an der anderen Tür ihre Aufmerksamkeit auf sich. Der Vental öffnete lachend die Tür nach dem Gange und ein Haufen tobender Soldaten brach ins Gemach. Aber bald war das Mißverständnis erklärt, daß beide Parteien hatten eindringen wollen, und alle stimmten, wenn auch etwas beschämt, ins Lachen ein.

Aber wer war denn dann hier drin? fragte der Vental der Steinbruchswache.

Kaloban und der grüne Sklave Caraftap, erklärte ein Weib von Hamalbans Haushalt.

Dann müssen sie sich noch hier versteckt halten, meinte einer der Krieger.

Sucht die Wohnung durch, befahl der Vental.

Einer ist rasch gefunden, sagte ein anderer Krieger, auf die Schwelle des Speicherraumes deutend.

Die anderen schauten hin und erblickten eine menschliche Hand auf dem Boden. Die Finger waren zu Klauen gekrümmt und zeugten stumm von gewaltsamem Tode. Einer der Soldaten trat an die Türe und zog den Körper Caraftas heraus, an dem der Kopf nur noch durch ein paar Sehnen festhing. Da wichen selbst die Krieger entsetzt zurück und sahen sich scheu im Zimmer um.

Beide Türen waren von der Innenseite verschlossen, bemerkte der Vental. Der Täter muß also noch hier sein.

Das kann kein menschliches Wesen getan haben, flüsterte eines der Weiber, das mit ins Zimmer gekommen war.

Durchsucht alles vorsichtig, sagte der Vental, der als tapferer Mann selbst voranging und zunächst die eine, dann die andere Kammer betrat. In der zweiten fanden sie den durchs Herz gestochenen Kaloban.

Jetzt wird es bald Zeit, daß wir uns einen Ausweg suchen, flüsterte Tarzan seinem Gefährten zu. Einer von ihnen findet sicher gleich unser Versteck.

Vorsichtig tasteten sich die beiden Männer in entgegengesetzter Richtung an den Wänden des dunklen dumpfigen Raumes entlang. Tiefer, jahrzehntealter Staub erhob sich erstickend und bewies, daß der Raum vielleicht seit Menschenaltern nicht mehr benützt worden war. Plötzlich hörte Florensal, wie ihn der Affenmensch mit einem leisen »St« zu sich rief. Kommt beide her, ich habe etwas gefunden.

Was hast du gefunden, fragte Talaskar, näherschleichend. Eine Öffnung am Fuße der Mauer, antwortete Tarzan; sie ist groß genug für einen Mann zum Durchkriechen. Denkst du, daß man eine Kerze anzünden darf, Florensal?

Jetzt auf keinen Fall.

Dann muß ich's im Dunkeln versuchen, bemerkte der Affenmensch. Auf alle Fälle will ich sehen, wohin dieser Tunnel führt. Er ließ sich auf alle viere nieder. Beide warteten geraume Zeit, aber Zuanthrol kam nicht wieder. Sie fragten sich besorgt, ob die Häscher nicht bald ihr Versteck untersuchen würden, aber sie hätten sich gar keine Sorge zu machen brauchen. Die Verfolger wollten einfach den Platz besetzt halten. Das war sicherer als in ein dunkles Loch einem unbekannten Wesen nachzukriechen, das den Leuten glatt den Kopf vom Rumpfe riß. Wenn es, wie zu erwarten, herunterkam, würden sie es schon töten oder gefangennehmen. Inzwischen konnten sie aber ruhig darauf warten.

Was ist nur aus ihm geworden? flüsterte Talaskar ängstlich.

Du sorgst dich wohl sehr um ihn? fragte Florensal.

Warum sollte ich auch nicht, sagte das Mädchen, machst du dir denn etwa nicht viel aus ihm?

Doch, erwiderte der Prinz.

Er ist ein wunderbarer Mann, meinte das Mädchen.

Das ist wahr, gab Florensal zu.

Ich wollte, er wäre schon wieder zurück, sagte die Kleine.

Ich auch, entgegnete der Mann.

Wie als Antwort auf ihren Wunsch tönte ein leises Pfeifen aus dem Stollen, durch den Tarzan verschwunden war. Kommt! hörte man den Affenmenschen flüstern. Der Prinz ließ Talaskar voran, dann krochen sie beide auf allen vieren durch die gewundene Tunnelröhre und fühlten im Dunkel ihren Weg ab, bis sie endlich Licht vor sich sahen und in einem kleinen Gemach standen, das eben hoch genug war, um darin zu sitzen.

Soweit bin ich gekommen, sagte Zuanthrol zu ihnen. Da hier ein brauchbares Versteck ist, in dem wir ohne Gefahr der Entdeckung Licht brennen können, holte ich euch nach. Hier können wir es in ziemlicher Sicherheit und Bequemlichkeit einige Zeit aushalten, bis ich den Tunnel noch weiter untersucht habe. Nach dem Zustand dieses Ortes zu urteilen, dürfte in diesem Menschenalter niemand hier gewesen sein. Demnach wird man uns hier kaum suchen.

Denkst du, sie werden uns verfolgen? fragte Talaskar.

Sicher tun sie das, erwiderte Florensal. Da wir nicht rückwärts können, ist es besser, wenn wir gleich weitergehen. Vernünftigerweise läßt sich wohl annehmen, daß dieser Tunnel in einem anderen Gemach endet. Vielleicht finden wir doch eine Möglichkeit zum Entkommen.

Du hast recht, Florensal, gab Tarzan zu. Mit dem Hierbleiben können wir nichts gewinnen. Ich gehe voran. Laß Talaskar hinter mir herkommen und übernimm die Nachhut. Wenn diese Röhre eine Sackgasse sein sollte, haben wir durch die Untersuchung wenigstens nichts verloren.

Diesmal erhellten die drei ihren Weg mit Kerzen, während sie mühsam über den rauhen Steinboden der Tunnelröhre krochen, die sich bald hierhin, bald dorthin wand, wie wenn sie einzelne Räume umginge, bis der Gang nach einiger Zeit zu ihrer Erleichterung plötzlich breiter und höher wurde, so daß sie aufrecht weitergehen konnten. Der Tunnel begann von da an steil abwärts zu führen, und gleich darauf fanden sich die drei in einem kleinen Gelaß, als Talaskar erregt Tarzans Arm ergriff und vor Erregung keuchte.

Zuanthrol, was ist das? flüsterte sie.

An einer Wand hockte kaum unterscheidbar eine Gestalt im Dunkel.

Schau, dort auch, rief das Mädchen, nach einer anderen Ecke deutend.

Der Affenmensch streifte ihre Hand ab, griff nach dem Degen und trat mit hocherhobener Kerze in der Linken vor. Er trat an das hockende Ding heran und beugte sich nieder, um es zu prüfen. Als er die Hand daranlegte, fiel es zu einem Häufchen Staub zusammen.

Was ist das? fragte das Mädchen.

Das *war* ein Mensch, sagte Tarzan, aber er ist schon vor vielen Jahren gestorben. Er war hier an die Wand gekettet, aber selbst die Kette ist durchgerostet.

Und der andere dort auch? fragte Talaskar.

Da sind noch mehr von ihnen, sagte Florensal, seht, da und dort.

Die können uns wenigstens nicht mehr anhalten, meinte Tarzan, der unbekümmert durch den Raum nach einem von der anderen Seite einmündenden Flur ging.

Aber sie können uns vielleicht etwas sagen, bemerkte der Prinz.

Was sagen sie denn? fragte der Affenmensch.

Daß dieser Gang mit der früheren Wohnung eines Großen von Veltopis in Verbindung steht, belehrte ihn der Prinz. Dieser war so mächtig, daß er mit seinen Feinden derartig umgehen konnte. Wir sehen aber auch, daß sich diese Dinge vor langer Zeit abspielten.

Das läßt sich am Zustand der Leichen erkennen, meinte Tarzan. Du bist also der Ansicht, daß dieser Gang in die Behausung eines Vornehmen führt?

Ich glaube, daß das einst der Fall war. Aber die Zeit bringt Änderungen mit sich. Vielleicht ist er jetzt am Ende zugemauert. Die Räume, zu denen er führt, mögen einem Königssohn als Heim gedient haben, als diese Gebeine da noch herumliefen. Heute können sich dort Kasernen für Soldaten oder Ställe für Diadets befinden. Völlig sicher wissen wir nur eines, schloß Florensal, daß diese Räume hier seit Menschengedenken nicht mehr benützt worden und wahrscheinlich den Umwohnern von heute gar nicht mehr bekannt sind.

Jenseits der Kammer des Todes fiel der Tunnel rasch noch weiter und erreichte endlich einen dritten Raum, der etwas größer war als die anderen. Hier lagen eine Menge Leichen auf dem Boden.

Diese hier waren aber nicht an die Wand gekettet, bemerkte Tarzan.

Nein, die fielen im Kampfe. Das sieht man an den nackten Schwertern und der Stellung der Gebeine.

Die drei hielten einen Augenblick an, um sich im Raume umzusehen, als der Laut einer menschlichen Stimme an ihr Ohr schlug.

Weibertücke

Als Tarzan innerhalb von sechs Tagen nicht wieder nach Hause kam, begann sein Sohn Besorgnisse zu hegen. Boten gingen in alle Nachbardörfer, kehrten aber erfolglos zurück. Niemand hatte den Großen Bwana gesehen. Korak schickte Leute zur nächsten Telegraphenstation und ließ an allen bedeutenden Plätzen Afrikas anfragen, an denen sein Vater etwa hätte landen können, bekam aber lauter verneinende Antworten.

Schließlich ließ Korak, der Töter, seine ganze Zivilisation zu Hause und zog mit Lendenschurz und Urweltwaffen samt einem Dutzend der flinksten und kühnsten Waziri aus, um seinen Vater zu suchen. Lange und sorgfältig suchten sie die Dschungel ab, wobei sie häufig Hilfe aus gerade in der Nähe gelegenen Dörfern mit heranzogen, bis sie einen großen Teil der Umgegend wie mit einem engen Kamm durchgekämmt hatten. Aber sie fanden nicht die geringste Spur von Affentarzan. Entmutigt, aber doch unermüdlich suchten sie Meile um Meile der überwucherten, dampfgeschwängerten Dschungel oder der steinigen Hochlande ab, die so ungastlich waren wie die über sie verstreuten Dorngestrüppe.

*

Im Königsdom Moelhagos, des Thagosto von Veltopis, standen drei Leute in einem verborgenen Steinverlies und lauschten auf die Menschenstimme, die aus der Mauer selbst zu kommen schien.

Das Mädchen drängte sich enger an Tarzan. Wer ist das? flüsterte sie.

Tarzan schüttelte nur den Kopf, aber Florensal sagte: Das ist eine Frauenstimme.

Der Affenmensch hob die Kerze hoch über den Kopf und trat einen Schritt näher an die Wand, hielt an und deutete nach oben. Ein oder zwei Hual über seinem Kopfe befand sich eine Öffnung in der Mauer. Tarzan gab Florensal seine Kerze zum Halten, legte seinen Degen ab und sprang hinauf nach der Öffnung. Einen Augenblick hing er lauschend oben am Rande, dann ließ er sich wieder herabsinken.

Da drüben ist es stockdunkel, berichtete er. Der Besitzer dieser Stimme muß sich in einem anderen Raum jenseits des einen befinden, in den ich eben hineinsah. Im nächsten Räume ist kein Mensch.

Wie kannst du denn das bei der völligen Dunkelheit dort drin wissen? fragte Florensal.

Wenn jemand drin wäre, hätte ich es gerochen, antwortete der Affenmensch.

Die anderen sahen ihn voll Erstaunen an.

Ich bin meiner Sache sicher, sagte Tarzan, denn ich fühlte einen Luftzug, der aus dem Nebenraum durch die Öffnung hier hereinweht. Wenn ein Mensch drüben wäre, müßte seine Witterung zu mir gelangt sein.

Und du hättest sie bemerkt? fragte Florensal. Freund, wenn ich vieles von dir glaube, aber das nicht.

Tarzan lächelte. Wenigstens habe ich den Mut der Überzeugung, denn ich gehe jetzt hinüber und sehe nach. Aus der Deutlichkeit, mit der die Stimme zu hören ist, schließe ich darauf, daß sie durch keine feste Mauer kommt. Zu dem Zimmer dieses Weibes muß ein Zugang vorhanden sein. Da wir jede Möglichkeit zur Flucht untersuchen müssen, werde ich einmal nachsehen.

Oh, nicht trennen! rief das Mädchen. Wo einer geht, wollen wir alle gehen.

Zwei Schwerter leisten mehr als eins, sagte Florensal, obgleich man seiner Stimme anmerkte, daß er nur mit halbem Herzen dabei war.

Gut denn, erwiderte Tarzan. Ich gehe voran, und du hilfst Talaskar, mir nachzukommen.

Florensal nickte nur. Eine Minute später standen sie auf der anderen Seite der Mauer. Ihre Kerzen beleuchteten einen schmalen Gang, der deutliche Anzeichen neuerlicher Benützung aufwies. Die Wand hier bestand nicht mehr aus Stein, sondern aus Bohlen und Beschlägen.

Dies ist ein Gang, der an einem holzgetäfelten Zimmer entlangläuft. Auf der anderen Seite tragen diese rohen Bretter wundervoll polierte Tafeln aus farbigen Hölzern und poliertem Metall, erklärte der Prinz.

Denkst du, daß es eine Türe nach diesem Zimmer gibt? fragte Tarzan.

Eher daß ein Teil der Wandtäfelung verschiebbar ist.

Sie schlichen den Gang entlang und lauschten angespannt. Erst hatten sie nur gehört, daß es eine Frauenstimme war, jetzt konnten sie auch die Worte verstehen: – – wenn sie ihn mir überlassen hätten! war das erste, was sie deutlicher unterschieden.

O glorreichste Herrin, dann hätte das nicht geschehen können, antwortete eine andere Frauenstimme.

Zoanthro ist ein Narr und hat den Tod verdient. Aber mein erhabener Vater, der König, ist ein noch viel größerer Narr, sagte wieder die erste Stimme. Jetzt läßt er Zoanthro umbringen und vernichtet damit die Aussicht, jemals das Geheimnis zu entdecken, wie man aus unseren Kriegern Riesen machen kann. Wenn man mir erlaubt hätte, diesen Zuanthrol zu kaufen! Sie dachten, ich wollte ihn töten, aber ich hatte etwas ganz anderes mit ihm vor.

Was hattest du denn mit ihm vor, o wunderbare Prinzessin? fragte die andere.

Das braucht eine Sklavin weder zu fragen noch zu wissen, fuhr ihre Herrin sie an.

Einen Augenblick herrschte Schweigen.

Das ist die Prinzessin Dschansara, die da spricht, flüsterte Tarzan seinem Freunde zu. Sie ist die Tochter Moelhagos, die du gefangennehmen und zu deiner Prinzessin machen wolltest. Aber ich kann dir sagen, du hättest deine Arbeit mit ihr gehabt.

Ist sie wirklich so schön, wie man behauptet? fragte der Prinz.

Sie ist schön, aber eine wahre Teufelin. Es wäre trotzdem meine Pflicht gewesen, sie zur Gattin zu nehmen, sagte Florensal.

Tarzan schwieg. Er begann, sich einen Plan zurechtzulegen. Die Stimme auf der anderen Seite der Holzwand begann wieder zu sprechen:

Er war ganz wundervoll, viel schöner als unsere Krieger. Dann schloß sie nach kurzem Schweigen: Geh nun, Sklavin, und achte darauf, daß ich nicht gestört werde, ehe die Sonne in der Mitte zwischen dem Frauen- und dem Königsgang steht.

Möchten deine Kerzen so unsterblich leuchten wie deine Schönheit, o Prinzessin, sagte die Sklavin, die sich mit Verbeugungen rückwärts aus dem Zimmer entfernte. Einen Augenblick später hörten die drei in ihrem Versteck hinter dem Getäfel, wie eine Tür ins Schloß fiel. Tarzan schlich vorsichtig den Gang entlang und suchte die Geheimtür zum Gemach der Prinzessin, aber Talaskar war es, die sie endlich fand.

Hier! flüsterte sie, und alle drei untersuchten zusammen den Mechanismus, der einfach genug war. Durch Druck auf eine bestimmte Stelle des Paneels ließ sich dieses öffnen.

Wartet, sagte Tarzan zu seinen Gefährten. Ich will die Prinzessin Dschansara holen. Wenn wir nicht mit ihr entkommen können, können wir sie wenigstens als Geisel benützen, um unsere Freiheit zu erkaufen.

Ohne lange auf die Ansicht der anderen zu warten, schob Tarzan sachte den Riegel des Paneels zurück, stieß die Öffnung auf und sah vor sich inmitten einer barbarischen Pracht die Prinzessin auf ihrem Lager liegen. Zu Häupten und zu Füßen der Ausgestreckten brannte eine riesige Kerze.

Der Affenmensch ließ die Geheimtür offen und trat zu der bereits Schlafenden. Aber er war erst halb durch das Gemach geschlichen, als ein plötzlicher Luftzug das Paneel mit einem Krach zuwarf, der einen Toten erwecken konnte.

Die Prinzessin war im Nu auf den Füßen und starrte ihn an. Einen Augenblick stand sie schweigend da, dann kam sie, sich geschmeidig wiegend, auf ihn zu, wobei ihr Anblick den Herrn der Dschungel mit zwingender Ideenverbindung an die wilde Majestät der Löwin Sabor erinnerte.

Bist du es, Zuanthrol? hauchte sie. Kommst du, um mich zu holen?

Ich kam, um dich zu holen, Prinzessin, erwiderte der Affenmensch: Mache keinen Lärm, und dir soll nichts geschehen.

Ich werde sicher keinen Lärm schlagen, Zuanthrol, flüsterte Dschansara, die mit halbgeschlossenen Lidern zu ihm hinglitt und ihm die Arme um den Hals legte. Tarzan wich zurück und machte sich sanft von ihr los. Du verstehst mich falsch, Prinzessin, suchte er sie aufzuklären. Du bist meine Gefangene und mußt mit mir kommen.

Richtig, hauchte sie. Ich bin deine Gefangene, aber *du* verstehst mich falsch. Ich liebe dich. Ich habe das Recht, mir jeden mir zusagenden Sklaven als meinen Gatten und Prinzen zu wählen. Da habe ich dich gewählt.

Tarzan schüttelte ungeduldig den Kopf: Du liebst mich ja gar nicht, sagte er: Es tut mir leid, daß du dir das einbildest, denn ich wenigstens liebe dich nicht. Aber ich kann keine Zeit vergeuden. Komm! Er trat auf sie zu und ergriff ihr Handgelenk.

Sie kniff die Augen zusammen. Bist du toll? fragte sie, oder solltest du etwa nicht wissen, wer ich bin?

Du bist Dschansara, Moelhagos Tochter, erwiderte Tarzan. Du siehst, ich kenne dich gut genug.

Und du wagst, meine Liebe zurückzuweisen? Sie atmete schwer, und ihr Busen wogte vor heftiger Erregung auf und nieder.

Zwischen uns kann von Liebe keine Rede sein, entgegnete der Affenmensch. Bei mir handelt es sich nur um Leben und Freiheit für mich und meine Gefährten.

Liebst du eine andere: forschte Dschansara.

Ja, bekannte Tarzan.

Wer ist sie? suchte die Prinzessin ihn auszufragen.

Wirst du jetzt endlich friedlich mitkommen oder muß ich dich mit Gewalt fortbringen? fragte der Affenmensch, ihre letzte Frage übergehend.

Das Weib stand noch eine kurze Weile schweigend vor ihm, jeden Muskel angespannt, und ihre zwei Augen glichen sprühenden Feuerquellen, bis sich ihr Gesichtsausdruck langsam änderte. Sie streckte ihm eine Hand entgegen.

Ich werde dir helfen, Zuanthrol, sagte sie. Ja, ich werde dir helfen, zu entkommen. Gerade, weil ich dich liebe, will ich es tun. Komm, folge mir. Sie drehte sich um und schritt durch ihr Gemach.

Aber meine Gefährten, sagte der Affenmensch. Ohne sie kann ich unmöglich gehen.

Wo sind sie?

Er sagte es ihr nicht, denn er war noch keineswegs über die Absichten der Prinzessin sicher. Zeige mir den Weg, dann komme ich zurück und hole sie nach.

Wohl denn, antwortete sie, ich zeige dir den Weg, vielleicht liebst du mich dann doch mehr als die andere.

Talaskar und Florensal warteten hinter dem Holzgetäfel auf den Erfolg von Tarzans Wagnis. Sie konnten deutlich jedes Wort der Unterhaltung verstehen.

Er liebt dich, sagte Florensal, siehst du, er liebt dich.

Ich merke nichts der Art, widersprach Talaskar. Daß er die Prinzessin Dschansara nicht liebt, ist noch kein Beweis dafür, daß er mich liebt.

Doch, er liebt dich, und du liebst ihn wieder! Ich habe das von Anfang an bemerkt, gleich als er kam. Ich wollte, er wäre nicht mein Freund, dann würde ich ihm meinen Degen durch den Leib rennen.

Warum willst du ihn denn niederstoßen, bloß weil er mich – oder falls er mich liebt? fragte das Mädchen. Schätzest du mich so niedrig, daß du deinen Freund lieber tot als mit mir vereinigt sähst?

Ich – der Prinz zögerte, ich kann mich nicht aussprechen.

Das Mädchen lachte, wurde aber mit einem Male ernst: Sie führt ihn aus ihrem Gemach fort, wir gehen besser hinterher.

Talaskar legte eben die Hand an die Feder, die das Schloß der Geheimtür betätigte, als Dschansara Tarzan nach einem Tor führte, aber nicht zu dem, durch das die Sklavin verschwunden war.

Folge mir, flüsterte die Prinzessin, du sollst sehen, was bei Dschansara Liebe heißt.

Tarzan, der ihr nicht recht traute, war auf seiner Hut. Du hast wohl Furcht? sagte sie. Traust du mir nicht? Nun gut denn, komm her und sieh erst selbst in diesen Raum, ehe wir eintreten.

Florensal und Talaskar drangen eben in dem Augenblick ins Gemach, als Tarzan auf die Schwelle trat, neben der Dschansara stand. Sie sahen, wie der Boden unter seinen Füßen wich und wie Zuanthrol verschwand. Er schoß auf einer polierten Rutsche hinab und hörte noch Dschansaras wildes Lachen, mit dem sie ihn auf seiner Fahrt ins Ungewisse begleitete.

Florensal und Talaskar sprangen flink quer durchs Gemach, aber sie kamen schon zu spät. Der Boden hatte sich bereits wieder über Tarzan geschlossen. Dschansara stand noch auf demselben Fleck, sah nach der Stelle, an der Tarzan verschwunden war, und zitterte unter dem wütenden Sturm ihrer Leidenschaften wie Espenlaub im Winde.

Wenn du nicht zu mir kommst, sollst du auch zu keiner anderen mehr gehen, kreischte sie. Sie wendete sich ab und sah Florensal und Talaskar herbeikommen. Was nun folgte, ging so rasch, daß es sich unmöglich so schnell beschreiben läßt, wie es sich ereignete. Alles war schon so ziemlich vorüber, als Tarzan das Ende seines Absturzes erreichte und sich von dem gestampften Boden erhob, auf dem er gelandet war.

Er fand sich in einem von mehreren Kerzen erleuchteten Raum, die in vergitterten Nischen brannten. Ihm gegenüber saß hinter einem schweren eisernen Gittertor in einem beleuchteten Nebenraume ein Mann mit niedergeschlagener Miene auf einem niedrigen Bänkchen. Beim Geräusch von Tarzans überstürztem Auftritt blickte er auf und sprang auf die Füße. Rasch! Nach links! rief er. Tarzan drehte sich um und sah zwei grünäugige Bestien zum Sprunge bereit kauern. Zunächst war er versucht, sich die Augen zu reiben wie jemand, der das Gesicht eines unangenehmen Traumes nicht gleich loswerden kann, denn was er sah, waren nur zwei gewöhnliche afrikanische Wildkatzen von deren regelrechter Farbe und Gestalt, aber in riesenhafter Größe. Er hatte ganz vergessen, daß man ihn so klein gemacht hatte und daß die ihm so ungeheuer erscheinenden Katzen in Wirklichkeit nur normale Vertreter ihrer Gattung waren.

Als die Bestien auf ihn eindrangen, riß er sein Schwert heraus, um mit diesen Katzen zu kämpfen, wie er es so oft mit ihren mächtigen Vettern draußen in der Dschungel getan hatte.

Wenn du sie abwehren kannst, bis du hier ans Tor kommst, rief der Mann im Nebengelaß, dann kann ich dich durchlassen. Der Riegel sitzt auf meiner Seite.

Aber die Katzen sprangen bereits.

Florensal eilte an Dschansara vorbei und war mit einem Satz auf der Stelle, an der sein Freund verschwunden war. Der Estrich gab unter ihm nach, aber im Sturz hörte er noch den wilden Schrei der Prinzessin von Veltopis.

So? Du bist seine Liebe? rief sie. Aber du sollst ihn nicht haben, nicht einmal im Tode! Das war alles, was Florensal noch hörte, ehe ihn der finstere Abgrund verschlang.

Talaskar stand der rasenden Dschansara allein gegenüber, aber als die Prinzessin mit gezücktem Dolche auf sie eindrang, wich sie zurück.

Stirb, Sklavin! kreischte die andere und führte mit dem Dolche einen Stoß nach Talaskars weißem Halse, doch das Sklavenmädchen packte das Handgelenk der Gegnerin und im nächsten Augenblick lagen beide in verzweifelter Umarmung auf dem Boden. Sie rollten übereinander hinweg, Moelhagos Tochter suchte der Sklavin den Dolch in die Brust zu stoßen, Talaskar rang, um den drohenden Stahl abzuwehren und der anderen mit den Fingern die Kehle zuzudrücken.

Als die erste Katze zum Sprunge ansetzte, sprang die zweite hinterher, um sich ihren Anteil am Mahle nicht entgehen zu lassen, denn beide waren halb verhungert und rasend vor Gier. Der Affenmensch wich dem Sprunge der ersten durch einen Seitenschritt aus und sprang vor, um ihr seinen Degen in die Seite zu stoßen, da schoß Florensal mit dem bereits in Dschansaras Gemach gezückten Degen in der Hand herab und fiel der anderen Katze geradezu in den Rachen. Diese war durch das plötzliche Erscheinen eines zweiten Menschen so überrascht, daß sie erst bis ans andere Ende des Käfigs zurückwich, ehe sie Mut genug zu einem neuen Ansprung fand.

Droben im Gemach kämpften Talaskar und Dschansara wild miteinander wie zwei Tigerinnen in Menschengestalt. Hierhin und dorthin wälzten sie sich im

Räume, stoßend, reißend, zuschlagend. Dschansara schrie immer wieder: Stirb, Sklavin, du sollst ihn nicht haben! Aber Talaskar blieb stumm und sparte ihren Atem mit dem Erfolge, daß sie langsam die Oberhand bekam, als sie beide zusammen sich gerade auf die verräterische Stelle wälzten, die Tarzan und Florensal in die Tiefe befördert hatte.

Als Dschansara das merkte, stieß sie einen Schrei des Entsetzens aus: Die Katzen, die Katzen! aber schon verschwanden sie beide in der schwarzen Tiefe.

Florensal verfolgte die Katze nicht in ihren Winkel am anderen Ende der Grube; er eilte Tarzan zu Hilfe, und beide hielten mit vereinten Kräften die Bestien zurück, während sie sich nach dem Tore zogen, hinter dem der fremde Mann sich bereit hielt, sie in seinen eigenen gesicherten Raum einzulassen.

Die zwei Katzen sprangen mehrmals flink vor, aber immer ebenso rasch wieder zurück, denn sie hatten beide von dem scharfen Stahl zu kosten bekommen, mit dem sich die Männer verteidigten. Die Männer waren fast am Tore. Wieder sprangen die Katzen an, wieder wurden sie in die entgegengesetzte Ecke zurückgetrieben. Der Mann im Nebenraum riß schon die Tür auf.

Schnell! rief er, da schossen abermals zwei eng umschlungene Gestalten aus der Mündung der Rutsche hervor und rollten unmittelbar vor den angreifenden Raubtieren auf den Boden der Grube.

Gemeinsame Flucht

Als Tarzan und Florensal die zwei Frauen dem wilden Angriff der hungrigen Bestien preisgegeben sahen, eilten sie flink ihnen zu Hilfe. Wie vorher, bei Florensals Sturz, waren die Katzen auch diesmal über das plötzliche Erscheinen zweier weiterer Menschen erschrocken und sprangen in der ersten Überraschung zurück.

Dschansara hatte im Fallen ihren Dolch verloren, den Talaskar auf dem Boden liegen sah. Sie ließ die Prinzessin los, griff nach der Waffe und sprang auf die Füße. Schon waren auch Tarzan und Florensal an ihrer Seite, um den zurückkehrenden Katzen zu begegnen.

Dschansara erhob sich langsam und halb betäubt. Sie blickte sich um, und das Entsetzen entstellte ihre wundervolle Schönheit fast, aber der Mann im Nebengelaß erkannte sie doch. Dschansara! rief er, ich komme, meine

Prinzessin, ich komme! Er packte seine Bank, den einzigen als Waffe brauchbaren Gegenstand in seinem Kerker, stieß das Tor auf und stürmte in den Käfig, in dem die vier anderen den jetzt völlig rasenden Bestien gegenüberstanden.

Die vielfach verwundeten Tiere tobten vor Schmerz, Grimm und Hunger. Kreischend und fauchend stürzten sie sich gegen die Schwerter der beiden Männer, die die Mädchen hinter sich geschoben hatten und mit ihnen langsam nach der Gittertür zurückgewichen. Da gesellte sich noch der Mann mit der Bank zu Tarzan und Florensal, und die drei schlugen vereint die Angriffe der wütenden Raubtiere zurück.

Die Bank erwies sich als mindestens ebensogute Waffe wie die Schwerter, und alle fünf zogen sich langsam zurück, als die beiden Katzen plötzlich ohne das geringste warnende Anzeichen zur Seite sprangen und der Gruppe in den Rücken fielen, als ob sie wüßten, daß die Frauen die leichtere Beute darstellten. Eine hätte ums Haar Dschansara gepackt, wäre nicht der anscheinend von dämonischem Grimm besessene Fremde dazwischengesprungen. So verzweifelt schlug er mit seiner Bank drauf los, daß das Tier von der Prinzessin ablassen mußte.

Aber der Mann stand noch nicht von der Verfolgung ab; seine Bank schwingend trieb er die eingeschüchterte Katze und ihren Gefährten mit so fürchterlichen Schreien und bewunderungswürdigen Schlägen vor sich her, daß die Tiere, um ihm zu entgehen, in den Kerker flüchteten, den er vorher bewohnt hatte. Ehe sie wieder zurückkonnten, hatte er die Türe mit seiner Bank verrammelt und den Riegel auf der anderen Seite vorgeschoben. Dann wandte er sich den vieren zu. Zoanthro! rief die Prinzessin.

Dein Sklave! erwiderte der Fürst, der sich auf ein Knie niederließ und mit ausgestreckten Armen zurückbeugte.

Du hast mein Leben gerettet, Zoanthro, sagte Dschansara, und das nach all den Erniedrigungen, mit denen ich dich überhäuft habe! Wie kann ich dich belohnen? Prinzessin, ich liebe dich, das weißt du längst, antwortete der Mann, aber jetzt ist es zu spät, denn morgen muß ich nach des Königs Willen sterben. Moelhago hat mein Urteil gesprochen, und obgleich du seine Tochter bist, muß ich es doch aussprechen, daß gerade seine Beschränktheit ihn daran hindert, einen einmal gefaßten Entschluß wieder zu ändern.

Ich weiß es wohl, sagte Dschansara. Er ist zwar mein Vater. Aber ich liebe ihn nicht. Meine Mutter hat er auch einst in einem Anfall unsinniger Eifersucht umgebracht. Ein Narr ist er, ein Erznarr.

Sie kehrte sich mit einem Male den anderen zu. Diese Sklaven wünschen zu fliehen, Zoanthro. Mit meiner Hilfe wäre es ausführbar. In ihrer Begleitung könnten auch wir erfolgreich einen Fluchtversuch wagen und in ihrem Lande eine Freistatt finden. Vorausgesetzt, daß einer von ihnen in seiner Heimatstadt genug Ansehen besitzt, wendete der Fürst ein.

Das schien Tarzan eine wunderbare Gelegenheit. Dieser hier, sprach er, ist der Sohn von Drohahkis, dem König von Trohana, sein ältester Sohn und Zertolosto.

Dschansara blickte Tarzan an. Ich war schlecht, Zuanthrol, bekannte sie. Aber ich bildete mir ein, ich begehrte dich, und als Tochter eines Königs ist mir selten ein Wunsch versagt worden. Behalte deinen Mann, Mädchen, sagte sie zu Talaskar, und werde glücklich mit ihm. Damit wollte sie die Kleine sanft dem Affenmenschen in die Arme schieben. Aber Talaskar wich erklärend zurück: Du irrst dich, Dschansara, weder ich liebe Zuanthrol, noch liebt er mich.

Florensal warf einen raschen Blick auf Tarzan, als erwarte er von diesem eine prompte Widerlegung von Talaskars Behauptung, aber der Affenmensch nickte nur zustimmend mit dem Kopfe.

Willst du wirklich zugeben, daß du Talaskar nicht liebst? fragte Florensal mit einem festen Blick in die Augen seines Freundes.

Im Gegenteil, erwiderte Tarzan, ich habe sie außerordentlich lieb, aber nicht in dem Sinne, wie du glaubtest oder, ich darf wohl sagen, fürchtetest. Ich habe sie gerne, weil sie ein liebes, gutherziges Mädchen ist, das sich als treue Freundin erwies. Außerdem ist sie in Not und bedarf des Beistands, den allein du und ich ihr gewähren können. Aber so wie ein Mann sein Weib liebt, liebe ich sie nicht, denn ich habe bereits eine Gattin draußen in meiner Heimat jenseits des Dornwalds.

Florensal sagte kein Wort, dachte aber um so mehr. Er dachte daran, wie viel es für ihn bedeutete, wieder nach seiner Stadt zurückzugelangen und wieder Zertolosto zu sein, wo er dann dem Jahrhunderte alten Brauch gehorsam eine Prinzessin aus einer anderen Stadt heiraten mußte. Aber er wollte gar keine Prinzessin, er wollte Talaskar, das kleine Sklavenmädchen von Veltopis, das kaum seine eigene Mutter gekannt hatte, und sicher nicht wußte, wer sein Vater war.

Er begehrte Talaskar, aber er konnte sie in Trohana nur als Sklavin besitzen. Seine Liebe für sie war echt, darum hielt er schon den Gedanken daran für eine Beleidigung. Wenn er sie nicht zu seiner Prinzessin machen konnte, würde er sie nie sein eigen nennen. Darum war Florensal, der Sohn von Drohahkis, traurig. Aber man ließ ihm keine Zeit, seiner Betrübnis nachzuhängen, denn die anderen berieten über den besten Weg zur Flucht.

Von da kommen die Wärter her, um die Katzen von dieser Seite zu füttern, sagte Zoanthro unter Hinweis auf ein kleines Tor in der Zwingerwand gegenüber der Zelle, in der er gesessen hatte.

Das wird wohl nicht verschlossen sein, meinte Dschansara, denn ein Gefangener müßte durch den Zwinger der Raubtiere, um dorthin zu gelangen.

Das werden wir gleich sehen, sagte Tarzan, der an die Türe ging. Ein Ruck genügte, um das Tor aufzureißen, hinter dem sich ein schmaler Gang zeigte. Einer nach dem anderen zwängten sich die fünf durch die enge Öffnung und gingen den in die Höhe führenden Weg entlang, wobei sie sich mit den Kerzen aus dem Raubtierkäfig leuchteten. Oben ging eine Tür auf einen weiten Korridor hinaus, in dem in kurzer Entfernung ein Krieger anscheinend auf Posten stand.

Dschansara sah durch den dünnen Spalt, den Tarzan geöffnet hatte, und erblickte den Mann im Gange. So ist es richtig, rief sie denn. Wir sind auf meinem eigenen Vorflur, und dieser Mann steht vor meiner Eingangstür Wache. Ich kenne ihn gut. Durch meine Vermittlung hat er sich seit dreißig Monden um das Zahlen der Steuer drücken können. Der würde für mich sterben. Kommt, von ihm haben wir nichts zu fürchten. Sie schritt kühn auf den Korridor hinaus und trat zu dem Krieger, während ihr die anderen folgten. Solange der Mann die Prinzessin nicht erkannt hatte, bestand Gefahr, daß er Lärm schlug, aber als er seine Gebieterin sah, war er wie weiches Wachs in ihrer Hand.

Du bist blind! befahl sie ihm.

Wie die Prinzessin befiehlt, antwortete er.

Sie gab ihm ihre Wünsche an: Fünf Diadets und ein paar schwere Rüstungen. Der Mann überblickte ihre Begleiter, erkannte augenscheinlich Zoanthro und konnte sich wohl auch denken, wer die beiden anderen Männer waren.

Ich werde zum Nutzen meiner Herrin nicht nur blind, sondern morgen sogar tot sein, sagte er.

Dann besorge lieber sechs Diadets, gebot ihm die Prinzessin.

Darauf wandte sie sich Florensal zu. Du sollst der Kronprinz von Trohana sein? fragte sie.

Der bin ich, erwiderte er.

Falls wir dir zur Freiheit verhelfen, wirst du uns dann nicht zu Sklaven machen?

Ich werde euch als meine Sklaven mit nach meiner Stadt nehmen und euch dort freimachen, schlug er vor.

Das ist eine Methode, die selten oder überhaupt noch nicht angewendet worden ist, sagte die Prinzessin nachdenklich. In Veltopis wenigstens ist es seit Menschengedenken nicht vorgekommen. Ich möchte wohl wissen, ob es dein Vater gestattet.

Die Sache ist keineswegs ohne Vorgang, entgegnete Florensal. Der Fall ist zwar selten, aber er ist vorgekommen. Ich denke, du kannst einer freundlichen Aufnahme an Drohahkis Hofe gewiß sein, und was Zoanthro betrifft, so wird seine Weisheit bei uns nicht ohne Anerkennung und Belohnung bleiben.

Es dauerte recht lange, ehe der Krieger mit den Diadets kam. Sein Antlitz war mit Schweiß bedeckt, seine Hände voller Blut.

Ich habe um die Reittiere kämpfen müssen, berichtete er, und wenn wir uns nicht beeilen, dann müssen wir gleich wieder beim Aufsteigen um sie fechten, Hier, Prinz, hast du Waffen. Er reichte Zoanthro Schwert und Dolch.

Sie stiegen eilig auf die Tiere, und Tarzan machte seine erste Erfahrung mit den zähen, kleinen, flinken Antilopen der Minunier. Doch er fand den Sattel ganz zweckmäßig und das Tier leicht zu reiten.

Sie werden mich vom Königsgang aus verfolgen, erläuterte Oratharc, der Krieger, der die Diadets besorgt hatte. Also ist es wohl geraten, einen anderen Ausgang zu wählen.

Trohana liegt im Osten. Wenn wir mit zwei Sklaven von dort zum Frauenausgang hinausreiten, weiß man gleich, wohin wir gehen. Wenn wir aber einen anderen Ausgang wählen, sind die Verfolger über die Richtung nicht so sicher, und wenn sie nur etwas Zelt verlieren, gibt uns das viel Vorsprung. Wenn wir geradeswegs die Richtung nach Trohana nehmen, werden wir sicher eingeholt, denn man wird zu unserer Verfolgung die schnellsten Diadets aufbieten. Unsere einzige Hoffnung ist, sie über die Richtung und unser Ziel zu täuschen, und dazu müssen wir entweder durch den Krieger- oder Sklavengang hinaus, und dann über die Hügel nördlich der Stadt hinweg weit nach Nordosten ausbiegen. Wir dürfen nicht eher nach Süden schwenken, ehe wir nicht sogar über Trohana hinaus sind. Dann können wir uns dieser Stadt von Osten nähern, während unsere Verfolger das Gelände westlich von Trohana bis Veltopis mit Patrouillen abriegeln.

Also zum Kriegergang hinaus, rief Dschansara. Wir müssen machen, daß wir fortkommen, drängte Oratharc.

Reite du mit der Prinzessin voran, befahl Zoanthro. Möglich, daß die Wache die Prinzessin mit ihrem Gefolge durchläßt. Wir müssen uns eben mit unseren Kriegsmänteln so gut es geht vermummen. Vorwärts denn!

Dschansara und Oratharc ritten voran, die übrigen folgten eng gedrängt, und so erreichten sie bald in scharfem Trabe durch den im Kreis führenden Umlaufgang den Kriegerkorridor. Erst dann machten sich die ersten Zeichen von Verfolgung bemerkbar. Obgleich sie die Stimmen von Männern bereits hinter sich hören konnten, zögerten sie doch noch, in schärfere Gangart zu fallen, um nicht den Verdacht der Torwache zu erregen, an der sie kurz vor dem Ausgang vorbei mußten.

Sie hatten beinahe den Ausgang erreicht, als sie gewahr wurden, daß eine sie verfolgende Abteilung hinter ihnen in den Kriegergang einbog und sich rasch näherte.

Dschansara und Oratharc hielten vor der Torwache an, die herausgetreten war, um sie anzuhalten.

Die Prinzessin Dschansara! rief Oratharc. Platz für die Prinzessin Dschansara.

Die Prinzessin warf die Kapuze ihres Kriegsmantels zurück und zeigte ihr wohlbekanntes und gefürchtetes Antlitz. Doch der Mann zögerte noch.

Beiseite, Mensch, rief die Prinzessin, oder ich reite dich nieder.

Wildes Rufen erscholl hinter ihnen. Man sah Krieger auf schnellen Diadets den Gang entlangsprengen, die etwas riefen, das man aber des Lärmes wegen nicht verstehen konnte. Der Posten begann mißtrauisch zu werden.

Warte, bis ich den Novand der Wache rufe, Prinzessin. Irgend etwas stimmt nicht, und ich darf niemand ohne Erlaubnis durchlassen. Doch halt, da ist er ja schon.

Als die Flüchtlinge sich im Sattel umdrehten, sahen sie einen Novand mit einer Anzahl von Kriegern aus dem Wachtraum herauskommen.

Vorwärts! rief Dschansara, die mit ihrem Diadet geradewegs den vor ihr stehenden Mann überritt. Die übrigen folgten ohne Verzug, während der zu Boden gerittene Krieger noch blindlings mit seinem Degen nach Beinen und Bäuchen der über ihn hinwegsetzenden Diadets schlug. Inzwischen stürzte der Novand mit seinen Leuten gerade zeitig genug auf den Weg, um mit den ankommenden Verfolgern zusammenzustoßen, die ohne weiteres für den weiter zurückgebliebenen Teil der Flüchtlinge angesehen wurden. Ein mehrere Minuten lang dauerndes Scharmützel entspann sich, und als sich der Vorfall endlich aufgeklärt hatte, waren die Flüchtlinge längst unter den Bäumen im Westen der Stadt verschwunden und nahmen die Berge im Norden zum Ziele, die im Lichte der klaren, aber mondlosen Nacht verschwommen in der Ferne zu erkennen waren.

Oratharc, der die Wege in den Bergen genau kannte, zeigte den Weg; die anderen folgten so dicht wie möglich. Florensal und Tarzan machten den Schluß. So zogen sie schweigend durch die Nacht, kletterten abschüssige Bergpfade hinab, sprengten von Fels zu Fels, wo es keinen Pfad mehr gab, rutschten steile Hänge hinab und wanden sich wieder durch dichtes Unterholz und Buschwerk tunnelartige Pfade entlang. Bald krochen sie über schmale Grate, bald ging es über breite Ebenen. Die ganze Nacht hindurch zeigte sich keine Verfolgung.

Endlich kam der Morgen, und mit ihm enthüllte sich von einem hohen Berggipfel aus der Weitblick über eine nach Norden reichende Ebene bis zu fernen Hügeln mit Wäldern und Strömen. Sie beschlossen, zu einem der parkähnlichen Haine hinabzureiten, die man am Fuße des Berges sehen konnte. Dort wollten sie ihre Tiere ausruhen und weiden lassen, denn der nächtliche Ritt hatte sie hart mitgenommen.

In den Bergen konnte man sich auf unbestimmte Zeit ohne Schwierigkeiten verborgen halten, so wild und wenig besucht waren sie. Daher schlugen sie eine Stunde nach Sonnenaufgang in einer der kesselartigen baumumsäumten

Talmulden ihr Lager auf, tränkten und fütterten ihre Tiere und empfanden zum ersten Male seit Veltopis ein Gefühl leidlicher Sicherheit.

Oratharc ging zu Fuße auf die Pirsch und erlegte eine Anzahl Wachteln, während Tarzan ein paar Fische im Strome speerte. Sie kochten und aßen, dann legten sie sich bis zum Nachmittag schlafen, denn keiner von ihnen hatte die vergangene Nacht ein Auge zugemacht. Die Männer hielten aber abwechselnd Wache.

Am Spätnachmittag setzten sie ihre Flucht fort und waren bei Einbruch der Dunkelheit schon weit draußen auf der Ebene. Florensal und Zoanthro, die weit draußen als Flankendeckung ritten, suchten wie die anderen nach einem geeigneten Lagerplatz. Zoanthro hatte schließlich einen entdeckt, aber als sie sich alle an dieser Stelle einfanden, konnte Tarzan zunächst nichts bemerken, das den Platz als Lager geeigneter machte als die offene Steppe ringsum. Wohl befand sich dort ein Knick von Bäumen, aber sie waren schon an vielen derartigen Gebüschen vorbeigekommen und dieser eine schien auch nicht mehr Sicherheit zu bieten als andere. Im Gegenteil, Tarzan hielt den Fleck für so schlecht gewählt wie möglich. Er bot weder Wasser noch Schutz vor dem Winde noch Schutz vor einem Feinde. Aber vielleicht gedachten die anderen, auf den Bäumen Quartier zu machen. Das war wenigstens ein Gedanke. Er sah träumerisch zu den luftigen Zweigen hinauf. Wie ungeheuer hoch ihm die Bäume vorkamen! Aber er wußte ja, daß es nur mittelgroße Stämme waren und daß sie nur jetzt für ihn ihre Häupter gleich Riesen emporzustrecken schienen.

Ich gehe zuerst hinein, hörte er Florensal sagen und wandte sich seinen Gefährten zu, um zu erfahren, was vor sich ging.

Die drei Männer umstanden ein tiefes Loch, in das sie hineinsahen. Tarzan wußte, daß sie da den Eingang zur Röhre eines Honigdachses vor sich hatten, und fragte sich verwundert, warum einer von ihnen in dessen Behausung eindringen sollte. Tarzan hatte sich nie viel aus dem Fleische dieses Tieres gemacht. Er trat zu den anderen, als Florensal eben mit dem nackten Schwert in der Hand in die Röhre kroch.

Was will er da drin? fragte er Zoanthro.

Den Cambon heraustreiben oder töten, erwiderte der Fürst, der das Tier beim minunischen Namen nannte.

Wozu denn? fragte Tarzan. Sein Fleisch eßt ihr doch sicher nicht!

Nein, aber wir brauchen für diese Nacht seine Wohnung, antwortete Zoanthro. Ich dachte eben nicht daran, daß du kein Minunier bist. Wir wollen diese Nacht in der Höhle zubringen, um vor Katzen und Löwen sicher zu sein. Es wäre besser, wir wären bereits drin. Um diese Nachtstunde ist es für uns Minunier hier draußen in der Steppe besonders gefährlich, weil jetzt die Löwen jagen.

Gleich danach kam Florensal wieder aus dem Loche heraus. Der Cambon ist nicht drin, sagte er. Die Höhle ist verlassen. Ich fand nur eine Schlange, der ich den Garaus machte. Gehe voran, Oratharc, und ihr, Dschansara und Talaskar, folgt ihm. Ihr habt doch Kerzen? Sie zündeten ihre Lichter an und verschwanden einer nach dem anderen im Eingang der Höhle.

Alte Freunde

Drei Tage lang reisten die sechs genau nach Osten, erst am vierten Tage schlugen sie eine südliche Richtung ein. Ein großes Waldgebiet in der Ferne am südlichen Horizont zog sich im Bogen nach Osten herum. Dort im Südwesten lag Trohana. Für ihre ermüdeten Diadets waren es immer noch zwei gute Tagesreisen. Tarzan vergegenwärtigte sich mit Staunen, wie wenig Ruhe die kleinen Tiere bekamen. Nachts ließ man sie wohl laufen, um zu grasen, aber er kannte die Lebensgewohnheit der Raubtiere und wußte daher, daß die kleinen Antilopen Nacht für Nacht den größten Teil der Zeit in unruhiger Wachsamkeit oder auf Flucht zubrachten. Trotzdem kamen sie jeden Morgen wieder zum Lager zurück und erwarteten ihre Herren. Daß sie nicht durchgingen oder ausblieben, hatte zwei Gründe. Seit undenklichen Zeiten wurden sie immer nur in den Dombauten der Minunier gezüchtet und kannten daher gar kein anderes Leben als das bei ihren Herren, auf die sie wegen Futter und Pflege angewiesen waren. Aber auch die außerordentlich gütige Behandlung und Liebe, die die Minunier ihren schönen Reittieren angedeihen ließen, gewann ihnen die Anhänglichkeit und das Vertrauen der kleinen Geschöpfe in solchem Maße, daß die Diadets sich nur in der Nähe von Menschen wohlfühlten.

Am Nachmittag des vierten Tages lenkte Talaskar plötzlich die Aufmerksamkeit der anderen auf eine kleine in weiter Ferne hinter ihnen auftauchende Staubwolke. Lange Zeit beobachteten alle mit Spannung, wie sie wuchs und näherkam.

Es werden die langerwarteten Verfolger sein, sagte Zoanthro.

Vielleicht sind es Leute von Trohana, meinte Florensal.

Mögen sie sein, wer sie wollen, sie sind uns weit an Zahl überlegen, erklärte Dschansara, laßt uns auf alle Fälle ein Versteck suchen, bis wir wissen, mit wem wir es zu tun haben.

Wir können den Wald erreichen, ehe sie uns einholen, sagte Oratharc, und im Walde können wir ihnen, falls nötig, entgehen.

Aber ich fürchte mich vor dem Walde, klagte Dschansara.

Uns bleibt keine andere Wahl, sagte Zoanthro, ich zweifle aber, ob wir den Wald vor ihnen erreichen werden. Vorwärts, wir müssen uns sputen!

Tarzan war noch nie im Leben so rasch auf dem Rücken eines Tieres dahingetragen worden. Die Diadets setzten in gewaltigen Sprüngen dahin, aber gleichwohl löste sich die Staubwolke hinter ihnen in ein Dutzend einzelner Krieger auf, gegen die ihre vier Klingen nicht aufkommen konnten. Die einzige Hoffnung beruhte auf der Aussicht, den Wald vor den Verfolgern zu erreichen. Bald schien es zu glücken, bald schien es unmöglich.

Der eben noch so ferne Wald flog beinahe zwischen dem kleinen Gehörn des anmutigen Reittiers auf Tarzan zu, gleichwohl holte der Feind im Rücken auf. Es waren Verfolger von Veltopis – sie waren schon so nahe, daß man sie an der Helmzier erkennen konnte – und sie hatten auch ihre Beute erkannt, denn sie riefen den Flüchtlingen laut zu, anzuhalten, und nannten sogar einige von ihnen beim Namen.

Einer der Verfolger preschte rascher vor als die anderen und kam dicht hinter Zoanthro, der Seite an Seite mit Tarzan den Beschluß machte. Einen Sprung vor Zoanthro ritt Dschansara. Sie war es, die der Bursche laut anrief.

Prinzessin! rief der Mann. Der König verzeiht euch allen, wenn ihr uns die Sklaven ausliefert. Ergebt euch, und alles wird verziehen.

Affentarzan hörte es und fragte sich im stillen, was die drei anderen von Veltopis wohl tun würden. Die Versuchung war groß. Wäre Talaskar nicht gewesen, dann hätte er den anderen womöglich geraten, zurückzubleiben. Aber er wollte nicht zugeben, daß das kleine Sklavenmädchen geopfert wurde. Er zog sein Schwert und fiel etwas hinter Zoanthro zurück, der indessen keine Ahnung vom Grunde dafür hatte.

Ergebt euch und alles ist vergeben! rief der Verfolger nochmals.

Niemals! rief Zoanthro.

Niemals! echote Dschansara.

Dann kommen die Folgen auf euer Haupt! rief der Herold, und weiter jagten sie, Verfolger und Verfolgte, auf den dunklen Wald zu, von dessen Rand aus trotzige Augen die wilde Hetze beobachteten, während rote Zungen bereits im Vorgefühl über die Lippen fuhren. Tarzan hörte mit Erleichterung die gleiche Antwort von Zoanthro wie von Dschansara, die sich beide als liebenswerte Gesellschafter und gute Kameraden erwiesen hatten. Dschansaras Benehmen hatte sich seit der Teilnahme an der Flucht völlig geändert. Sie war nicht länger die verwöhnte Tochter eines Tyrannen. Sie war jetzt ein Weib, das in neugefundener Liebe sein Glück suchte oder eine alte Liebe neu entdeckt hatte, denn sie gestand Zoanthro immer wieder, sie wisse nun, daß sie stets nur ihn geliebt habe. Sie bemühte sich sogar, ihren tückischen Angriff auf Talaskar wieder gutzumachen. Ihre tolle Schwäche für Tarzan sah sie jetzt im rechten Lichte. Weil man ihn ihr nicht gelassen hatte, wollte sie ihn erst recht haben, und aus purem Trotz gegen ihren Vater, den sie verabscheute, hätte sie ihn zu ihrem Gemahl gemacht.

Die sechs spornten ihre müden Tiere nochmals an. Der Wald war ja so nahe! Ach, wenn er doch schon erreicht wäre! Dort war ein Krieger so gut wie drei, und der Kampf war aussichtsreicher, denn unter den Bäumen konnten jene zwölf nicht geschlossen angreifen, und man konnte sie durch geschicktes Manövrieren voneinander trennen.

Ha, es gelang! Mit lautem Jauchzen spornte Oratharc sein Tier zum Sprunge in den Schatten der ersten Bäume, die anderen stimmten ihm im ersten Augenblick voll Freude bei, dann starb der Ton auf ihren Lippen, denn sie sahen, wie eine Riesenhand herniederreichte und Oratharc aus dem Sattel riß. Sie wollten ihre Tiere herumreißen, aber es war zu spät. Sie befanden sich bereits ein Stück im Walde drin und waren mitten in eine Horde der scheußlichen Kolols geraten. Einer nach dem anderen wurden sie von den Diadets gerissen, während die Verfolger, die wohl den Vorgang bemerkt haben mußten, ihre Tiere herumwarfen und davonjagten.

Talaskar, die sich unter dem Griff eines Alaliweibes wand, rief Florensal noch zu: Gottbefohlen, dies ist das Ende, aber ich sterbe in deiner Nähe und bin froher als je im Leben, ehe du nach Veltopis kamst.

Gott sei mit dir, Talaskar, antwortete er. Im Leben wagte ich es nicht zu sagen, im Tode bekenne ich meine Liebe. Liebtest du mich?

Mit ganzem Herzen! Die beiden schienen zu vergessen, daß es noch andere außer ihnen gab. Im Sterben fühlten sie sich in ihrer Liebe allein.

Tarzan war in die Hand eines männlichen Alali geraten und wunderte sich trotz des drohenden Todes darüber, daß hier eine große Horde männlicher und weiblicher Alali zusammen jagte. Dann fielen ihm auch die Waffen der Männer auf. Das waren nicht die schweren Keulen und die Wurfsteine der Weiber. Diese hier führten lange, gerade Speere und Bogen und Pfeile.

Aber jetzt hob ihn das Geschöpf, das ihn gepackt hatte, hoch und hielt ihn prüfend vor das Gesicht. Da begegnete Tarzan einem erstaunten Blick des Wiedererkennens in den tierischen Augen und sah sich einem Bekannten gegenüber. Der Riese war sein Zögling Taug, Waras Sohn. Tarzan wartete nicht erst die Möglichkeit ab, daß sich ihr beiderseitiges Verhältnis geändert haben könnte. Er erinnerte sich der hündischen Ergebenheit, die ihm das Geschöpf sonst bewiesen hatte, und stellte sie gleich auf die Probe.

Setze mich auf den Boden, bedeutete er ihm energisch durch Zeichen, befiehl deinen Leuten, auch alle meine Gefährten niederzusetzen. Laß ihnen nichts tun!

Ohne Zaudern stellte das ungefüge Geschöpf Tarzan sachte auf den Boden und bedeutete den übrigen, mit ihren Gefangenen das gleiche zu tun. Die Männer folgten sofort dem Befehl, und die Weiber alle bis auf eine, die noch zögerte. Doch Waras Sohn sprang mit einem Satz auf sie los und hob seinen Speer wie einen Peitschenstiel; da kauerte sich das Weib voll Angst hin und setzte Talaskar nieder.

Voller Stolz erklärte der neugebackene Häuptling Tarzan, so gut er konnte, welch großer Umschwung bei den Alali vor sich gegangen war, seit der Affenmensch den Männern Waffen gegeben hatte, und welchen Vorteil deren Gebrauch den Männern seiner Art brachte. Jetzt besaß jeder Mann ein Weib, das für ihn kochte – manche, die Stärkeren, hatten sogar mehrere.

Um Tarzan zu unterhalten und ihm zu zeigen, was für große Fortschritte die Zivilisation im Lande der Kolols bereits gemacht hatte, packte er ein Weib bei den Haaren, riß sie an sich und schlug ihr mit der Faust auf den Kopf, worauf sie vor ihm auf die Knie fiel, seine Beine umfaßte und ihn mit einem Liebe und Bewunderung verratenden Blick ansah.

In jener Nacht schliefen die sechs inmitten der ungeheuren Kolols im Freien, am nächsten Tage brachen sie dann nach Trohana auf. Tarzan hatte sich entschlossen, so lange dort zu bleiben, bis er seine normale Größe wiedererlangen würde. Dann wollte er einen entschiedenen Versuch machen, sich den Weg nach seiner Heimat durch den Dornenwald zu bahnen.

Die Kolols gaben ihnen einen Stück Weges bis auf die Steppe hinaus das Geleit, und Männer und Frauen suchten Tarzan in ihrer rohen, ungeschlachten Weise ihre Dankbarkeit zu beweisen für die Änderung, die er in ihrem Kulturzustand herbeigeführt, und das neue Glück, das er ihnen erschlossen hatte.

Zwei Tage später näherten sich die sechs Flüchtlinge der Stadt Trohana. Sie waren noch weit von der Stadt ab, als sie schon von den Posten erspäht wurden, und alsbald ritt ihnen eine Abteilung Krieger entgegen, denn in Minunien ist es immer geraten, sich einen Besucher vorher anzusehen, ehe man ihn zu nahe ans Haus läßt.

Als die Krieger Florensal und Tarzan erkannten, jauchzten sie vor Freude, und einige von ihnen galoppierten wie der Wind nach der Stadt voraus, um die Freudenbotschaft zu verbreiten.

Die Flüchtlinge wurden gleich in den Thronsaal vor Drohahkis geführt, wo der edle Fürst seinen Sohn in die Arme schloß und vor Freude, daß er ihm wiedergegeben war, weinte. Auch Tarzan wurde nicht vergessen, obgleich es einige Zeit dauerte, ehe der König und alle anderen Bewohner von Trohana sich daran gewöhnen konnten, daß dieser Mann, der nicht größer als sie selbst war, Tarzan sein sollte, der erst vor ein paar Wochen als turmhoher Riese unter ihnen geweilt hatte.

Drohahkis rief Tarzan vor seinen Thron und machte ihn dort vor allen Edlen und Kriegern von Trohana zum Zertol, zum Fürsten, beschenkte ihn mit Diadets und Reichtümern und wies ihm eine seinem Range entsprechende Wohnung an. Ja, er bat ihn, doch immer bei ihm zu bleiben.

Dschansara, Zoanthro und Oratharc erhielten alsbald ihre Freiheit und die Erlaubnis, in Trohana zu bleiben. Dann zog Florensal Talaskar an die Stufen des Thrones. Zum Schlusse, sagte er, erbitte ich noch für mich selbst eine Gnade, Drohahkis. Als Zertolosto bin ich nach Brauch verpflichtet, eine zur Gefangenen gemachte Prinzessin aus einer anderen Stadt zu ehelichen. Doch ich habe hier in diesem Sklavenmädchen die Frau gefunden, die ich liebe. Laß mich darum auf meine Ansprüche auf den Thron verzichten und gib mir dafür sie. Talaskar hob ihre Hand, wie um Einspruch zu erheben, aber Florensal ließ sie nicht zu Worte kommen. Da erhob sich Drohahkis, stieg die Stufen seines Thrones herab, nahm Talaskar an der Hand und führte sie zu einem Platze neben dem Throne. Dann sagte er:

Du bist nur durch Herkommen verpflichtet, eine Prinzessin zu ehelichen, Florensal. Aber Herkommen ist kein Gesetz. Ein Angehöriger von Trohana kann ehelichen, wen er will.

Selbst wenn er durch Gesetz gebunden wäre, eine Prinzessin zu nehmen, fiel Talaskar ein, dann dürfte er mich freien, denn ich bin die Tochter des Talaskhago, dem König von Mandala. Meine Mutter fiel wenige Monate vor meiner Geburt in die Gefangenschaft, und ich kam in eben jenem Verließ zur Welt, in dem mich Florensal fand. Meine Mutter hatte mich angewiesen, nie einen anderen als einen Prinzen zu ehelichen, lieber zu sterben. Aber ich hätte ihre Weisung vergessen, auch wenn Florensal nur der Sohn eines Sklaven gewesen wäre. Nicht im Traume ahnte ich, daß er der Sohn eines Königs sei, bis zu jener Nacht, in der wir aus Veltopis entwichen. Aber schon lange zuvor hatte ich ihm mein Herz geschenkt, obgleich er das nicht wußte.

Wochen vergingen, und immer noch zeigte sich an Tarzan keine Veränderung. Er war ganz zufrieden mit dem Leben bei den Minuniern, aber er bekam Sehnsucht nach den Seinen, vor allem nach seinem Weibe, das sich um ihn grämte. So entschloß er sich denn, sich, wie er war, auf den Weg zu machen, den Dornwald zu durchwandern und dabei auf sein gutes Glück zu vertrauen. Vielleicht bekam er auf dem weiten Wege seine alte Gestalt wieder.

Seine Freunde suchten ihn davon abzubringen, aber er blieb bei seinem Entschlusse und brach schließlich in der Richtung nach Südosten auf, wo, wie er glaubte, die Stelle war, an der er das Land von Minunien betreten hatte. Ein Kamak, eine Abteilung von tausend berittenen Kriegern begleitete ihn bis an den großen Wald, wo er nach einigen Tagen seinen Zögling Taug fand. Die Minunier sagten ihm nunmehr Lebewohl; als er sie auf ihren anmutigen Reittieren abziehen sah, saß ihm etwas im Halse, das er nur bei den wenigen Gelegenheiten spürte, wenn er Heimweh hatte.

Waras Sohn und sein wildes Gefolge brachten Tarzan bis an den Rand des Dornwaldes. Weiter konnten sie nicht mit ihm gehen. Noch einmal winkte er ihnen zum Abschied zu, dann verschwand er unter dem Dorngestrüpp. Zwei Tage lang verfolgte Tarzan, der immer noch nicht größer war als ein Minunier, seinen Weg durch den Dornenwald. Er traf dabei auf kleinere Tiere, die zwar für ihn in seinem Zustand groß genug waren, um gefährlich zu sein, aber er konnte mit ihnen allen fertig werden. Nachts suchte er sich die Höhle eines größeren Tieres. Vögel und Vogeleier bildeten derweil seine Nahrung.

In der zweiten Nacht erwachte er mit einem Gefühl zunehmender Übelkeit. Eine Vorahnung bevorstehender Gefahr befiel ihn. In der Höhle, die er sich für diese Nacht ausgesucht hatte, war es finster wie im Grabe. Plötzlich kam ihm mit erdrückender Wucht der Gedanke, daß er vielleicht vor dem Augenblick stehe, in dem er seine alte Größe wiedererlangen würde. Wenn dieses Ereignis eintrat, während er in der engen Höhle lag, dann drohte ihm sicherer Tod. Er mußte zerquetscht, erwürgt oder erstickt zugleich sein, ehe er zum Bewußtsein kam.

Schon fühlte er sich so schwindelig wie kurz vor einer Ohnmacht. Er erhob sich auf die Knie und kroch den steilen Gang hinauf, der an die Oberfläche führte. Dann und wann stolperte er, da, plötzlich umwehte ihn ein frischer Hauch der Nachtluft. Er raffte sich wankend auf. Er war draußen! Er war im Freien!

Hinter sich hörte er ein leises Knurren. Er packte sein Schwert und stürzte unter den Dornbäumen entlang vorwärts. Wie weit er gelangte, in welche Richtung er ging, wußte er nicht. Es war immer noch finster, als er stolperte und bewußtlos zu Boden sank.

Flußteufel oder Tarzan

Ein Waziri, der vom Dorfe des Kannibalenhäuptlings Odebe zurückkam, sah ein Stück menschliches Gerippe neben der Fährte liegen. Das war an sich noch nichts Auffälliges. Auf den Wildpfaden im dunklen Afrika bleichen viele Gebeine. Aber dies eine fiel ihm auf, weil es von einem Kinde stammte. Doch nicht dieser Umstand allein hätte genügt, um einen schwarzen Kriegsmann mitten im feindlichen Lande auf dem Rückweg zu seinen eigenen Leuten aufzuhalten.

Usula, den Gerüchte wegen seines teuren Herrn, des Großen Bwana, nach Odebes Dorf geführt hatten, hatte dort merkwürdige Geschichten gehört. Zwar wollte Odebe von Affentarzan nicht das Mindeste gehört oder gesehen haben. Jahrelang hatte er schon den weißen Riesen nicht mehr erblickt. Viele Male gab er Usula diese Versicherung, aber von anderen Waziri hatte Usula vernommen, daß Odebe ein ganzes Jahr lang oder länger einen Weißen gefangengehalten hatte, der ihm erst vor kurzem entkommen war. Usula dachte anfangs, dieser Weiße könne Tarzan gewesen sein, aber als er sich die Zeitangaben über die Gefangenschaft dieses Mannes zurechtlegte, fand er, daß es sich unmöglich um seinen Herrn gehandelt haben könnte, und so machte er sich denn wieder auf den Heimweg. Doch als er die Teile eines Kindergerippes liegen sah, erinnerte er sich mit einem Male der Erzählung von der verschwundenen Uhha und machte doch einen Augenblick halt, just, um die armseligen Reste zu betrachten. Da sah er bei einigen etwas abseits geschleppten Knochen ein Fellsäckchen liegen. Usula bückte sich und hob es auf. Als er das Band löste und sich etwas vom Inhalt auf die Hand schüttete, wußte er gleich, was er da gefunden hatte. Er erkannte das Eigentum seines Herrn, denn Usula hatte als Häuptling genügend Einblick in dessen Angelegenheiten. Das waren sicher die Diamanten, um die jene weißen Männer, die damals Opar herausgefunden hatten, Tarzan vor vielen Monaten bestahlen. Nun konnte er sie wenigstens der Gattin seines Großen Bwana wiederbringen.

Drei Tage später, als er still auf der Fährte am Rande des großen Dornwaldes vorbeiwanderte, hielt er plötzlich starr an und nahm seinen schweren Speer kampfbereit zur Hand. An einer ungeschützten Stelle sah er einen Menschen, einen völlig unbekleideten Mann, auf dem Boden liegen. Der Mann war nicht tot, denn er bewegte sich, aber was mochte er wohl da tun? Usula kroch ohne jedes Geräusch näher. Der Mensch, ein Weißer, lag neben dem Kadaver eines vor mehreren Tagen gefallenen Büffels und kaute gierig an den Hautresten, die noch an dem bleichenden Gerippe hingen.

Der Mann hob jetzt den Kopf, Usula blickte ihm ins Gesicht und stieß einen Schreckensschrei aus. Da sah der andere mit schauerlichem Grinsen auf. Es war der Große Bwana!

Usula rannte zu ihm hin, suchte ihn aufzurichten, aber der Mann lachte nur und lallte so sinnlos wie ein kleines Kind. Daneben hing, an einem Horn des Büffels verfangen, seines Großen Bwana goldenes, mit Diamanten besetztes Anhängsel. Usula machte es los und hing es dem des Verstandes beraubten Manne um den Hals. Dann baute er ihm eine starke Schutzhütte in nächster Nähe und jagte ein Wild. Viele Tage lang blieb er an dieser Stelle, bis er den kranken Mann wieder zu Kräften gebracht hatte, aber zu Verstand konnte er ihn nicht wieder bringen. Das war der Zustand, in dem der treue Usula seinen Herrn heimbrachte.

Sie fanden Tarzans Körper und Kopf mit Wunden und Schmarren bedeckt, mit neuen und alten, unbedeutenden und ernsteren. Da ließen sie einen berühmten Chirurgen aus England kommen, der versuchen sollte, das arme Geschöpf wieder zu heilen, das einst Affentarzan gewesen war.

Selbst die Hunde, die sonst dem Lord Greystoke auf Schritt und Tritt gefolgt waren, gingen dieser vernunftberaubten Gestalt scheu aus dem Wege und Dschadbalja, der goldene Löwe, brüllte wütend, wenn der Kranke an seinem Käfig vorbeigefahren wurde.

Korak, der Töter, ging in stummer Verzweiflung herum, denn seine Mutter war bereits von England aus unterwegs, und wie sollte sie diesen schrecklichen Schlag ertragen? Er getraute sich nicht einmal, daran auch nur zu denken.

*

Der Zauberdoktor Khamis suchte immer noch unablässig nach seiner Tochter Uhha, die der Flußteufel aus Odebes Kannibalennest gestohlen hatte. Manche Wanderung nach anderen Dörfern selbst bis in weit entfernte Gegenden unternahm er, aber nirgends fand er eine Spur von ihr oder ihrem Entführer.

Wieder kehrte er von einer fruchtlosen Nachforschung zurück, die sich weit nach dem Osten erstreckt hatte, da kam er einige Kilometer nördlich des Ugogo unmittelbar am Bande des Dornwaldes vorbei. Er war um die allererste Morgenstunde auf seinem einsamen Lager aufgebrochen, um sich auf das letzte Stück seines Heimwegs zu machen, da entdeckten seine immer noch scharfen Augen etwas in hundert Schritt Entfernung am Rande einer kleinen Lichtung. Was es war, ließ sich nicht erkennen, aber der Instinkt bewog ihn, nachzusehen. Vorsichtig näherschleichend, erspähte er zunächst ein über die Pflanzen herausragendes menschliches Knie. Er kroch näher und fuhr vor Erregung zusammen. Dort lag der Körper des Flußteufels auf dem Rücken.

Mit hocherhobenem Speere näherte sich der Zauberdoktor. War der Flußteufel tot oder schlief er nur? Khamis richtete die Spitze seines Speeres gegen die braune Brust und versetzte ihr einen leichten Stich. Aber der Teufel erwachte nicht.

Also war er nicht eingeschlafen. Doch tot schien er auch nicht zu sein! Khamis kniete nieder und lauschte am Herzen des Liegenden. Nein, tot war er nicht.

In des Zauberdoktors Hirn jagten sich die Gedanken. Er für sein Teil glaubte nicht an Flußteufel, aber schließlich konnte es solche Wesen doch geben, und vielleicht stellte sich dieser da nur bewußtlos oder er war für einige Zeit abwesend aus dem Leibe, den er nur benützte, um sich, ohne Verdacht zu erregen, unter den Menschen bewegen zu können. Aber andererseits hatte er ihm die Tochter entführt. Er mußte aus diesem Wesen die Wahrheit herausbekommen, und wenn es zehnmal ein Teufel war.

Er band sich das Bastseil ab, das er um den Leib trug, wälzte den regungslosen Körper herum und band ihm flink die Hände auf dem Rücken. Dann setzte er sich daneben und wartete. Es dauerte eine volle Stunde, ehe sich die ersten Anzeichen des wiederkehrenden Bewußtseins bemerken ließen, aber endlich öffnete der Flußteufel seine Augen.

Wo ist meine Tochter Uhha? fragte der Zauberdoktor.

Der Flußteufel versuchte zunächst seine Arme freizumachen, aber sie waren gut gebunden. Auf' Khamis' Frage gab er keine Antwort; es war, als ob er sie gar nicht gehört hätte. Er ließ vom Versuch, seine Banden zu sprengen, ab und legte sich mit geschlossenen Augen auf den Rücken zurück. Nach einiger Zeit öffnete er die Augen wieder und sah Khamis an, sprach aber kein Wort.

Steh auf! befahl der Zauberdoktor und versetzte ihm mit dem Speer einen Stoß.

Der Flußteufel wälzte sich auf die Seite und kam mit Hilfe von Knie und Ellenbogen schließlich auf die Füße. Khamis trieb ihn auf der Fährte vor sich her, und bei Einbruch der Dunkelheit gelangten sie ans Dorf des Kannibalen Odebe.

Als Krieger, Weiber und Kinder sahen, wen Khamis da ins Dorf brachte, wußten sie sich vor Erregung nicht zu fassen. Wäre der Zauberdoktor nicht gewesen, vor dem sie Scheu hatten, sie wären am liebsten gleich mit Messern über den Gefangenen hergefallen und hätten ihn gesteinigt, ehe er noch richtig im Dorfe war. Aber Khamis wollte den Flußteufel nicht töten lassen, wenigstens jetzt noch nicht. Er wollte erst die Wahrheit über Uhha aus ihm herausbringen. Bislang hatte er ihm allerdings nicht ein einziges Wort abzwingen können. All seine unablässigen, mit Speerstichen unterstützten Fragen entlockten dem Gefangenen keinen Laut.

Khamis schaffte ihn in die gleiche Hütte, aus der der Flußteufel entkommen war, aber er band ihn sorgfältig und setzte zwei Krieger als Wache vor die Hütte.

Er wollte ihn nicht noch einmal verlieren. Dann kam Odebe, um sich die Sache anzusehen. Auch er wollte den Flußteufel ausfragen, aber der sah dem Häuptling kalt ins Gesicht.

Ich werde ihn schon zum Sprechen bringen, meinte Odebe. Wenn wir mit dem Abendessen fertig sind, holen wir ihn heraus und bringen ihn zum Reden. Ich kenne eine Menge Mittel dazu.

Aber du darfst ihn dabei nicht töten, warf der Zauberdoktor ein: Er weiß, was aus Uhha wurde, und ehe er das verraten hat, darf ihn keiner töten.

Er wird es sagen, ehe er stirbt, sagte Odebe.

Er ist der Flußteufel, der niemals stirbt, entgegnete Khamis, der wieder auf sein altes Steckenpferd zurückkam.

Tarzan ist es, rief Odebe, und die zwei stritten noch über diese Frage, als sie aus der Hütte gingen. Der Gefangene sah, wie in einem Feuer vor der Hütte des Zauberdoktors Eisen erhitzt wurde. Khamis selbst saß vor dem Eingang und arbeitete hastig an seinen zahlreichen Zaubergeräten herum – in Blätter gewickelte Holzstücke, Steine, ein paar Kiesel, ein Zebraschweif.

Die Dorfbewohner begannen sich in solcher Zahl zu versammeln, daß der Gefangene nichts weiter sehen konnte. Bald darauf kam ein kleiner Negerknabe und brachte den Wachen einen Befehl. Diese holten den Gefesselten heraus und stießen ihn rauh nach der Hütte des Zauberdoktors.

Odebe war auch schon dort und stand neben dem Feuer in der Mitte des dichtgedrängten Kreises von Zuschauern. Das Feuer war nur klein, gerade genügend, um ein Dutzend Eisenstücke heiß zu machen.

Wo ist meine Tochter Uhha? fragte Khamis.

Der Flußteufel gab so wenig Antwort wie vorher. Brenne ihm ein Auge aus, sagte Odebe. Dann wird er schon reden.

Die Zunge reißt ihm heraus, die Zunge! schrie ein Weib.

Dann kann er doch nicht mehr reden, du Närrin! rief Khamis.

Der Zauberdoktor erhob sich und stellte nochmals die gleiche Frage, wieder ohne Antwort zu bekommen. Da versetzte er dem Flußteufel einen heftigen Schlag ins Gesicht. Khamis kam allmählich soweit aus der Fassung, daß er nicht einmal mehr vor Flußteufeln Scheu hatte.

Wirst du mir jetzt Antwort geben?! kreischte er und packte eines der heißen Eisen.

Zuerst das rechte Auge! brüllte Odebe.

*

Der Arzt, den Lady Greystoke mitgebracht hatte, langte am Bungalow des Affenmenschen an. Drei müde und staubbedeckte Reisende waren es, die endlich vor dem mit Rosen bewachsenen Eingang abstiegen, der berühmte Londoner Chirurg, Lady Greystoke und ihre Zofe Flora Hawkes. Der Arzt und Lady Greystoke begaben sich gleich in das Zimmer, in dem Tarzan in einem zurechtgebauten Rollstuhl saß. Er sah den Eintretenden verständnislos entgegen.

John, kennst du mich denn nicht? fragte seine Gattin.

Da nahm der Sohn die Weinende bei den Schultern und führte sie weg.

Er kennt niemand, sagte er. Warte, bis die Operation vorbei ist, Mutter, dann kannst du ihn wieder sehen. Du kannst ihm doch nicht helfen, und für dich ist dieser Anblick zu schwer zu ertragen.

Der berühmte Arzt nahm die Untersuchung vor. Infolge eines neuerlich erlittenen Schädelbruchs drückte ein Knochensplitter aufs Gehirn. Die Operation mußte den Druck beseitigen und konnte dem Patienten Vernunft und Gedächtnis wiedergeben. Der Versuch mußte wenigstens gemacht werden.

Pflegerinnen und zwei Ärzte von Nairobi, die gleich nach der Ankunft dort bestellt worden waren, langten einen Tag nach Lady Greystoke an. Die Operation fand am nächsten Morgen statt.

Lady Greystoke, Korak und Meriem warteten im Nebenraum auf das Urteil des Chirurgen. Würde die Operation gelingen oder nicht? Sie starrten wortlos auf die Türe, die sie von dem behelfsmäßig eingerichteten Operationszimmer trennte. Endlich öffnete sie sich nach einer Zeit, die ihnen wie eine Ewigkeit vorgekommen war, obgleich es nur eine Stunde gedauert hatte. Ihre Augen bettelten in stummem Flehen um den Bescheid, den ihre Lippen nicht zu fordern wagten.

Ich kann noch nichts weiter sagen, erklärte der Chirurg, als daß die Operation geglückt ist. Wie der weitere Ausgang ist, muß man abwarten. Ich habe verboten, daß für die nächsten zehn Tage jemand außer den Pflegerinnen sein

Zimmer betritt. Sie haben strikte Anweisung, die ganze Zeit über weder zu ihm zu sprechen, noch ihn sprechen zu lassen. Aber er wird gar keine Lust zum Reden haben, denn ich werde ihn mit ein paar Medikamenten die ganze Zeit über in einem Zustand halber Betäubung halten. Einstweilen müssen wir abwarten, Lady Greystoke. Ich kann aber die Versicherung geben, daß ihr Gatte die besten Aussichten auf völlige Wiederherstellung hat. Sie dürfen also wirklich das Beste hoffen.

*

Der Zauberdoktor legte dem Flußteufel die linke Hand auf die Schulter. In der Rechten hielt er das glühende Eisen.

Erst das rechte Auge! heulte Odebe.

Plötzlich schwollen die Muskeln auf Rücken und Schultern des Gefangenen an und ballten sich unter seiner braunen Haut. Nur für den Bruchteil einer Sekunde schien der Bedrohte eine übermenschliche Kraft zu entfalten, man hörte ein dumpfes Krachen, als die Faserstricke an seinen Händen rissen, und im nächsten Augenblick packten Finger mit Sehnen wie Stahldrähte das rechte Handgelenk des Zauberdoktors. Funkelnde Augen starrten Khamis an. Er ließ das glühende Eisen aus den gelähmten Fingern fallen und schrie, denn er sah den Tod aus den zornigen Augen des Gottes blicken.

Odebe sprang in die Höhe. Die Krieger drängten sich vorwärts, aber keiner traute sich in den Bereich des Flußteufels. Sie hatten es nie für besonders richtig gehalten, daß man die Vorsehung in einer Weise herausforderte, wie das Odebe und Khamis getan hatten. Nun sah man das Ergebnis davon. Der Zorn des Flußteufels würde sie alle gleichmäßig treffen. Einige wichen zurück, das war für die anderen Grund genug, das gleiche zu tun. Alle miteinander hatten sie denselben Gedanken: Wenn ich mit der Geschichte nichts zu tun habe, kann mir der Flußteufel auch nicht böse sein.

Damit wandten sie sich samt und sonders zur Flucht und fielen in der Eile über ihre eigenen Weiber und Kinder, die es ihren Herren und Meistern im Wettlauf zuvorzutun suchten.

Schließlich rannte auch Odebe davon. Da nahm der Flußteufel Khamis auf, stemmte ihn mit beiden Händen hoch über den Kopf und setzte dem Häuptling nach, der sich in seine Hütte verkroch. Aber der Kannibale hatte kaum deren Inneres erreicht, als etwas mit betäubendem Krach auf das leichte Blätterdach seiner Hütte flog, die unter dem schweren Gewicht nachgab und einbrach. Ein auf den Häuptling herabstürzender Körper versetzte diesen in sinnlose Angst. Der Flußteufel war durch das Dach seiner Hütte gesprungen, um ihn zu vernichten! Der Selbsterhaltungstrieb überwog für einen Augenblick das Entsetzen vor dem Übernatürlichen, denn jetzt war er selbst davon überzeugt, daß Khamis recht hatte und daß das so lange von ihm gefangen gehaltene Wesen wirklich der Flußteufel war. Aber Odebe zog doch sein Messer und stieß es wieder und wieder in den Leib des auf ihn gesprungenen Teufels; erst als er sicher war, daß alles Leben daraus entwichen war, erhob er sich und schleifte den Körper hinter sich her hinaus ins Mondlicht.

Kommt her, mein Volk! rief er. Ihr habt nichts mehr zu fürchten, denn ich, Odebe, euer Häuptling, habe den Flußteufel mit eigener Hand getötet. Damit sah er selbstgefällig auf das Ding, das er hinter sich herausgeschleift hatte – da verschlug es ihm die Rede, und er hockte sich plötzlich in den Schmutz der Dorfstraße nieder, denn zu seinen Füßen lag die Leiche von Khamis, dem Zauberdoktor.

Seine Leute kamen herbei, aber als sie sahen, was geschehen war, sagten sie kein Wort, sie blickten nur verschüchtert drein. Odebe untersuchte seine Hütte und deren Umgebung genau. Er nahm ein paar Krieger und durchsuchte das ganze Dorf. Doch der Fremde war verschwunden. Schließlich kamen sie auch an das Tor. Die Torflügel waren geschlossen, aber vor ihnen im Staube zeigte sich der Abdruck eines nackten Fußes – eines Fußes von einem Weißen. Da ging der Häuptling zu seiner Hütte zurück, vor der seine Leute auf ihn warteten, und sagte: Odebe hatte doch recht. Dieses Geschöpf war nicht der Flußteufel, es war Affentarzan, denn nur der konnte Khamis so hoch über seinen Kopf schleudern, daß er durch das Dach einer Hütte fiel, und nur er konnte so einfach über unser Tor hinwegkommen.

*

Der zehnte Tag war da. Der berühmte Chirurg weilte immer noch im Greystoke-Bungalow und wartete den Erfolg seiner Operation ab. Der Patient erwachte langsam vom Einfluß des Betäubungsmittels, das man ihm für die vergangene Nacht gereicht hatte, aber er gewann die Besinnung langsamer wieder, als der Arzt erwartete. Die Stunden verliefen bleiern, der Morgen wurde zum Nachmittag, der Abend neigte sich, und immer noch kam kein Bescheid aus dem Krankenzimmer.

Es wurde dunkel. Die Lampen brannten und die Familie war im großen Wohnzimmer versammelt, als die Tür aufging und eine Pflegerin erschien. Der Kranke kam hinter ihr drein. Auf seinem Gesicht lag ein Ausdruck der Verlegenheit, aber die Pflegerin lächelte zufrieden. Der Arzt folgte und unterstützte seinen Patienten, der vom langen Leiden geschwächt war.

Ich glaube, Lord Greystoke wird nunmehr rasch genesen, meinte er. Sie werden ihm vieles beibringen müssen. Als er zu sich kam, wußte er nicht, wo er war, aber das ist in solchen Fällen nichts Ungewöhnliches. Der Kranke trat ein paar Schritte ins Zimmer und sah sich verwundert um.

Hier ist Ihre Gattin, Greystoke, sagte der Arzt gerührt. Lady Greystoke erhob sich und ging mit ausgebreiteten Armen auf ihren Gatten zu. Ein Lächeln trat auf die Züge des Kranken, er trat ihr entgegen und wollte sie in die Arme nehmen. Aber plötzlich drängte sich jemand zwischen sie und hielt sie auseinander. Es war Flora Hawkes.

Großer Gott, Lady Greystoke, rief sie. Das ist gar nicht Ihr Gemahl! Das ist Miranda, Esteban Miranda! Glauben Sie denn nicht, daß ich ihn unter einer Million Leuten herausfinden würde? Seit wir wieder hier sind, habe ich ihn nicht gesehen, weil ich nicht ins Krankenzimmer durfte. Aber wie ich ihn eben lächeln sah, habe ich ihn erkannt.

Flora, schrie die verzweifelte Gattin. Bist du dessen sicher? Nein, nein, du mußt dich täuschen. Gott gibt mir meinen Gatten nicht wieder, um ihn gleich wieder zu nehmen. John, sage mir, bist du's? Du wirst mich doch nicht betrügen?

Einen Augenblick schwieg der Mann und wankte wie aus Schwäche hin und her. Der Arzt trat zu ihm, um ihn zu stützen.

Ich war sehr krank, sagte er dann. Möglich, daß ich verändert aussehe, aber ich bin Lord Greystoke. Dieses Weib da kenne ich nicht. Damit deutete er auf Flora Hawkes.

Er lügt! rief das Mädchen.

Jawohl, er lügt, sagte eine ruhige Stimme hinter ihnen. Sie drehten sich alle um und sahen einen weißen Riesen im offenen französischen Fenster der Veranda stehen.

John! schrie Lady Greystoke auf. Wie konnte ich mich nur so täuschen, ich – aber das Ende ihres Satzes ging verloren, denn Affentarzan sprang ins Zimmer, nahm sein Weib in die Arme und verschloß ihr mit Küssen den Mund.

*